これだけは知っておきたい

日本の名作

この一冊が時代を変えた

山口謠司
Yamaguchi Yoji
大東文化大学教授

さくら舎

はじめに

最近、奈良の東吉野に行く機会がありました。朝早く、春日大社で鹿に餌をやって手を舐め舐めされ、東大寺二月堂のそばの龍美堂で行法味噌をおいしくいただき、一路、桜井、天理、橿原を抜けて、伊勢街道を東吉野の高見川まで向かいます。吉野杉の美しさ、奈良の家の堂々として重く大きいこと、そしてこの街道沿いにある古代の天皇陵の多さには行くたびに唖然とします。

さて、わが国で、完本として残る最も古い書物は、『古事記』です。『古事記』の編纂、成立は七一二年。いまから数えて、約一三〇〇年前です。

この書の編纂者である太安万侶（生年不詳〜七二三）の墓が、奈良市此瀬町の茶畑で見つかったのは、昭和五四（一九七九）年のこと。実在の人で、役人として、中国の古典を読んだり、人に話を聴いたりして、『古事記』をまとめました。

その仕事が夢中になるくらいおもしろかったのか、それとも「ここ、書き直せよ！」なんて藤原不比等などにチクチク虐められながら書いたのか、そんなことを実際にタイムスリップして、ヤスマロに訊いてみることはできませんが、ヤスマロが立ったことがあったであろう場所で、放心して『古事記』の言葉を思い浮かべたりすると、一三〇〇年という年月の隔たりがフッと消えてなくなるような気がします。

ヤスマロが観た風景を、私たちは、いまも観ることができます。

そして、私たちは、一三〇〇年の時を拭って、同じ気持ちを感じることができます。

たとえば、『古事記』ができあがったときの喜びは、自分が一冊の本の原稿を書き終えたときの喜びとほとんど同じだったのではないかと思うのです。

『古事記』の本文を書き終えたとき、ヤスマロは「わー！　やったー!!　終わったー!!!」と、涙を浮かべて飛び上がるような思いだっただろうなぁーと同感します。


ところで、日本の文学がたどってきた道、そしてこれから日本の文学者が目指していく「道」とはどのようなものなのでしょうか。

先のことははっきりわからないにしても、『古事記』以来たどってきた道を温ねてみると、「これだけ知っておけば！」と思える一本の線があるように思われます。

それは、自分なりの「日本語」をつくることが、新しい自分を自覚する「文学」となりえたこと、そして、それは将来においても変わらないであろうことです。

あの初恋の思ひ出は
手帛一つが残ってた（三年前にそれもなる）（時の流れの早いこと）
四五日前のある晩に、その手帛も失った
なんでもないよなこのことが

思ひのほかに身にしみた
今では遠い恋人よ　私はこれきり見ぬだらう

これは、ギイ・シャルル・クロスというフランス人が書いた「あの初恋の」という詩を、明治時代に、誰かがこのように訳したものです。『新体詩抄』に載っていたかどうかも定かではないし、フランス語の原詩がどこにどうやって発表されていたのを、訳者が見つけてきたのかさえもわかりません。

しかし、この六行の短い詩にこそ、日本語による日本文学の神髄が見え隠れしています。それは、無限に「幽玄」を追う力です。

姿、形として現前に見えるリアリティを、日本語は、静かで豊かな力で支えているのです。それは、本書に取り上げた『源氏物語』から『好色一代男』『南総里見八犬伝』『吾輩は猫である』『沈黙』など、あらゆる文学作品に共通しています。

日本語による表現の可能性を探ることと、日本の文化、日本の精神を掘り下げ、拡充することは不可分です。「世界」と「自分」との関係を日本的情緒の中でつなぎ止め、確認するための方法として、ほかの言語文化には見出しがたい不思議な次元を織りなしているのです。

日本語が日本文学を支えている力、本書が、そうした見えない糸につながれたわが国の文学の流れの一端を紹介する機会になれば、これほど嬉しいことはありません。

山口謠司

目次◆これだけは知っておきたい日本の名作——この一冊が時代を変えた

第2章 精髄と多才――心を揺さぶる言葉の粋

第3章　人生の諸相――ままならぬ世の中を生きる

第4章 混迷と進化――時代の転換期を見つめる

第5章 剽窃と翻案――明治の文豪びっくり裏事情

これだけは知っておきたい日本の名作

――この一冊が時代を変えた

第1章

奇跡と天才

～日本をつくった名作たち

『源氏物語』

一〇〇〇年前に書かれた奇跡の大河小説

紫式部／平安中期（一〇〇一頃起筆）

▼サロンで育まれたストーリーテラーの総合力

『源氏物語』を最初から最後まで全部読んだ人はありますか？　原文でなんていいません。与謝野晶子訳、谷崎潤一郎訳、瀬戸内寂聴訳、林望訳、それぞれに独特の味がありますので、なんでも構いませんが、全部読んだという方は、少ないに違いありません。

いまから一〇〇〇年以上も前に書かれたものなので、時代背景や当時の慣習などを知っていないと、おもしろくないのはいうまでもないことですが、とにかく長いのです。四〇〇字詰め原稿用紙に換算して、およそ二四〇〇枚です。林望訳『（謹訳）源氏物語』は、文庫本で一〇冊です。オイソレと読めるものではありません。

ただ、一〇〇〇年前に、こんな長い小説が書かれたなんて、奇跡です。世界中、どこにも一〇〇〇年以上前にこれほどまでに質の高い長編小説が書かれた例などまったくないのです。

では、どうして、こんな奇跡のような本を、紫式部は書くことができたのでしょうか？

それは、彼女が、少なくとも三つの力に優れていたからです。

（一）知識

（二）表現力

（三）主体性

これは、長編小説を書く人が必ず身につけておかなければならない三つの力です。

もちろん（一）の知識には「技能」、（二）の表現力には思考力や判断力、（三）の主体性には多様性、協調性などが付随します。

作中の人物、『源氏物語』の場合は、たとえば主人公・光源氏（ひかるげんじ）をいかに主体的（もちろん反対に外から影響を受けやすいかということも含めて）に、表現力豊かに、知識にあふれた魅力的な人に描き、読者に共感できる人に仕上げていくか、どこにどうやって話の伏線を張っておくかなど、用意周到に練（ね）りに練った「総合力」が要求されるのです。

紫式部が仕えた藤原彰子（ふじわらのしょうし）が中心となってつくられた「サロン」こそ、その総合力を養成し、発揮する場でした。

天皇よりも高い権力と財力、知性をもった藤原道長（みちなが）の娘として生まれた彰子は、清少納言（せいしょうなごん）が仕えていた一条（いちじょう）天皇の妻・藤原定子（ていし）が亡くなった後、一一歳で正妃として迎えられます。彰子に仕える女官には、和泉式部、赤染衛門、伊勢大輔など、のちに『百人一首』（九八頁）に収められる和歌を残した人たちもいます。

▼名作を支える漢文の教養

また、『源氏物語』は漢文の出典がとても多く、当時の知識人の教養がちりばめられており、格調の高さと人間性に対する深い洞察を感じることができますが、これは紫式部の父、藤原為時の漢学の素養に依るものです。

為時は、菅原道真の孫で、『和漢朗詠集』（一〇一三頃成立）に最も多くの漢詩文が選ばれた菅原文時を師に、広く深い経学（儒教の「経書」についての学問）と文学を学んでいたのでした。

たとえば、『源氏物語』（桐壺）の本文は、よく知られるように、

いづれの御時にか、女御、更衣あまた候ひ給ひける中に、いとやむごとなき際にはあらぬが、すぐれて時めき給ふありけり。はじめより我はと思ひ上がり給へる御方方、めざましきものに、おとしめそねみ給ふ。

（いつの帝の御代であったでしょうか、女御や更衣などの女官が大勢お仕えしていらっしゃったときに、さほど高貴な身分ではありませんでしたが、際立ってご寵愛をいただいているお方がありました。最初から自分こそは、と気位の高い方々は、この方を不愉快だとか見下したり、嫉んだりし

ていらっしゃいました）

と始まります。

もちろん、どこの、いつのことかわからないと靄の中から初めていく『竹取物語』（一四八頁）でもおこなわれた非常に日本的な美しい書き方ですが、じつは白楽天『長恨歌』（八〇六）の冒頭をアレンジしたものです。

漢皇重色思傾国　御宇多年求不得
楊家有女初長成　養在深閨人未識
天生麗質難自棄　一朝選在君王側
迴眸一笑百媚生　六宮粉黛無顔色

漢皇色を重んじて傾国を思ふ　御宇多年求むれども得ず
楊家に女有り初めて長成し　養はれて深閨に在り人未だ識らず
天生の麗質自ら棄て難く　一朝選ばれて君王の側に在り
眸を迴らして一笑すれば百媚生じ　六宮の粉黛顔色無し

（漢の皇帝は女色を重視し絶世の美女を望んでいた。天下統治の間、長年にわたり求めていたが得られなかった。楊家にようやく一人前になる娘がいた。深窓の令嬢として育てられ、誰にも知られていない。生まれつきの美しさは埋もれることはなく、ある日選ばれて、王のそばに上がった。視線をめぐらせて微笑めば、その艶やかさは限りない。宮中の奥御殿にいる女官たちは色あせて見えた）

唐の玄宗皇帝が楊貴妃と愛の日々を送ったのは七四四年から七五六年でした。白楽天が『長恨歌』を書いたのは、楊貴妃の死から五〇年後の八〇六年。『源氏物語』は、それからおよそ二〇〇年後に書かれることになったのです。中国大陸での文学などの流行が、どれくらいのタイムラグで日本に影響を与えたのかを知るひとつの目安にもなるのではないでしょうか。

『源氏物語』の研究は、鎌倉時代から現代に至るまで盛んにおこなわれています。具体的な研究書の数はわかりませんが、小さなもの、外国の人の研究なども含めると、五〇万件を優に超えるといわれています。

これほどまでに後世に影響力のある長編文学が、わが国で一〇〇〇年頃、いまからちょうど一〇〇〇年前頃に書かれたというのは、奇跡だというしかありません。

『古事記』
唐の脅威に対して日本の正統性を主張する神話

太安万侶編／奈良前期（七一二成立）

▼百済滅亡のニュースにおののく

「百済滅亡！」のニュースは、六六〇年のことです。山東半島から海を越えて侵入した唐の武将・蘇定方の軍勢は、またたくまに百済の王都・泗沘を占拠し、義慈王を殺害してしまいました。百済の滅亡は、日本にとって、海の向こうの出来事で済まされることではありませんでした。

ヤマト朝廷には、百済の王子・扶余豊璋も人質として連れてこられていました。「滅亡」となれば、倭国が王子の後ろ楯となり、百済の再建のために動かなければなりません。

一〇〇年以上前から、中国大陸で発達した科学、農産、仏教や儒教の教えなど、文明の粋が、百済を通して日本に輸入されてきました。唐による百済の滅亡は、ようやく国家としての第一歩を踏み出しはじめたヤマト朝廷の崩壊にもつながる大事件なのです。

唐は、救援に向かった倭国と百済の連合軍を大幅に上回る軍隊を派遣し、白村江で打ち負かしました。その後、朝鮮半島は、唐の支配下に入ることになります。

百済の滅亡は、倭国にとって自国の防備と独立を自ら強化することの必要性を強く意識せざるをえなくなる大事件だったのです。

▼『古事記』はなぜ編纂されたか

どうやってこの日本という「国」はできたのでしょうか。「国」とは家の集まりではなく、また、日本は中国大陸のように広大な土地もなく、島がいっぱいあるところにすぎません。

この日本に、私たちはいったいどこから来たのでしょうか。それを伝える神話と呼ばれるものはありますが、それは、「国」を独立させる政治的機構、宗教的団結力として働いているわけではありません。

それぞれの地方にいてその地を治める豪族たちの力を、ただ結集するだけでは「国」はできないのです。

ならば、唐王朝がおこなう「律令」という絶対集権の方法で、天皇を中心とした政治体制をつくるしかありません。『古事記』は天武天皇によって企画され、元明天皇のとき編者・太安万侶によって成立しました。

じつは、天皇の「権威」を証明する『天皇記』という書物が、六二〇年、聖徳太子と蘇我馬子によって編纂（へんさん）されていました。しかし、六四五年に起こった乙巳（いっし）の変で、蘇我蝦夷（えみし）が自害して放った火によって、この書物は焼失してしまっていたのでした。

唐は、中央集権化を進めながら、朝貢（ちょうこう）に来る周辺諸国に、それぞれの国情を聴取する制度を導入しはじめていました。実際に、外交交渉の席順などを決めるために「日本国の地理、日本国初の神の名は何というか」などと、唐側から質問されていたのです。

さて、国家としての威厳を保つためには、この質問に見られるように、自分たちの崇（あが）める「神」がどのようなものだったかを国内外に知らしめる必要がありました。

ここで現れるのが、「天照大御神（あまてらすおおみかみ）」です。

中国大陸、朝鮮半島より東に位置する日本と呼ばれる島国は、どこよりも早く日が昇りますから、天照大御神が太陽神なのです。

『古事記』には、黄泉（よみ）の国から帰ったイザナギが、穢（けが）れを払うために顔を清めると、三人の貴子が生まれたと記されています。

ここに左の御目を洗ひたまふ時に、成れる神の名は、天照大御神。次に、右の御目を洗ひたまふ時に、成れる神の名は、月読命（つくよみのみこと）。次に鼻を洗ひたまふ時に、成れる神の名は、建速須佐之男命（たけはやすさのおのみこと）

▼周王朝との対比から生み出された「神話」

天照大御神は、イザナギから、高天原を治めるようにといわれています。

神話では、この後、須佐之男命が高天原に現れて乱暴を働き、天照大御神が天の岩戸に隠れ、世の中が真っ暗になってしまうなどと語られます。

また、高天原と黄泉の国の中間にあった葦原国は、大国主命が統治したところとされますが、ここを平定し、天照大御神は、自身の孫に当たるニニギを葦原国に天降りさせ、さらに高千穂へと向かわせたということになっています。

日本初代の天皇である神武天皇（紀元前七一一？～前五八五？）は、天照大御神の五世孫、ニニギの三世孫で、日本国を建国した人です。

神武天皇の生誕を紀元前七七一年、即位を紀元前六六〇年に設定するなど、これは、明らかに中国大陸にあった周王朝（前一〇五〇頃～前二五六）との対比から生み出された「神話」です。

『古事記』は、唐王朝に対して、日本の正統性を主張するための話だったのです。

天照大御神は、現在、日本全国に「神明社」として祀られていますが、伊勢神宮の内宮（皇大神宮）がその総本社で、皇大神宮には天孫降臨の際に、天照大御神がニニギに授けた「三種の神器」のうちのひとつ「八咫鏡」がご神体として安置されているといわれます。

『風土記(ふどき)』

中央集権化のための地方風物・物産本

奈良時代（七一三〜）

▼舒明天皇の国見

高い山や丘に登って、遥(はる)かに広がる大地を見渡し、こんな声を上げます。

「はるかに見渡す限りのわが土地よ、人々よ、荒れてはいないか？　困ったことはないか？　がんばれよー」

古代の大王(おおきみ)やその土地を治める首領たちがおこなうこうした儀式を「国見(くにみ)」といいます。国を支配する人たちの象徴的な行事で、洋の東西を問わず古くからおこなわれていました。

『万葉集(まんようしゅう)』（巻一―〇〇二）には、舒明(じょめい)天皇のこんな歌が載っているのをご存じの方も少なくないでしょう。

大和には　郡山あれど　とりよろふ　天の香具山　登り立ち　国見をすれば　国原は　煙立ち立つ　海原は　鷗立ち立つ　うまし国そ　蜻蛉島　大和の国は

（大和の国には、たくさんの山があるけれど、とりわけ美しい天香具山。その山の頂に登って大和の国を見渡すと、下の方では、御飯を炊く煙がたくさん立ち上り、池にはたくさんの鳥が飛び交っている。ほんとうに美しい国であること、このあきづしまと呼ばれる、大和の国は）

実際に舒明天皇が詠んだものではないと思いますが、天皇がおこなう公的な行事として「国見」の歌がつくられたのです。

▼全国の戸籍をつくり、大宝律令を施行

さて、少しだけ、舒明天皇からの天皇の系図について説明しましょう。『風土記』がなぜつくられたかがわかるからです。

舒明天皇の第二皇子が天智天皇、その弟が天武天皇です。舒明天皇は、最初に遣唐使を送った天皇ですが、百済や新羅とも友好的な関係を保っていました。ところが舒明天皇崩御の後の斉明天皇のときに、百済が滅亡するなど国際情勢が大きく変化することになったのです。

斉明天皇の在位は重祚により三五代（皇極）、三七代と二度に及びますが、この後、三八代天皇になったのが天智天皇です。斉明天皇は天智天皇の母で、天智天皇は皇太子の時代、ずっと母親の後ろに控えて、政治の実権を握っていたのでした。

舒明天皇34
皇極天皇35
斉明天皇37
天智天皇38（中大兄皇子）
天武天皇40（大海人皇子）
持統天皇41
弘文天皇39（大友皇子）
元明天皇43
草壁皇子
元正天皇44
文武天皇42
聖武天皇45

天智天皇がおこなった最も大きな事業のひとつは、全国規模で戸籍をつくったことでしょう。「庚午年籍」と呼ばれます。百済の滅亡、唐王朝の領土拡大に向けた朝鮮半島への侵攻などに備えた「戸籍」は、兵力と税の確保には必要不可欠のことだったに違いありません。

この後、天智天皇の弟・天武天皇を経て、皇位は天武天皇の皇后である持統天皇に継承されます。持統天皇は、わが国最初の体系的法典である「飛鳥浄御原令」を制定した天皇ですが、次に「大宝律令」を施行した文武天皇が即位するのです。

「律」は「刑法」、「令」は「行政規定」を意味します。この大宝律令の公布によって、わが国は唐王朝に対峙する「国家」となることができたのです。

▼中央集権化のために地方を把握

ただ、もうひとつ欠ける点がありました。それは、地方の現状を知り、中央集権化を推し進めることです。

そこで和銅六（七一三）年に発せられたのが、文武天皇の後を継いで即位した元明天皇（文武天皇の母）による『風土記』編纂の詔勅です。

現在、『出雲国風土記（完本）』『播磨国風土記』『肥前国風土記』『常陸国風土記』『豊後国風土記』が残っており、地名の由来や土地の肥沃状態、産物、伝説などが記されています。そのほかの本に引用されている「逸文」を見ることもできます。

たとえば、『常陸国風土記』に、「常陸」と名付ける理由を記し、

然名づける所以は、往来の道路、江海の津湾を隔てず、郡郷の境界、山河の峰谷に相続ければ、直道の義をとって、名称と為せり。

（このように名付ける理由は、往来するための道が、川や海をそれほど離れず、山や川の峰や谷に続いて真っ直ぐに続いているから、「ひたみち」、まっすぐな道という意味でつけられたのだった）

また、常陸国は「土地が広く、海山の産物も多く、人々は豊に暮らし、まるで常世の国（極楽）のようだ」と記されています。

元明天皇はこうして地方の特産物などを調べ、「郷里制」と呼ばれる地方行政をおこないます。

そして、秩父（現・埼玉県秩父市）から産出した「銅」を使って、「和同開珎」を鋳造し、全国にヤマト朝廷の権威に裏付けされた貨幣経済を浸透させていくことになるのです。

『文鏡秘府論』『性霊集』

外国の文学理論を完璧に使いこなした驚異の文才

空海／平安前期

▼中国密教と神道を合わせて新しい仏教をつくる

日本の歴史の上で、空海ほど有名な人はいないのではないでしょうか。

無名の学僧として唐に留学し、一年有余で、仏教の経典のオリジナルであるサンスクリット語を習得し、さらにヒンドゥー教、ゾロアスター教などを融合した密教の教えを伝えられるまでに成長したのです。

金剛智（インドの僧）、不空金剛（インドから中国に渡った僧）、恵果（中国の僧）と伝えられてきた中国密教の真髄を、数万の恵果の弟子からただひとり選ばれて伝えられ、それを日本に持ち帰り、さらに日本の神道と合わせて「真言宗」という新しい仏教をつくり上げます。

そして、自ら食物、水を断って、即身成仏した空海は、高野山奥之院で弥勒菩薩出世のときまで、衆生救済の目的で永遠の瞑想に入っていると信じられています。

また、いわゆる「お遍路さん」と呼ばれる「四国八十八カ所巡り」では、いつも空海がともに歩いてくれているという意味で「同行二人」という言葉を笠などに書きつけたりします。

さて、空海が唐の長安に留学したのは、八〇四年です。

玄宗皇帝が統治していた唐王朝の絶頂期が、安史の乱（七五五～七六三）によって突然衰退の一途をたどっていきます。

民衆は、政府を信じることができなくなり、シルクロードを経て伝わってきたあらゆる宗教が民衆の心をとらえることになるのです。

空海は、そうした時期に唐にいて、新しい仏教を生み出すことに成功したのです。

本来二〇年の留学予定を二年で終えた空海ですが、もし空海が二〇年中国大陸に滞在していたら、帰国することなく彼の地で亡くなったことでしょう。唐王朝は、民衆の暴動を恐れて次第に廃仏の動きへと向かっていくからです。

▼日本人離れした言語センス

ところで、空海は、仏教だけではなく日本文学史上にも大きな業績を残しています。

そのひとつが『文鏡秘府論』です。

これは、中国の六朝時代から唐代までの文学理論を利用し、言語（ここではとくに漢文）の音韻（音の響き）などを駆使して、完璧な文章をつくり出すために重要な精髄はどこにあるかなどを、独自の理論を曼荼羅のように展開したものです。

『文鏡秘府論』には、すでに中国にも残っていない文献が引用されるなど、資料的価値も高いのですが、それより日本人が中国の文学者の理論をここまで深く理解し、独自の世界観をつくり上げたということでは、驚嘆すべき業績なのです。

そして、この理論をもとに空海自身が、若い頃から書きつけていた漢詩を編纂したのが『性霊集』という詩集です。白楽天の『白氏長慶集』が八二四年に編纂されるまで、中国でも個人で詩集を編纂することなどありえなかったのが、それとほとんど変わらない八三五年頃に、空海の弟子真済によって編纂されているのです。

在唐観昶和尚小山　　唐に在りて昶和尚の小山を観る
看竹看花本国春　　竹を看花を看る 本国の春
人声鳥哢漢家新　　人声鳥哢　漢家新し
見君庭際小山色　　君が庭際の小山の色を見れば
還識君情不染塵　　還た識る 君が情は塵に染まらざるを

（入唐したとき、昶和尚の庭園の築山を観た折の詩

庭の竹や花を見るにつけ、日本の春を思い出す。ここに集う人々の声や鳥のさえずりは唐風で新鮮

だ。貴僧の庭の築山のあざやかな色を見ていると、あなたの心が俗塵に染まっていないことがわかる）

これは、題にも記されるように唐にいたときにつくった詩ですが、日本人離れした感覚と語感で、自己、他者を外在化して、詩の地平を大きく広げたものといっていいでしょう。

文学理論を学び、それを実践することができた空海は、日本文学史の上でも卓越した天才として、その名を残しているのです。

『新古今和歌集』

日本らしさが最高潮に到達

藤原定家ほか撰／鎌倉前期

▼日本らしさとは「幽玄」のこと

宮中の春日殿で『新古今和歌集』の完成を祝う竟宴がおこなわれたのは元久二（一二〇五）年三月二六日夜のことでした。

延喜五（九〇五）年、醍醐天皇の勅命によって撰進された『古今和歌集』（七八頁）の成立から

ちょうど三〇〇年後のことです。

『古今和歌集』の後、平安時代から鎌倉時代にかけて、『後撰和歌集』（九五一、村上天皇）、『拾遺和歌集』（一〇〇五〜一〇〇七頃、花山院）、『後拾遺和歌集』（一〇八六、白河天皇）、『金葉和歌集』（一一二七頃、白河院）、『詞花和歌集』（一一五一頃、崇徳院）、『千載和歌集』（一一八八、後白河院）と七つの勅撰和歌集を経てつくられたのが『新古今和歌集』です。この八つを合わせて「八代集」と呼んでいます。

さて、和歌の歴史という点からすれば、『万葉集』は古代の日本人の心が歌われたもの、『古今和歌集』は〈ひらがな〉が生まれることによって、いよいよ日本らしさ（美的理念）が開花した時期のものという特徴がありますが、『新古今和歌集』は、その日本らしさが最高潮に達したものといえるでしょう。

その「日本らしさ」は、「幽玄」ともいわれます。

それをつくり出したのは、藤原定家の父である俊成と西行（佐藤義清）です。

「幽玄」とは何かを一言で説明することは難しいことですが、後鳥羽天皇の庇護を受けた歌人のひとりでもある鴨長明は『無名抄』で「詞に現れぬ余情、姿に見えぬ景（影）気なるべし」（言葉ではいい尽くせない気持ち、形として見えない姿こそ気になってしまう）、「心にも理深く、詞にも艶極まりぬれば、これらの徳は自ら備はるにこそ」（心にもいろんな交わりがあり、言葉にも深みが極まるようになると、すべてのものが融合して、そこに徳が備わるようになる）と記しています。

この「幽玄」は、能楽、茶道、連歌、俳諧など日本文化の特徴として伝えられることになるのですが、その「幽玄」の深さを、日本文化の真髄である和歌、約一九八〇首に集約して見せたのが『新古今和歌集』だったのです。

そういうことからすれば、日本文化を勉強するには、まず『新古今和歌集』を読んでおく必要があるともいえるでしょう。

▼和歌の天才・後鳥羽上皇の本歌取り

ただ、こんな日本文化の「核」ともいうべき『新古今和歌集』の編纂は、簡単なことではありませんでした。

そのいちばんの原因は、二一歳のとき、藤原俊成の指導の下、和歌の道を歩みはじめた後鳥羽天皇（のち上皇）が天才的な歌人だったことです。

才能がなければ、歌の道に詳しい臣下に任せて、ときどき意見をいう程度でうまく編集もできそうですが、上皇という直接言葉をいうことさえ憚られる人が非常に高い美意識と編集能力、それに政治力を持っているとしたら、任された人たちは困ってしまいます。

後鳥羽上皇が、『新古今和歌集』の編纂に任命したのは、源通具、藤原有家、藤原家隆、飛鳥井雅経、寂蓮、そして藤原俊成の次男・定家の六人です。

定家は、俊成の「幽玄」をさらに深化させた歌人ですが、この定家の才能が、後鳥羽上皇の才能を磨くと同時に、価値観の対立を生むことになってしまうのです。

不幸にして承久の乱で隠岐の島に遷幸し二度と都に戻れなくなった後鳥羽上皇は、延応元（一二三九）年に亡くなるまで『新古今和歌集』の編纂をやめることはありませんでした。

後鳥羽上皇が最期まで編纂した『新古今和歌集』は「隠岐本」と呼ばれますが、それは一二〇五年の最初の本「竟宴本」から約三〇〇首が削られたものになっています。

桜咲く遠山鳥のしだり尾のながながし日もあかね色かな　（巻一、春歌下　九九）

（桜が咲く遠山にいるという山鳥のしだり尾のように、長い春の一日、いくら眺めていても飽きることのない美しい景色であることよ）

柿本人麻呂の「あしひきの山鳥の尾のしだり尾のながながし夜をひとりかも寝む」を本歌取りしたものですが、「本歌取り」こそ『新古今和歌集』で確立した技法で、「幽玄」を創出するための重要な要素でした。

別の言葉でいえば「借景」です。すでに遠い過去を景色として見立てて、いまの心を詠むのです。

この歌は、後鳥羽上皇の歌の師である俊成が九〇歳を迎えたときに詠まれたもので、「俊成よ、さらに長寿であってくれよ」ということを表そうとしているのです。

本歌取りを「パクリ」と一言で片付ける人もありますが、過去の和歌を詠み込んで、臣下である師匠に祝いの歌をつくれる人はなかなかいないのではないでしょうか。

『徒然草』

日本文化を深化させた「欠落の美」

吉田兼好／鎌倉後期

▼戦乱の世に出た随筆

『徒然草』が書かれたのは、『方丈記』（一二二一、二二〇頁）から約一二〇年を経た頃です。時代は、鎌倉から南北朝へと移っていこうとしています。

日本三大随筆とされる『枕草子』（一五五頁）は律令体制に基づく天皇親政（とくに藤原氏による摂関政治）の絶頂期にあった頃の随筆です。

そして、『方丈記』は天皇の統治権力が失われて源氏、北条氏に替わり、貴族も政治的経済的基盤を失い、学問や文芸などによってその存続の意義を見出そうとする時代に入りかけていた時代に書かれたものでした。

さて、『徒然草』は、後醍醐天皇が鎌倉幕府を打倒し、再び「親政」を開始する「建武の新政」（「建武の中興」とも）をおこなった頃に書かれたものです。

湊川（現・兵庫県神戸市）の戦いで、足利尊氏と戦った楠木正成が自害したのは建武三＝延元元（一三三六）年です。

後醍醐天皇は足利尊氏に敗れると、大和・吉野に吉野朝廷（南朝政権）を樹立し、尊氏が擁する持明院統（北朝政権）と対立するのです。

この時期の京都は混乱を極め、戦乱で死体がいたるところに転がっていたといわれます。

▼元寇の年に生まれた兼好

吉田兼好は、弘安六（一二八三）年頃、京都の吉田神社（現・京都市左京区吉田神楽岡町）の神職の家に生まれました。蒙古襲来の頃です。

二〇歳頃、二条天皇の蔵人（朝廷の役人）になり、後二条天皇の皇子・邦良親王の家庭教師のような役についていましたが、邦良親王は二七歳で突然亡くなってしまいます。

これが原因かどうか明らかではありませんが、兼好は三〇歳前後に出家します。

そして、比叡山横川で修行をしたり、また、和歌を学んだりして「和歌四天王」とまでいわれるようになります。鎌倉にも下り、一五代執権となる金沢貞顕と親しく、上行寺（現・神奈川県横浜市金沢区）に庵を結んでいたともいわれています。

▼欠落の美

ところで『徒然草』は、「隠遁」という社会から身を引いた客観的で冷徹な目で人を見た随筆です。

> 人と生まれたらんしるしには、いかにもして世を遁れんことこそ、あらまほしけれ。ひとへに貪る事をつとめて、菩提におもむかざらんは、万の畜類にかはる所あるまじくや。
> （人間として生まれたのならば、そのしるしとして、何とかして俗世間を逃れることこそ望ましい。ただただ貪ることばかりで、仏道の悟りに心を向けないとするならば、それは畜生と変わるところがないのではないか）（第五八段）

『方丈記』も鴨長明の「無常観」が記された隠遁文学ですが、長明が「方丈」で考えていたことは「あるべきものの喪失」です。「方丈」は、もちろん長明自身がいうように「広さはわずかに方丈」に由来しますが、漢語の「方丈」は「海にいる仙人の住む所」という意味でもあるのです。兼好からいわせれば、長明は隠遁したといっても、所詮仙人になろうという欲を貪る人、というくらいにしか見えなかったのではないかと思います。

兼好は、長明からさらに深い思索をおこないます。それがこの言葉です。

> 花はさかりに、月はくまなきをのみ見るものかは。雨にむかひて月をこひ、たれこめて春の行衛知らぬも、なほ哀に情けふかし（第一三七段）
>
> （花は満開のときだけを、月は雲がないときだけを見て、美しいというべきものなのだろうか。いやそうではあるまい。降る雨の向こう側にあるであろう月を慕い、簾（すだれ）を垂らして、室内に籠（こも）り、春が移り行くのを知らずにいくのも、やはりしみじみとして情緒にあふれるものである）

藤原俊成、定家、後鳥羽院が求めた『新古今和歌集』の「幽玄」が、さらに深さをもって日本の文化を形づくることになるのです。

「欠落の美」といわれるものです。

もちろん本居宣長（もとおりのりなが）がいうように、「もののあはれ」は『源氏物語』にも十分に書かれていることですが、喪（うしな）われていくもの、壊れていくもの、古びていくものに対する美意識が深化するのは、兼好の『徒然草』を待たなければなりません。

能（当時は「猿楽（さるがく）」）を大成した観阿弥（かんあみ）が生まれたのは一三三三年です。

観阿弥の美意識は、『徒然草』から生まれてきたものだといっても過言ではないのです。

『おくのほそ道』

日本文化の真骨頂「わび・さび」を築く

松尾芭蕉（まつおばしょう）／江戸中期

▼愛の喪失の上にある「わび・さび」

俳句（古くは「俳諧（はいかい）」）は、世界で最も短い定型詩として知られています。五音―七音―五音という日本語ならではの音調と、季節の言葉（季語）を入れるという二つの要素があれば、「俳句」です。

簡単です！

とはいっても、こんなに簡単なことが、じつはとっても難しいのです。

それは、「わび」「さび」といわれる独特の感性を、この一七音の中に漂わせることが、俳句の妙味だといわれるからです。

「わび」「さび」は、日本の文化の真骨頂（しんこっちょう）です。

「わび」は「侘（わび）しさ」、「さび」は「寂しさ」に由来する言葉ともされますが、能や茶、建築などにも通じる美感です。

たった一七音の中に、季節を織り交ぜて、「わび」「さび」を表現するとなると、やはりそんなに簡単にできるものではありません。

ところで、俳諧に「わび」「さび」の世界を求め、その世界を構築することに成功したのが江戸時代前期の俳人、松尾芭蕉です。

「わび」「さび」が何かを少しわかってもらうために、まず、芭蕉という人のことを紹介したいと思います。

芭蕉は、一六七二年、二八歳のときに、故郷・伊賀上野（現・三重県伊賀市）から江戸に出てきます。

芭蕉は、まだその頃、「桃青（青い桃）」という俳号を使っていました。

なんともかわいい俳号ですが、芭蕉は同性愛者でした。この俳号からもそういう雰囲気が伝わってくるのではないかと思います。

芭蕉が江戸に出てきたのは、パトロンであり、同時に寵愛してくれた侍大将・藤堂良忠が若くして亡くなったからでした。

芭蕉の「わび」には、このときの「愛の喪失」が、深く心にあったからだったのです。自分を大事にしてくれた大切な人が突然いなくなった「侘しさ」、そして故郷を自ら離れてひとりで生きていかないといけなくなってしまう「侘しさ」。頼りなさとか、心細さというのか、そういうことを、二八歳の芭蕉は経験することになるのです。

芭蕉は、このとき、京都ではなく、現在の三重県伊賀市から遠く離れた江戸を選んだことも、「わび」「さび」に大きな影響を与えたことは確かです。このことについては、芭蕉が残した俳句の名著『おくのほそ道』を紹介した後に、触れたいと思います。

▼貧しかった江戸での芭蕉

さて、江戸に出てきた芭蕉は、俳客とよばれる一般の俳句愛好家が応募した連句や発句に評点をつけたり、俳諧興行の座で指導をしたりすることで収入を得ていたようですが、それだけで十分な生活はできませんでした。

芭蕉は、小石川（現・文京区関口）でおこなわれていた神田上水の改修工事の事務的な仕事に三年ほどたずさわったりしています。

この仕事が終わり深川（現・東京都江東区常盤）に移り住むことになるのですが、このときのことを次のように記しています。

ここのとせの春秋、市中に住侘て、居を深川のほとりに移す。「長安は古来名利の地、空手にして金なきものは、行路難し」と云いけん人の、かしこく覚え侍るは、この身のとぼしき故にや。

柴の戸に茶を木の葉掻く嵐哉

（大意：江戸に出てきてから九年の歳月、市中を転々して、住まいを深川の辺に移す。白楽天の詩にこういうものがある。「長安は古来、名利の地。金のない人には行きにくい」と。言い得て妙だと思うのは、私自身が貧しいからに違いない）

（俳句の意味：茶を煮るために木の葉を掻き集めていると、木枯らしが枯れ葉をわが草庵に吹き寄せる）

芭蕉の、芭蕉としての出発点は、この句にあるといっても過言ではありません。

芭蕉は「わび」から「さび」を経て、最終的な到達点である「軽み」へと思索を深めていくのです。

「わび」は、孤独感や頼りなさですが、上の句には、まだ自分の哀れさを自分で客観的に見つめる本当の力が備わっていません。

芭蕉は、ここで「自我」を棄(す)てることを、決意するのです。「侘び」から「寂(さ)び」への意識の変化です。

▼「錆び」から「寂び」へ

芭蕉の「さび」の境地は、名作『おくのほそ道』によって創られます。

『おくのほそ道』は、事実としての旅を忠実に記録したものではありません。

そのことは、『雨月(うげつ)物語』（一七〇頁）を書いた上田秋成(うえだあきなり)もすでに指摘しています。秋成は、芭蕉のことを「こしらえもの（大嘘つき）」といって否定するのです（『胆大小心録(たんだいしょうしんろく)』）。

さて、「さび」とは、わが国の文化を象徴するひとつの重要な言葉として使われますが、いったい何を表すものなのでしょうか。

「寂び」と書かれる「さび」は、じつは「錆び」なのです。

芭蕉の門人・各務支考は、「風雅は旅行の錆たるを云えり」（『本朝文鑑』）と書いています。

「さび」とは、時間をかけてゆっくりと朽ち果てていくことに対する感傷をいうのです。はたして、芭蕉は『おくのほそ道』を通して、自分自身を「錆び」させ、「寂び」の本質に至る道へと追い込んだのです。


今日は越前の国へと、心早卒にして堂下に下るを、若き僧ども紙硯をかかえ、階の下まで追い来る。折節、庭中の柳散れば、

庭掃きて出でばや寺に散る柳

（大意：加賀大聖寺に泊まった翌朝、今日は越前の国に入ろうと寺の門を出ようとすると、若い僧侶たちが紙と硯を持ってやってきて揮毫してくれと、階段のところまでやってくる。折から、柳が散っている。

本来なら泊めてもらったお礼に庭を掃かないとと思っていると、寺には柳が散っている）

この句は、『おくのほそ道』の前半、那須で詠んだ「田一枚植て立ち去る柳かな」の対としてつくられたもの、また同じく那須の殺生石に向かう際、馬子から短冊を乞われた記事（このとき、

芭蕉は短冊を書いて渡していないと考えられます）とも対になっています。

往路と復路、春と秋、揮毫を乞われたことに対する答えと、時間をかけて歩くことによって「錆びていく季節の流れと、自分の心に浮遊する寂しさ」を詠むのです。

「対」というのは、物事の「表裏」といってもいいでしょう。

「錆び」は、生きている間に、自然に付着するさまざまな厄介な「垢」です。人との関係の中で「垢」をつけ、そしてそれを次第に取り去ることによって、自らの本質を見つめ直そうとするのです。

はたして、年齢を重ねること、さまざまな祭の後の静けさなどに感じる「孤独感」や「侘しさ」を、一七音の言葉に漂わせることができるかどうか。芭蕉は季節の移り変わり、世の中の移り変わり、そして自分の心の変化……仏教の言葉でいえば「諸行無常」という言葉で表されるものなのでしょうが、「因縁の結果」として現れる「現象」を、ハイデガーが言ういわゆる「現存在」、あるいは「世界内存在」的立場から観察することを求めていくのです。

わかりやすくいうと、すべてが関係性の中で存在している。その関係性を、自分の側からだけ見るのではなく、俳句という言葉が織りなす世界の中で、他者の側からも見てみようとするのです。

芭蕉の天才は、まさにこうしたところにあります。「俳聖」と呼ばれる深みなのです。

▼俳句を人の手から自然に還す

ところで、芭蕉が、現在の三重県伊賀市から遠く離れた江戸に居を移して、本格的な俳句の世界に入ったこと、そして、東北地方に向かって「歌枕」（歌に詠み込まれる名所旧跡）を求めて旅をして『おくの細道』という書物を著したことは、「俳句」の世界を、「和歌」の系譜から断絶し、発想を転換させるほどの力があったのです。

それは何かといえば、「所有」からの「還元」です。

俳句がもととした五七五七七の定型でつくられる公的「和歌」のスタイルは、醍醐天皇の勅選によって九〇五年に奏上された『古今和歌集』によって始まりました。これから一四三九年、後花園天皇の勅選『新続古今和歌集』まで、二一の勅撰和歌集（これを『二十一代集』と呼びます）が編纂されます。

そもそも鎌倉時代から室町時代まで、天皇の職業は「歌詠み」として認識されるのですが、『二十一代集』に掲載される和歌で使われた言葉こそ、天皇が公に認めたものとして使われることになるのです。

言葉とは、「存在」や「存在のあり方」を、他者と共有するためにつける記号です。

こうした記号としての言葉は、天皇という「歌詠み」の専門家から認められることによって初めて、その固有であることが認定されました。

和歌とは、まさに天皇の支配の及ぶすべてのものに「名付け」をすることの営みであったのです。

しかし、芭蕉は、「和歌」から生まれた「俳句」を、もう一度「諸行無常の自然」に還元することが可能だと考えたのです。

「他者と共有する季節の記号」、つまり「季語」を、もう一度、人の手から手放すことによって「侘び」や「寂び」という感情を、俳句の中に浮かび上がらせようとしたのです。

芭蕉は、しかし、それを「哲学的なもの」あるいは「重厚なもの」としてはいけないといいます。

芭蕉が、最後に到達しようとしたのは「軽み」と呼ばれるものです。

これは、人が挨拶（あいさつ）をするように、軽いものにしようとしたのです。

もともと、俳句とは、「挨拶句」とも呼ばれるように、人に挨拶やお礼に伺（うかが）うときに、季節のお花やお菓子を持っていくときに添える言葉として発達したものだったからです。

俳句が重いと、受け取った相手も重く感じてしまいます。

「いつでも、軽く、言葉を添える」、そんな優しさこそが「俳句の言葉」なのだと思います。

『古道大意』

国学を宗教化し皇国史観の元祖へ

平田篤胤／江戸後期（一八一一?～一三）

▼戦前、戦中は教科書にも取り上げられた思想

学生の頃、ぼくが最も親しくさせてもらった、ギリシャ哲学からクラシック音楽や007シリーズの映画までなんでも話せる先生がいました。当時は女子学院の高校の先生だったが、のちに、帝塚山学院大学、明治大学の教授となった神鷹徳治という先生です。

あるとき、先生に「平田篤胤なんかには、決して手を出したらだめだよ」と、真剣な目つきでいわれたことがあった。「あんなのに手を出すと、泥沼にひきずりこまれて、どうしようもなくなってしまうからね。第一、あの版本の字が気持ち悪い」

ぼくも、ねっとりと細いミミズがのたくったような平田篤胤の版本の字が嫌いだったので、おっ

しゃるとおりだと思いながら、でも本居宣長との思想の違いはどこにあるかくらいは知りたいと考えていました。

「国学」は江戸中期に興り、「儒学」「洋学」に対して、日本の古典を研究し、日本固有の精神・文化を明らかにしようとしたものです。その学統は、契沖――荷田春満――賀茂真淵――本居宣長――平田篤胤、と続くとされ、なかでも篤胤の門人は、生前すでに五五三人、没後の門人は三〇〇〇人と、日本の思想界に大きな影響を与えたからです。

いまではもうその名前も知る人が少なくなってしまい、平田篤胤といえば極端な国家主義者としか思われていませんが、戦前、戦中、篤胤は皇国史観の元祖として祀られ、教科書でも多く篤胤の思想が取り上げられていたのです。

▼評価は真っ二つ

ただ、平田篤胤の評価は、生前から完全に二つに分かれていました。

宣長の正統の弟子といいますが、篤胤は宣長に会ったこともなければ、手紙のやりとりをしたこともありません。これは宣長が、賀茂真淵に一度だけ会い、ずっと手紙で指導を受けていたのとはまったく異なります。

「享和三（一八〇三）年始めて鈴屋先生（宣長のこと）の著されたる書物を読み、その教えの有難きことを知って、その門に入り、ますます古道の上も無き導きを覚えまして、それよりひたすらこの道を学びて」（『伊吹於呂志』）というのです。

すでにこのとき、宣長は亡くなっています。

ところで、宣長の弟子でも高弟とされた服部中庸(はっとりなかつね)は「故大人(宣長のこと)の後、かくのごとき人物いまだ見聞におよばず、先師のお弟子(本居大平(おおひら))、(本居)春庭(はるにわ)翁はじめ五百人これあり候えども、篤胤におよぶ人もござなく候」と、篤胤を高く評価しています。

が、同じく宣長の弟子でも城戸千楯(きどちたて)は、「そのうえ(篤胤のこと)、学識見識いかにも大人思し召しとは似たるようにて非なるところあるように、小子は存じおり候」とか「山師」などと書いたりしています。

もちろん、人物の評判が上がれば、その人の評価が大きく分かれるのは確かです。

▼日本は皇国・有徳の主張

それでは、宣長と篤胤の学問の違い、そして篤胤が没後も長く皇国史観の元祖といわれるようになったのはなぜなのでしょうか。

『古事記伝(こじきでん)』の項(八五頁)で記すように、宣長の学問は非常に高い文献学に基づいたものでした。その方法は、儒教や仏教の思想を剥(は)ぎ取るようにして、深く、純粋な神代(かみよ)の人たち(古代日本人)のものの考え方を体感しようとしたものです。

これに対して、篤胤は、儒教、仏教はもちろん道教やキリスト教学なども取り込みながら、自説を補強していくのです。

篤胤の自説は、その著『古道大意』の序文に次のように記されています。

わが国の道に於ては、開闢以来、帝位ひとたび立て、君臣の等、万世動く事なく、彝倫の叙、はた自然に具れり。これ但し、神、これを其の性に賦して、生しめ給えるなり。是を以て治国平天下の道、事実の上に昭昭たり。此我が神国の玄妙にして、彼戎夷の少径と、豈同年の談ならんや。然れば我が御道は、宇宙第一の正道、万国の君師たれば、六合の内に含養せらるるもの、誰かはこれに寄らざるべき。

（わが国の道は、この国が始まって以来、天皇の帝位が建てられると、君臣関係が万世にわたって揺らぐことなく、人が相手を思うことの順序なども、自然と備わることとなったのであった。神々もまた、このような人々の性質に合致するように、すべてを生長するようにしたのである。こうして、国を治め、天下が平和に保たれる道は、すべての事象の上に明らかになったのである。このことは、わが国の不思議な力であって、外国の小賢しい政治とは、同等に考えられないものなのである。そうであるならば、わが国のこの道こそ、宇宙第一の正しい道であり、すべてのあらゆる国の、あらゆる位にあって政治にたずさわる人々が、わが国の政治のあり方を学ばずにはいられないものと言ってよいものであろう）

また篤胤は、『玉だすき』の中で、わが国には、神代の時代から、「清浄を本として汚穢を悪い、君親には忠孝に事え、妻子を恵みて、子孫を多く生殖し、親族を睦び和し、朋友には信を専らとし、奴婢を憐れみ、家の栄えん事を思う」気持ちがあったのだというのです。

天皇を万世一系として、その天皇にこうした徳が自然に備わっているから崇めるのだという発想こそ、戦前の皇国史観を生む源泉となったものでした。

折口信夫は、篤胤が、民俗学的にも非常に重要な貢献をしたといいますが、すでにわが国を「皇国」とする史観に基づいて、そうした意見に合うものばかりをさまざまなところから持ってきているとすれば、それは学問でも何でもなく、ただ気持ちの悪いものになるに相違ありません。

ただ、幕末、わが国が動乱の時代を迎えたときに、こうした思想にかぶれて動いた人たちが多くいたことが非常に残念だと思います。

それは、現代でも同じなのかもしれませんが。

『仮名手本忠臣蔵』

年の瀬の定番復讐劇・敵討ちの魅力

竹田出雲ほか／江戸中期（一七四八初演）

▼忠義かテロか

毎年年末になると歌舞伎やテレビ、映画で「忠臣蔵」が掛かっていました。

雪の降りしきる中、大石内蔵助が四六人の赤穂浪士を引き連れて、太鼓をドンドン鳴らしながら、哀しそうな顔をして歩いていく場面は、メディアに違いがあってもほとんど変わりません。

赤穂藩主・浅野長矩（内匠頭）が、江戸城内、松之廊下で吉良義央（上野介）に斬りかかったという事件に起因する復讐劇です。

浅野が吉良になぜ斬りかかったのか、それもよくわかりませんが、浅野はその日のうちに切腹を申しつけられてしまいます。襲われた吉良にも何か、そんなことをされる理由があったに違いありませんが、お咎めは一切ありませんでした。

これを不服に思った浅野の家臣たちが、主君の怨みを晴らすために、吉良の家を襲って吉良を殺害するのです。

赤穂浪士を忠義の武士だとして賞賛するか、あるいは彼らがしたことはテロだったとするのか、江戸時代から意見は分かれています。

毎年、年末に忠臣蔵の討ち入りの日が来るたびに、赤穂派と吉良派に分かれての議論がおこなわれてきました。

たとえば、平戸藩主松浦静山は、『甲子夜話』に「大石の輩は、公儀の免許も得ず徒党を組み、火事と詐りて闇討ちにて押し入っている。これは許すべからざる暴挙なり」と書いています。

東京大学史料編纂所教授で歴史学者の山本博文は「忠臣蔵に私たちが感動しているのは、何か目標の為に、命を捨てて行動する『自己犠牲の精神』があるという単純な理由からではなかろうか」などと記しています。

私は、とくに江戸時代の庶民にとって、「忠臣蔵」は、どこかに「闇」の権力があって、それと力を合わせて退治する大石内蔵助ら四十七士の個人的な活躍と結束力という魅力があったのではないかと思います。

▼半世紀後に人形浄瑠璃作品として人気に

ところで、この「忠臣蔵」が流行ったきっかけは、人形浄瑠璃『仮名手本忠臣蔵』が演じられたことでした。

寛延元(一七四八)年のことです。

大石内蔵助らの討ち入りがおこなわれたのは、元禄一五(一七〇二)年ですから、四五年が経ってからのことでした。ちょうど、事件から一世代を経て、事件に関わった人たちやその家族たちが、事件を美談化することができるような時を経た頃のことでした。

書いたのは、二代目竹田出雲(竹田外記)と並木宗輔、三好松洛の三人です。

とくに並木宗輔は、近松門左衛門亡き後の人形浄瑠璃を支えた人物として高く評価されています。

浄瑠璃研究の専門家、内山美樹子によれば、並木は「人間の本能の持つ激しさ、罪業の深さ、封建社会の矛盾を緻密な構成と写実的な筆致で描き出すこと」を得意としたといわれます。

『仮名手本忠臣蔵』とは、まさに、封建社会の「忠義」に対する考え方の矛盾を人々に突きつけるのに十分な作品だったのではないでしょうか。

江戸文学者・諏訪春雄（すわはるお）によれば、寛延元年の初演から幕末までの一二〇年間に、浄瑠璃は七〇回、歌舞伎ではなんと二一〇回も演じられたのだそうです。

話の内容は、もうみんなが了解済みのこと。しかし、観るたびに、大石内蔵助らが正しいことをしているのかどうかを問うて、答えが出ないまま、また観てしまう。自問自答をくり返すような仕組みが、この作品には込められているのです。

『伊豆の踊子』

清らかで日本的なるものの姿

川端康成（かわばたやすなり）／大正一五（一九二六）年発表

▼川端が得た生きる上での啓示

芥川龍之介（あくたがわりゅうのすけ）が自殺した理由は、「将来にたいするぼんやりとした不安」（遺書）のほかに、もうひとつあります。

芥川龍之介の親友だった小説家・内田百閒（うちだひゃっけん）が随筆「河童忌（かっぱき）」に記すもので、半分は冗談なのでしょうが、「あんまり暑いので、腹を立てて死んだのだろう」というのです。

「兎（うさぎ）も片耳垂（た）るる大暑（たいしょ）かな」と、芥川は死ぬ数日前にこんな句を書いていますが、暑くてたまらない日が続いていたことは確かなようです。

ところで、芥川龍之介が自殺した年に出版されたのが川端康成『伊豆の踊子』です。

読まれたことはありますか？

川端には『雪国』『古都』『眠れる美女』『山の音』などの名作がありますが、初期の川端の全作品を通じて感じられる「清らかさ」は、『伊豆の踊子』を源流の一滴として、ずっと流れ続けているものです。

その「清らかさ」こそ、日本で初めてのノーベル文学賞を獲得することができた所以（ゆえん）なのかもしれません。

さて、『伊豆の踊子』は、川端自身が書いていることですが、実際に川端が経験した、暑い夏の伊豆へのひとり旅をもとにして書かれた作品です。

大正九（一九二〇）年七月、川端は第一高等学校を卒業し、九月には東京帝国大学文学部英文学科（のちに国文科に転科）に入学します。学統からいえば、川端は、夏目漱石（なつめそうせき）、芥川龍之介という系譜の上に現れた作家だったのですが、そのことは別にして、川端は、この夏の伊豆でのひとり旅で、文学的というより、自分が生きる上での「啓示」を受けるのです。

踊り子との出会いにほかなりません。

「花のように笑う」少女との出会いが、川端の心に、光を灯したのでした。

下田街道に下りる道で、踊り子が、川端のことをこんなふうにいうのです。

　私の噂らしい。千代子が私の歯並びの悪いことを言ったので、踊子が金歯を持ち出したのだろう。顔の話らしいが、それが苦にもならないし、聞耳を立てる気にもならない程に、私は親しい気持になっているのだった。暫く低い声が続いてから踊子の言うのが聞えた。

「いい人ね」

「それはそう、いい人らしい」

「ほんとにいい人ね。いい人はいいね」

　この物言いは単純で明けっ放しな響きを持っていた。感情の傾きをぽいと幼く投げ出して見せた声だった。私自身にも自分をいい人だと素直に感じることが出来た。晴れ晴れと眼を上げて明るい山々を眺めた。瞼の裏が微かに痛んだ。二十歳の私は自分の性質が孤児根性で歪んでいると厳しい反省を重ね、その息苦しい憂鬱に堪え切れないで伊豆の旅に出て来ているのだった。だから、世間尋常の意味で自分がいい人に見えることは、言いようなく有難いのだった。山々の明るいのは下田の海が近づいたからだった。

「いい人はいいね」という言葉は、実際に道連れになった踊り子がいった言葉だと、川端は書いています。

「いい人」とは、どういう人なのでしょうか。

それは、「いい国」とは、どういう国なのかという問題とも無関係ではありません。

▼国家に関心がなかった漱石

一九二〇年という年は、日本にとって重要なターニングポイントの年です。

この年の一月に、日本は「国際連盟」に加盟し常任理事国のひとつに選ばれます。

明治維新からわずか半世紀にして、日本は世界に影響を与える国に成長することに成功したのです。

ところで、漱石は、第一高等学校のときに親しくなったジェームズ・マードックから『A History of Japan（日本の歴史）』の寄贈を受けて、次のようなことを書いています。

明治四四（一九一一）年三月一六日・一七日号の朝日新聞「マードック先生の日本歴史」という記事です。

「維新の革命と同時に生まれた余から見ると、明治の歴史は即ち余の歴史であ」って、「ただ斯の如く生れ、斯の如く成長し、斯の如き社会の感化を受けて、斯の如き人間に片付いた迄と自覚する丈で、其自覚以上に何等の驚くべき点がないから、従って何等の好奇心もない」

マードックが書こうとした「日本の歴史」は、古代から遡って、どうして日本人は「明治維新」とともに急激な近代化に成功したかということがテーマです。

漱石にしてみれば、それは、どうでもいいことというより、そうなったからそうなのだとしかいえない事実だったに違いありません。

漱石は、こうも書いています。

「丁度、葉裏に隠れる虫が、鳥の眼を晦ます為に青くなるのと一般（「一緒」の意味）で、虫自身はたとい青くなろうとも赤くなろうとも、そんな事に頓着すべき所以がない。（中略）財力、脳力、体力、道徳力、の非常に懸け隔たった国民が、鼻と鼻を突き合わせた時、低い方は急に自己の過去を失って仕舞う。過去など何うでもよい。只此高いものと同程度にならなければ、わが現在の存在をも失うに至るべしとの恐ろしさが彼等を真向に圧迫するからである」

漱石は明治四三（一九一〇）年、四三歳のときに胃潰瘍で危篤状態となっています。翌年「文学博士」授与を辞退、マードックから、突然、「学位授与辞退」に対する賞賛の手紙が寄せられていました。

朝日新聞の「マードック先生の日本歴史」は、『彼岸過迄（ひがんすぎまで）』を連載している最中でした。漱石は、もしかしたら、明治四四年の段階では、まだマードックの問題の意図を理解していなかったのかもしれません。

漱石が、「明治維新」に対して自分の意見を持ちはじめるのは、『こころ』を書き終えてからことです。

そして、ついに漱石は、「国家」というレベルまで問題を取り上げることができず、よりよき個人、よりよき社会とはどういうものかということを小説や講演（たとえば、『私の個人主義』など）で追求することになるのでした。

▼日本的な精神を表した「いい人」

さて、川端の話に戻りましょう。

『伊豆の踊子』の「いい人はいいね」は、非常に日本的な発想というか、本を自分で読むこともできない未熟で穢（けが）れのない少女から発せられた言葉です。

川端は、この言葉を胸に、小説家としての自分を育てていったのです。

世界的な「論理」では、「いい人」「いい国」なんて言葉は、まったく無意味です。でも、たとえ「無意味」であっても、そうとしかいい表すことができない精神や心、そういうものこそ、「日本的」なものなのではないでしょうか。

一八〇〇年以降、世界はつねに、グローバル化と国粋化の間を揺れ動きながら戦争をくり返してきました。

日本も、幕末から現代に至るまで、こうした歴史の潮流に巻き込まれて、どこへ向かっていいのかさえわからない状況に向かってしまいます。

それでも、日本的であって、決して変わらない何か……日本人は、ずっとそういうものを探し求めてきたのではないでしょうか。

はたして、川端は、「ほんとにいい人ね。いい人はいいね」という言葉こそ、ほかの言葉ではいい表せない「日本的な普遍の精神」だと、はたと気がついたのではないかと思うのです。

そして、それは、漱石がいう『私の個人主義』の理想であって、芥川が『河童』で求めた哲学的存在でもあったのです。

川端は、親友でもありライバルでもあった横光利一の弔辞で、次のようにいっています。

「日本の山河を魂として、君の跡を生きていく」（昭和二三年）

また、戦後まもなくには「敗戦後の私は、日本古来の哀しみの中に帰っていくばかりである」

「日本古来の哀しみ」とは、「無常感」です。

すべてのものが「無常」であるということを意識して生きた芭蕉、鴨長明や吉田兼好、紫式部や大伴家持へと遡って、日本人が抱いてきた哀しみの中で「いい人」であろうとする思いです。

川端は、やはり偉大な小説家、偉大な思想家だったのだとあらためて思うのです。

『野火』

大東亜戦争の地獄と向き合う文学

大岡昇平／昭和二七（一九五二）年刊

▼戦争の極限状態下

北山修作詞、杉田二郎作曲のフォークソング、「戦争を知らない子供たち」が発表されたのは、昭和四五（一九七〇）年のことでした。

大東亜戦争（「太平洋戦争」という言い方は、アメリカ合衆国の占領以降のことです）が終わってから二五年が過ぎた年です。それは、大阪で、日本万博博覧会が開催された年でもありました。

すでに昭和三一（一九五六）年の経済白書に「もはや戦後ではない」と書かれていましたが、昭和四五年には、大東亜戦争を知らない子どもたちが、戦後の政財界に進出してくる時代に入っていたのでした。

それでは、新しい「民主主義」の時代を迎えるにあたり、日本の文学の歴史の中で、「大東亜戦争」はどのようにその「戦争」という問題を清算、あるいは総括することができたのでしょうか。

井伏鱒二（いぶせますじ）の『黒い雨』、野坂昭如（のさかあきゆき）の『火垂（ほた）るの墓』など、戦争の悲惨（ひさん）さを描いた文学作品は、映画やアニメなどで広く知られています。

なんという地獄（じごく）かと思いますが、大岡昇平の『野火』は、惨敗（ざんぱい）してフィリピンの島に取り残された兵隊の「極限状態」を描いた小説として、特筆すべきもののひとつではないかと思います。

> 銃声がまた響いた。弾は外れたらしく、人影はなおも駆け続けた。（中略）
> これが「猿」であった。私はそれを予期していた。
> かつて私が切断された足首を見た河原へ、私は歩み出した。萱（かや）の間で臭気が高くなった。
> 私は一つの場所に多くの足首を見た。
> 足首ばかりではなかった。その他人間の肢体（したい）の中で、食用の見地から不用な、あらゆる部分が切って棄てられてあった。

作者・大岡昇平は、アテネ・フランセで、評論家の小林秀雄（こばやしひでお）からフランス語の個人指導を受け、京都帝国大学文学部フランス文学科を卒業し、スタンダールの翻訳研究をしていました。

身体もそれほど強くなく、兵役に取られることはないのではないかと思っていたようですが、大東亜戦争も末期になると「一億総玉砕（ぎょくさい）」というスローガンによって、とにかく戦地に一人でも多くの兵士を送り、敵を一人でも多く殺すという作戦で、徴兵されてしまうのです。

大岡はフィリピンのミンドロ島サンホセに一等兵として配属されますが、まもなく肺病を患い、まったく兵士としての役目を果たせなくなってしまいます。というより、米軍の猛攻撃により、部隊の兵士はほとんど死に、大岡はジャングルを彷徨いながら、生きるために食糧を探すことになるのです。

米軍の攻撃から逃れることはもちろんですが、大岡が最も苦しんだのは、「飢餓」でした。敗残兵の「私」は、草を、山蛭を、手榴弾によってもぎ取られた自分の肩の肉を食べ、ついには「猿の肉」といわれていた人間の干し肉を、それと知りながら食べることになります。しかし、一緒に彷徨っていた将校から「自分が死んだら、ぼくを食べるといいよ」といわれても、決して将校を食べることはありませんでした。

剣を持った右手で、将校の肉を切り裂こうとしたとき、思わず自分の左手が、その行為を止めたのです。

しかし、「食べない」と決めた「自分」は、いったい人間の「意志」として「食欲」を抑えることができるのか、それともさらなる極限状態が続けば、やはり人肉を食ってまでも、生きようとする「本能」を剥き出しにしてしまうのか……と苦しみ、「狂人」になってしまうのです。

幸いなことに、大岡は、米軍の捕虜となって敗戦を迎え、東京に戻ってきます。

そして『俘虜記』や『野火』など、フィリピンでの極限状態下の「自己」を見つめ直すのです。

▼文学界の戦争責任追及はうやむやに

『野火』は、構想の段階では「狂人日記」という仮のタイトルがつけられていたといわれます。

ところで、終戦から三ヵ月後、昭和二〇（一九四五）年一二月三〇日、新日本文学会創立大会で、「文学者および文学の問題として、どこまでも自己批判的に、（戦争責任）を追及しなければならない」というスローガンが、中野重治から提案されます。

昭和六（一九三一）年の満州事変勃発以降、文学界も次第に「戦時体制化」に入っていきました。昭和九（一九三四）年には、内務省警保局長・松本学の提唱で、直木三十五らを中心に日本文化聯盟傘下に文芸懇話会が結成され、また林房雄や中河与一らが新日本文化の会を結成するなどして、ついに昭和一五（一九四〇）年には岸田國士が大政翼賛会文化部長に就任、翌年大東亜戦争勃発にともない「文学者愛国大会」などが開催されたのです。

石川達三『生きてゐる兵隊』『武漢作戦』、吉川英治『宮本武蔵』などは、日本国民としての「報国」の思想を称揚するものとして書かれたのです。

「新日本文学会」の中野重治は、こうした「報国」思想に傾いていった小説家を糾弾し、「帝国主義戦争に協力せず、これに抵抗した文学者」こそ本当の文学者として称えるべきだというのですが、結局、こうした動きは、朝鮮戦争の勃発、戦後の高度経済成長、日米安全保障協定などをめぐる学生運動などによって、うやむやのうちに新しい戦後文学の時代を迎えることになるのです。

庄野潤三が、『プールサイド小景』という、サラリーマンであることと家庭を支える夫であり父であることの葛藤をコミカルに描いたのは、『野火』の発表からわずか二年後、昭和二九（一九五四）年のことでした。

『沈黙』

信仰の正しさを問うた世界的問題作

遠藤周作／昭和四一（一九六六）年

▼キリスト教信仰とは何か

遠藤周作が、ノーベル文学賞候補と目されていたことを知る人は、少ないのではないでしょうか。

川端康成がノーベル文学賞を受賞したのは昭和四三（一九六八）年ですが、それより二年前の昭和四一年に書き下ろした長編『沈黙』が、世界的な問題作となっていたのです。

『沈黙』は二度、映画化されています。最初は、昭和四六（一九七一）年の篠田正浩監督によるもの、そして平成二八（二〇一六）年にはマーティン・スコセッシ監督によるものです。

とくに二〇一六年のスコセッシ監督のものはより原作に忠実なものになるよう、遠藤の考え方

に沿ったものになっているといわれています。話題になった映画だったので、記憶に新しい方も少なくないのではないかと思います。

さて、遠藤周作は、『沈黙』のほかにも『死海のほとり』『侍』『深い河』『海と毒薬』などキリスト教の信仰に関する小説を書いていますが、遠藤が問題としたのは、「キリスト教信仰とは何なのか」ということでした。

「カトリック」とは「普遍」を意味します。キリスト教のカトリックの教えは、世界を、キリストの愛で満たす「普遍の教え」という意味です。

室町時代から江戸初期に伝わったカトリックの教えは、現代に至るまでわが国に残っています。長崎などはもちろんそうですが、木曽街道や北陸にもその頃の教えが隠れキリシタンという形で残っているといわれています。

▼その信仰は本当に正しいのか

さて、遠藤周作の『沈黙』が、世界的な問題になったのは、時代の大きな転換期だったからということがありました。

それは、「キリスト教」の信仰が、はたして本当に正しいのかどうかという点です。

たとえば、すでに一九六〇年代後半から、ヨーロッパでは、ローマ法王庁という特殊な国家、あるいはキリスト教世界の最高決定機関の不正などが暴かれ、問題になっていました。「普遍」であるべき「正しいキリストの教え」を利用した性犯罪、マネーロンダリングなどが公然とおこなわれていたのです。

一九九〇年に公開された『ゴッドファーザーPARTⅢ』などに描かれるバチカンの金融スキャンダルなどでご存じの方も少なくないのではないかと思います。

ですが、こんなことは、すでに一六世紀のマルティン・ルターなどによるいわゆる宗教改革運動、プロテスタントの運動からすでにわかっていたことでした。「免罪符（めんざいふ）」を買えばすべての罪が許される、などというカトリック教会の「神の許し」など、「自分」で「思考」することができるまともな人たちにとっては、許されることではなかったのです。

遠藤周作が、問題とする「キリスト教信仰」への問いも、ある意味、プロテスタント的な問題だったのです。

カトリックの教え、あるいはキリストの教えを、文化的背景も異なる日本という風土の中で守り続けていくことができるのか。

隠れキリシタンと呼ばれる人たちの信仰は、本当に「自分」でそれを選択して、本当に「自分」でそれを「正しい」と思って信仰しているものなのか。

「キリストの苦しみ」を理解した上での信仰なのか、ただ、キリストの像や聖母マリアを拝み、神父に「告白（告解）」をすることによって、罪が許されるという形だけのものではないのか。

こうした問題を、キリスト教信者である遠藤周作は、自分自身の問題として明らかにしようとしたのです。

「やがてパードレたちが運んだ切支丹（キリシタン）は、その元から離れて得体の知れぬものとなっていこう」そして筑後守（ちくごのかみ）は胸の底から吐き出すように溜息を洩らした。「日本とはこういう国だ。どうにもならぬ。なあ、パードレ」奉行の溜息には真実、苦しげな諦めの声があった。菓子を賜（たま）わり、礼を申しのべて通辞（つうじ）と退出をした。空は相変らずどんよりと曇り、道は寒い。駕（か）籠（ご）にゆられながらその鉛色の空の下に同じような色をして拡がっている海をぼんやり眺めた。自分は近く江戸送りになる。邸を与えられると筑後守は言ったが、それはかねがね聞いていた切支丹牢（ろう）に入れられることだろう。そしてその牢で自分は生涯を送るだろう。もはやあの鉛色の海を渡って故国に戻ることはあるまい。布教とはその国の人間になりきることだとポルトガルにいた頃、考えていた。自分は日本に行き日本人信徒と同じ生活をするつもりだった。それがどうだ。その通り、岡田三右衛門という日本人の名をもらい、日本人になり……。

彼はひくい声を出して嗤（わら）った。運命は彼が表面的に望んでいたものをすべて与えた。陰険に皮肉に与えてくれた。終生不犯の司祭であった自分が妻をもらう。（私はあなたを恨んでいるのではありません。私は人間の運命にたいして嗤っているだけです。あなたにたいする信仰は昔のものとは違いますが、やはり私はあなたを愛している）

▼自分で答えを出さなければならない問い

遠藤周作の『沈黙』は、ローマ法王庁や、カトリック信者の批評家の圧力によって、ノーベル文学賞受賞に至りませんでした。

もちろん、日本国内でも、『沈黙』は、カトリック信者には「禁書」とされ、読むこと、買うことが「罪」だと教えられたのです。

はたして、こうした「信仰」の問題は、深層心理学や脳科学、量子論など科学的な面からもメスが入れられようとしています。

遠藤周作も、ユングの心理学を学んだ河合隼雄と対談などで、「心」の問題を心理学の面から明らかにしようとしています。

神は存在しているのか、宇宙はどうやって創造されたのか、十字架に掛けられたキリストの死は、いったい何を意味するのか。また、自分は何のために生きているのか、「自分」と考える「自分」とは何なのか……答えは結局、見つかりません。

科学的な証明や根拠があったとしても、こうした問いは「自分」の中で思考し、自分で答えを出していかなければならないものだからです。

じつは、そういう意味においても、遠藤周作の『沈黙』は、「自分で考えること」「考え続ける力を持つこと」を教えた世界文学史的に大きな波紋を広げる問題作だったのです。

村上春樹(むらかみはるき)

ノーベル賞常連候補のストーリーテラー

昭和〜令和

▼アイデンティティーとディスコミュニケーション

毎年のように、今年こそノーベル文学賞受賞か！　と話題になる村上春樹。ぜひ、川端康成、大江健三郎(おおえけんざぶろう)に続いて、村上春樹もノーベル文学賞を受賞すればと、ぼくは思います。

それは、長崎出身でイギリスに住むノーベル文学賞受賞者のカズオ・イシグロ同様、あるいはそれ以上に、「現代」に生きる平凡な人間の苦悩や不条理を描いているからです。

……人間ひとりひとりはそれぞれの原理に基づいて行動をしておるのです。誰一人として同じ人間はおらん。なんというか、要するにアイデンティティーの問題ですな。アイデンティティーとは何か。一人ひとりの人間の過去の体験の記憶の集積によってもたらされた思考システムの独自性のことです。もっと簡単に心と呼んでもよろしい。人それぞれ同じ心というのはひとつとしてない。

すでに古い作品といわれるかもしれませんが、これは昭和六〇（一九八五）年に刊行された『世界の終りとハードボイルド・ワンダーランド』の一節です。

その後に発表された『ノルウェイの森』『ねじまき鳥クロニクル』『1Q84』『騎士団長殺し』などにも、さまざまな形で「アイデンティティー」についての問題が取り上げられていきます。

読んでいて思うのは、村上春樹の小説に現れる人々すべてのアイデンティティーは、まるで量子力学的な存在だということです。

すべての存在はバラバラで、関係性を持ちながら、決して深くなることがありません。

村上春樹の小説の中で書かれる会話は、すでに会話でありながら会話を否定したディスコミュニケーション（discommunication）になっているのです。

村上春樹の小説家としての出発点となった『風の歌を聴け』（一九七九）に、すでにそれが出てきます。

「私……何かしゃべった？」

「少しね。」

「どんなこと？」
「いろいろさ。でも忘れたよ。たいしたことじゃない」

「貧乏な叔母さんの話」（『中国行きのスロウ・ボート』収録）にもこんな会話があります。

「どうして貧乏な叔母さんなの？」
どうしてかなんて、僕にもわかりはしない。小さな雲の影みたいに何かがふと僕の中を通り過ぎていった、それだけのことだ。
「ただ、そう思ったのさ。なんとなくね」

「なんとなく」「たいしたことじゃない」「話すことなど何もない」「たいしたことはなにひとつない」……、初めから会話としてさえ「関係性」を深く持つことのない「現代人」の心が村上春樹の世界には描かれているのです。

川端康成や遠藤周作などが問題にする「日本」や「信仰」などが、ニュートン力学的古典的な人間への問いだとすれば、村上春樹が描く世界は、一人ひとりの頭の中に浮かび上がる支離滅裂、荒唐無稽な、時空をも超えたパラレルな世界の間で無作為に飛び交う、相互に無関係なものを捕まえようとする量子力学的な問題提起なのです。

▼スティーブン・キングとどちらがおもしろいか

人生は不条理であり、自分の思いや自分の言葉は人にはきちんと伝わらず、人の中にはどす黒い闇が潜んでいて、何か機会があれば、それが人を殺すような刃を向ける——。こんなことはわかりきったことだといえばそれまでなのですが、村上春樹は、少しずつ世界中のウソか本当かわからない話や、すでに書かれたものの中から、それらを断片にし、うまくパッチワークして、自分なりの話にまとめ上げていくのです。

ストーリーテラーとして天才だといわれますがまさにそのとおりですし、村上春樹の「小説」は、誰が聞いてもどこかで聴いたことがあるように耳にフックするインストゥルメンタル・ミュージックのようなものなのです。

今回、村上春樹について書くために、エッセイも含めて主なものは読み直しましたが、「小説」という点での凄さ、おもしろさを感じながら、これが「文学」かと問われると、どう答えればいいのかわからないとしかいえないと思ってしまったのでした。

もちろん、村上春樹は日本文学史の年表にゴシック体で強調される作家として名を残すでしょう。

しかし、これならアメリカのスティーブン・キングのホラー小説とさほど変わらないのではないかと思ったのです。

ぼくは、スティーブン・キングの本は大好きです。『ドリームキャッチャー』、『ゴールデンボーイ：恐怖の四季春夏編』『スタンドバイミー：恐怖の四季秋冬編』と映画の原作にもなった『恐怖の四季（フォー・シーズンズ）』、『アンダー・ザ・ドーム』などの一部は、文章を空でいえるくらい好きで読んでいます。

村上春樹も読んでいておもしろいけど、どっちかを選べといわれたら、キングの方を選ぶかもしれません。想像力という点では、キングの荒唐無稽さの方が、人間の恐ろしさをもっと明るく楽しく元気に、ぼくに語りかけてくれるからなのです。

第2章

精髄と多才

～心を揺さぶる言葉の粋

『日本書紀』

日本初の勅撰歴史書は何のため？

舎人親王・太安万侶／奈良前期（七二〇）

▼大和王朝の思想

中国大陸に起こった最も古い王朝は、堯帝によって創られた「唐王朝」だとされています（六一八年に李淵が創建した「唐王朝」と区別するために、堯帝の王朝は「陶唐王朝」〔古代の唐王朝という意味〕と呼ぶ）。

堯帝が実在したとは考えられませんが、堯は「敬」「明」「文」「思」の四つの徳によって人々を感化し、知らず知らずのうちに王朝と呼ばれるものをつくったといわれています。そして、帝位にあること七〇年にして、自分の子どもではなく、臣下の中で、「孝」の誉れがあった舜に譲って退位するのです。臣下たちは、この譲位を全員一致で賞賛します。

そして、舜は、三〇年帝位にあって、今度は自分の臣下で、黄河の治水に尽力した禹に、位を譲ります。もちろん、このときも誰も反対するものはありませんでした。

こうした、血縁者ではなく、功績のある臣下に位を譲り、それを万民が褒め称えることを「禅譲」といいますが、この堯、舜、禹の統治した三代を、儒学では、理想の世界として「大同」と呼びます。

じつは、この「大同」の「同」は「人々が皆心を一緒にする」という意味で「和」と同じ意味なのです。

おわかりでしょう、わが国の「大和王朝」とは、儒教の「大同」の思想に基づいて創られたものなのです。

▼謎だった書名

さて、『新唐書』東夷伝によれば、それまで「倭」と書いていた国号を「日本」と改められたのは六七〇年（唐の咸亨元年）であったとされます。

ただ、「日本」は、中国に対する漢字の上の表記で「太陽が昇るところ」を意味し、大和に都を置く「大和王朝」は、自国のことを「やまと」と呼んでいたのです。

『日本書紀』という本も、いまでこそ「にほんしょき」と呼ばれますが、平安から江戸時代までの本には、「やまとふ（ぶ）み」という振り仮名がつけられていて「にほんしょき」と呼ばれることはほとんどなかったのではないかと考えられます。

ところで、『日本書紀』の書名は、古来、「謎」とされてきました。それは、本来は『日本書』というものではなかったのか、その「紀」の部分だけが書かれてから『日本書紀』となったのではないかという疑問です。

中国の歴史書、『漢書』『後漢書』『魏書』などに倣って書かれたとするならば『日本書』が最も相応しいのです。またこれら史書には、皇位の継承を書く「紀」が巻頭に置かれることが必須です。『日本書紀』も天皇の皇位継承の部分だけが書かれているので『日本書』の「紀」なのかもしれないのです。

▼編纂の目的はいずこに

それでは、誰が何のために『日本書紀』を書いたのでしょうか。

『日本書紀』がつくられたのは七二〇年、一般的には天武天皇の第三皇子・舎人親王と太安万侶の編纂とされますが、『日本書紀』は、じつは藤原不比等の意向によってつくられたものなのです。

不比等は、持統天皇のときに大宝律令を制定し、和同開珎の鋳造で日本の経済を中央集権化することに成功した元明天皇に仕え、さらには奈良、平安、鎌倉と続く藤原道長、藤原定家など数多くの政治家、文化人を輩出した藤原家の源流をつくった人物です。

『日本書紀』の編纂の目的は、「大同」の御代がこの日本の地で実現されていること、そして天皇家の正統性とともに藤原家が、堯に対する舜、舜に対する禹のように、臣下としての分を弁えながら、太平の世を輔佐していることを明らかにするためだったのです。

『日本書紀』の最後は持統天皇から文武天皇への譲位が記されます。

八月の乙丑の朔に、天皇、策を禁中に定めて、皇太子に禅天皇位りたまふ。（日本書紀巻第三〇）

ただ、その直前に不比等の名前が挙げられ、持統天皇との近さも書かれているのです。

広肆大納言阿倍朝臣御主人・大伴宿禰御行には並に八十人、直広壱石上朝臣麻呂・直広弐藤原朝臣不比等には並に五十人を仮賜ふ。

不比等は、文武天皇に長女・宮子を入内させますがこれが聖武天皇の母となり、さらに三女の光明子は、聖武天皇の皇后となりさらに孝謙（称徳）天皇の母となるなど、天皇家を支えるために、藤原家の力がいかに重要であったかを暗示するものになっているのです。

本書こそ、対外政策と内政の安定を謀るための重要な書物であるとして、天皇家では代々、講書がおこなわれるものとして受け継がれてきたのです。

『古今和歌集』

ひらがなの発明で飛躍した日本文化

紀貫之ほか撰／平安前期（九〇五）

▼ひらがなを使った最初の勅撰和歌集

いまももちろん、世界中で詩はたくさんの人に書かれています。詩にメロディーがつけば歌となり、皆が合唱したりすることにもなります。古代ギリシャの時代にはたくさんの詩が書かれました。紀元前八世紀頃の吟遊詩人、ホメーロスの『イーリアス』『オデュッセイア』などは有名です。神話を語った詩は、これらのギリシャの文明を伝え、後世のローマ帝国、ヨーロッパ文化の源泉となったのでした。

もちろん、古代チャイナでも多くの詩がつくられました。孔子が編纂した『詩』には全部で三一一首（タイトルのみ知られるのが六首）が収められていますが、孔子は三〇〇〇首の中から、その一〇分の一の名作だけを後世に遺すようにと、のちに『詩経』と呼ばれることになる古典を選んだといわれます。

詩とは、それぞれの国の文化を支えるとても大切なものだったのです。

さて、わが国の詩といえば、和歌でしょう。『古事記』や『日本書紀』にも、和歌はたくさん掲載されていますし、『万葉集』には民衆から天皇までのさまざまな歌が、約四五〇〇首収められています。

これらの古代の和歌は、「万葉仮名」と呼ばれるもので書かれています。

籠毛與　美籠母乳　布久思毛與　美夫君志持　此岳尓　菜採須兒　家吉閑名（『万葉集』巻一―〇〇一番）

（籠もよい籠を持ち、菜を採るための竹べらも、いい竹べらを持ち、この丘で菜を摘むお嬢さん、おまえの家がどこにあるのかを訊きたいので、名前を教えてくれないか）

一見するとまるで、漢詩のように見えますが、「こもよ　みこもち　ふくしもよ　みふくしもち　このをかに　なつますこ　いえきかな」と書かれています。

『万葉集』が編纂されたのは七八〇年頃だと考えられていますが、この頃はまだ〈ひらがな〉も〈カタカナ〉もありませんでした。

〈カタカナ〉が発明されたのは、八二〇年頃です。現存する最古のカタカナ使用例は東大寺所蔵の『成実論』（八二八）と考えられています。

そして、〈ひらがな〉が発明されるのは、九〇〇年頃です。八九〇年代の後半に書かれた文書ではまだ〈ひらがな〉は使われず、〈ひらがな〉を使用して公につくられたのが『古今和歌集』です。醍醐天皇の命を受け、紀貫之らが編纂しました。

▼ひらがなで柔らかに自由に

わが国と唐王朝との間におこなわれた「遣唐使」は平安時代の承和五（八三八）年以降停止されています。じつは、唐王朝はこの頃から内戦、内乱が頻発し、日本政府は海外への派遣などできない状態になっていたのです。

はたして、唐王朝との文化的断絶は、わが国固有の文字として後世使われることになる〈ひらがな〉を生み出すことになったのです。

そして、日本的な四季の移ろいとそこに心を寄せる人々の心を歌ったものの中で、その精髄を伝えるものを選んで編纂されたのが『古今和歌集』だったのです。

袖ひちてむすひし水のこほれるを春立つけふの風やとくらむ

（『古今和歌集』巻一春上―〇〇二番　紀貫之）

（袖を濡らしながらすくった川の水、この水はついこの間まで凍っていたが、きっと立春の今日の風が溶かしてくれたに違いない）

これは、「春」の巻に収められていますし、もちろん季節の歌には違いありませんが、恋の歌と読むこともできます。

春のあたたかい風によって人の心も解きほぐされて、人を恋い焦がれる季節がやってきましたよ〜、春は恋の季節ですね〜。

なんてことを自由に、目にも柔らかに美しく見える〈ひらがな〉で書き表すことができるようになったのは、やはり唐王朝の漢字でガチガチに構築された世界との断絶があったからこそだったのです。

『古今和歌集』の仮名序は次のように始まっています。

やまと歌は、人の心を種として、よろづの言の葉とぞなれりける。世の中にある人、事業、繁きものなれば、心に思ふことを、見るもの聞くものにつけて、言ひ出せるなり。花に鳴く鶯、水にすむ蛙の声を聞けば、生きとし生けるもの、いづれか歌を詠まざりける。

（和歌は、人の心をもとにして、いろいろな言葉になったものである。世の中に生きている人は、関わり合ういろいろなことがたくさんあるので、心に思うことを、見るもの聞くものに託して、言葉に表している。梅の花を摘まんで鳴く鶯、水にすむ蛙の声を聞くと、この世に生を享けているものすべて、どれが歌を詠まないものがあるだろうか）

鶯や蛙の鳴き声にも、心を寄せるわが国古来の文化は、『古今和歌集』編纂によってその真髄が意識化、対象化されることになったのです。

『土佐日記』

ひらがなに心情を託した日記文学

紀貫之（きのつらゆき）／平安中期（九三五年頃）

▼日本で初めての日記は？

日記をつけていらっしゃいますか？　最近は、日記アプリなどもありますので、以前に比べて「あ！　日記書くの忘れた！」という方も少なくないのではないかとは思いますが、それでも、日記は何のために書くのでしょうか。

毎日自分がしたこと、考えたことを残すなんて、将来に向かって恥をさらすものではありませんか？

政治家、文豪などが残した日記は研究の糧になりますが、少なくとも自分が苦しんだり恥ずかしいことをしたことの反省なんてものを残すのはイヤだなと思ってしまいます。

さて、『土佐日記』の解説を見ると、これこそ日本文学史上、初めての日記文学であると書かれているものが少なくありません。

とんでもありません。

日本で初めて日記を書いたのは、円仁です。八三八年に、遣唐使請益僧として博多を出発してから八四七年に帰国するまでの、九年六ヵ月に及ぶ唐での滞在を克明に記したのが『入唐求法巡礼行記』です。これは、当時の唐の状況、「空海を超えた！」と感じた円仁の喜びなどを知るためにはとっても大切な資料です。

ところで、この円仁の日記は、「日記」の重要性を伝えました。

ひとつは、リアルさということです。その日のうちに、その日あったことを記録するのです。それから、もうひとつは、読み直すことによって、何月何日には何をする日だという備忘になることです。

いまのような月別カレンダーなどがない時代、ましてや暦さえもない時代なのです。日記を頼りに年中行事をおこなうのですが、何年前、あるいは先代、先々代がどのような衣裳を身にまとってどんな儀式に参加したのかとか、そういうことを調べるためにも使われたのです。

こういう学問を「有職故実」と呼びますが、それぞれの貴族の家に伝わる日記こそがその拠りどころになるのです。

▼なぜ男が女として書いたか

さて、『土佐日記』の冒頭は「男もすなる日記というものを、女もしてみんとてするなり」と始まります。

ここから見てもわかるように本来、日記は、「男」が書くものでした。

でも、『土佐日記』を書いたのは、女性ではなく、紀貫之という男性です。

当時の和歌の世界では右に出る者がないといわれた人で、右大臣の藤原師輔(ふじわらのもろすけ)でさえ、紀貫之に和歌を習ったといわれます(『大鏡(おおかがみ)』による)。

それではなぜ、紀貫之は、自分が男であるにもかかわらず、「女」として筆を執(と)ったのでしょうか。その答えは『土佐日記』に書かれています。

思ひ出でぬことなく、思ひ恋しきがうちに、この家にて生(うま)れし女子(おんなご)の、もろともに帰らねば、いかゞはかなしき。

(わけても恋しく思うのは、この家で生まれた女の子のこと。〔土佐で死んでしまったために〕一緒に帰ってこられなかったことが、どれほどに悲しいことでしょうか)

という部分です。

母親が幼い娘を失う悲しさを代弁するために『土佐日記』は書かれているのです。

自分の思いを和歌に託すということは、万葉の時代からなされていたことです。いまでも自分の思いを書く詩や短歌はたくさんあります。

ですが、人の立場になって本当に心を寄せるようにして言葉を紡ぐということがどれだけ深く人とのコンパッション（共感）をつくることができるか。

『土佐日記』は、読む人の心に大きな波紋をつくることになります。

そして、その波紋から生まれてくるのが、『源氏物語』だったのです。

『古事記伝』

一三〇〇年前の人の気持ちがわかるか？

本居宣長／江戸後期（一七六四〜九八）

▼意味・語感が変わった「おもしろ」

ぼくの先生、国語学者の亀井孝先生が遺された論文でもっとも著名なもののひとつに「『古事記』は読めるか」というものがあります。

『古事記』は、編纂当時そのままのものではないが、公的な書物として完本で残っているわが国で最も古い書物で、七一二年に書かれた本です。いまから一三〇〇年以上前です。

ところで、ちょっと変な言い方ですが、現代のわれわれは、「現代日本語」を使って、人の話を聞き、人と話をし、文章を書いたりしています。

「現代日本語を使っている」といわれても、そんなことを意識している人はほとんどいないと思います。

でも、詩（詞）や広告コピーを書いている人は、「風たちぬ」とか「食べにけり」などちょっと「古語的な表現」を使って、現代日本語からは感じられない語感を意図的に醸し出すということをしているかもしれません。

もちろん、日本の古典が好きという方で、『古事記』や『日本書紀』、和歌や俳句、『源氏』など「古語」に触れる機会が多い方は、現代日本語と古語では、たとえ同じ言葉でもニュアンスが違うんだよなぁ、ということを感じられるのではないでしょうか。

たとえば、「おもしろ」という一言でも、現代日本語ならゲラゲラ笑うような感じを受けます。ですが、平安時代の「おもしろ」は、笑うようなおかしさではなく、しみじみと心が動くようなことに対して使います。

能の「羽衣」に「おもしろの景色やな」という詞章がありますが、これは、これは「笑い出しそうな風景だ」ではなく「素晴らしい景色だなぁ」

という意味です。

ところで、変わったのは「おもしろ」の意味だけではありません。現代日本語の「おもしろ」は、「おもしろい」と思う対象を外在化、客観化する感じがします。

ですが、古典の世界の「おもしろ」は、風景なり興味を抱くものに自らを投入していく、自分もその世界の中に入っていくような使い方がされています。

そもそも日本文化の特徴のひとつは、自己と他者が滲(にじ)み、溶け合うことです。

「客観化」ということは、明治以降になってヨーロッパの影響を受けておこなわれるようになったことです。

ところで、「おもしろ」の意味やその用法が、明治以降変化したこととも関係があることですが、いまから一三〇〇年も昔に書かれた『古事記』を、われわれが読み取ることができるかどうかというと、やはりそれは無理なのではないか……と、亀井師はいうのです。

▼上古の日本人が感じ、考えていたこと

さて、前置きが長くなりましたが、本居宣長は、『古事記』を、より客観的に外在的に読もうとしています。別の言い方をすれば「文献学」ということになるでしょう。

その水準の高さは驚くべきです。

それは、宣長が『古事記』研究にかけた三〇年以上の歳月と、言語学的な才能によるものです。

宣長は、努力によって天賦(てんぷ)の才を開花させた人でした。

こんなことを、序文に書いています。

抑も意と事と言とは、みな相称える物にして、上ッ代は、意も事も言も上ッ代、後ノ代は、意も事も言も後ノ代、漢国は、意も事も言も漢国なるを、書紀は、後ノ代の意をもて、上ッ代の事を記し、漢国の言を以テ、皇国の意を記されたる故に、あいかなわざること多かるを、此記は、いささかもさかしらを加えずて、古ェより云ヒ伝えたるままに記されたれば、その意も事も言も相称て、皆上ッ代の実なり。

(心と事柄と言葉は、互いに呼応しているものである。上古の時代には上古の時代の心と事柄、そしてそれを表すための言葉がある。そして、後の時代には、後の時代の心と事柄、言葉がある。また同じように、中国人には中国人なりの心と事柄、言葉がある。『日本書紀』という本は、『古事記』の時代より後の人が、それぞれの事柄を勝手に解釈して、漢語(中国の言葉)を使って、日本の心を描いたものなので、たくさんの食い違いが起こっている。それに対して、『古事記』は、その心も事柄も言葉に対して、少しも後代の論理などを交えることなく、昔から言われているままに伝えたもので、当時のことをそのまま知ることができる「実」のある書物なのである)

「おもしろ」という言葉の「真意」が時代とともに変化したと書きましたが、まさに『古事記』には、全編にわたって、上古の日本人が感じ、考えていたことが、そのままの状態で残されていると、宣長はいったのです。

そのことを、繊細に丁寧に、まるで布を織るように書いたのが『古事記伝』という大作です。

▼上古の日本語研究が欠かせない

生涯をかけて書いた宣長の『古事記伝』は、文献学史上の名著として、燦然（さんぜん）と大きな光を放っています。

でも、問題がないわけではありません。

亀井先生は、問います。

『古事記』は読めるか？

『古事記』の真意をつかむため、さらに上古の日本語の研究がなされなければ『古事記』を読むことはできない。しかし、いまの言語学上の上古の日本語研究の水準はまだ、そこまで及んでいない。

『古事記伝』は、あまりに大きな業績であったため、『古事記伝』出版以降、人は、『古事記伝』を通して、『古事記』を理解することになってしまっているのではないか。

われわれがいま読んでいる『古事記』は、宣長視点の『古事記』なのだ。

どうすれば、本当の意味での古事記は読めるようになるのか。

そのためには、文献学を、さらに複合的、構造的に構築していかなければならないと、亀井先生はいうのです。

#『更級日記』

現実と異界をつなぐはかない糸

菅原孝標女／平安中期（一〇六〇頃？）

▼一三歳の少女の旅に始まる回想記

いまからちょうど一〇〇〇年前、上総国の国府・国分寺（現・千葉県市原市）から京に向かって旅立った少女がいました。一三歳の少女です。

もちろん、独りではありません。父親と継母、兄と姉と自分の乳母とそれに従う多くの人たち一行で、おそらく五〇人から一〇〇人ほどはいたのではないかと思います。彼女は、牛車に揺られて、実母のいる京の実家（場所は不明）に向かったのでした。

後年、五二歳になった彼女は、自分が一三歳のとき、国分寺を離れて実家に戻るまでの三カ月の旅のことを思い出しながら、冒頭に綴っていくのです。

じつは、それは、彼女にとって「少女」から、精神的に「大人」に変身する旅でもあったのではないかと思われます。

父親は当時、上総介（従五位下）という身分でした。菅原道真の玄孫に当たる人で、本来なら文章博士などの位を得て、大学寮附属の大学別曹の曹主として京にいてもおかしくない人だったのでしょうが、不運だったのかあるいは何か理由があったのか、四年の間、任官して上総に下るのです。どうして継母が同行し、実母が京に残ったのかなど、まったく詳しいことはわかりません。

さて、『更級日記』というと、日本文学では「『源氏物語』を読みふけって物語世界に憧れた人」が書いた回想録としてとても有名なのですが、はたして彼女にとっての「物語世界への憧れ」は、現代のわれわれが考える文学趣味とはまったく異なるものでした。

それは、人智をはるかに超えた「自由自在」の仏の世界と、苦渋に満ちて「現実」に縛られた人間たちとの間をつなぐ「夢幻」の道のようなものだったといっていいのではないかと思います。ひと筋の、はかなく人の目には見えない「糸」ということかもしれません。

その「糸」は、上総国の国分寺を去るときにこそ、彼女に芽生えたものだったのではないかと思うのです。

> 年ごろ遊び慣れつるところを、あらはにこほち散らして、立ち騒ぎて、日の入りぎわの、いとすごくきりわたりたるに、車に乗るとて、うち見やりたれば、人まにはまゐりつつ、額

をつきし薬師仏のたち給へるを、見すてたてまつる悲しくて、人しれずうち泣かれぬ。
（数年来遊びなれた家を、中が丸見えになるほど散らかして大騒ぎした後、日が暮れる頃、霧が物寂しく立ちこめる中を、車に乗ろうとして家のほうを振り返ると、人目に触れないようこっそりお参りして額づいた薬師仏が立っていて、このままお見捨て申し上げるのが悲しく、つい、人知れず泣いてしまったのでした）

『往生要集』のところ（一五二頁）でも記しますが、当時は、「末法」（一〇五二〜）に入ったことに人々が恐れ戦いている時代です。

ちょうど菅原孝標女たち一行が京に向かう二年前に、藤原道長は出家し、のちに法成寺（また「京極御堂」）と呼ばれることになる摂関期最大級の寺院の根本となる阿弥陀堂の丈六阿弥陀如来座像の開眼供養がおこなわれていました。

「丈六」とは「一丈六尺」、およそ四・八五メートルに当たる高さのことをいいます。釈迦の身長が、常人の二倍あったという伝説に基づくもので、藤原時代の造仏は、すべてこの基準でおこなわれていたのです。

さて、彼女が住んでいた国分寺の母屋にも丈六の薬師如来が安置されていました。

彼女は、その薬師如来に少女らしいたくさんの願いと祈りを捧げていたに違いありません。ですが、その薬師如来を連れて京に帰ることは許されず、見捨てていかなければならないのです。

もう二度と、彼女は、この薬師如来を拝むことはできないのです。

このとき、彼女は「現実」に直面したのではないかと思います。

▼現実・異界との接触、そして孤独

父親の不遇（ふぐう）という「現実」も、本当はこのときに感じたのではなかったのでしょうか。「あづま路の道のはてよりも、なお奥つ方」に自分がいたのだという「現実」からこの日記が始まるのはそのためではないかと思われます。

そして、京に向かう三ヵ月の旅の間に、さらに「現実」が彼女を襲います。乳母の懐妊（かいにん）で離れ離れとなってしまいます。どうしても乳母に会いたくて、兄に抱いてもらって乳母を訪ねると、乳母は息も絶え絶えになっているのです（翌年春、乳母は亡くなってしまいます）。

また、旅の途中で二度も、山の中からどこからともなく現れた遊女たちに出くわします。彼女は、まるで異界と接触してしまったかのように、遊女たちに驚き、当惑するのです。

そして、ついには彼女自身が病に罹（かか）って苦しみます。人と離れて仮宿に隔離され川からの風に「孤独」を思い知るのです。

はたして、旅の終わりに、彼女は、まだ荒削りの「丈六」を囲いの外から眺めることになります。この如来も、できあがると、きっとどこかに運ばれていくのでしょう。如来とは「どこにでも思いのままに往き来ができる仏様」なのです。

帰京後に彼女を待っていた「現実」は、多忙と悲しさに満ちたものでした。

祐子内親王への出仕、橘俊通との結婚と死、姉の死、父の再度の赴任による今生の別れ、そして、晩年の「孤独」です。

『浜松中納言物語』『夜半の寝覚』は、彼女によって書かれたと伝えられています。

『更級日記』と、この二つの本に共通するのは、「現実」と「自由自在」の仏の世界をつなぐはかない一本の「糸」です。

『源氏物語』は、王朝文化の最盛期に書かれたものですが、『更級日記』はまさに「祭の後」の寂しさと悲しさを記した日記なのです。

『明月記』

動乱の時代に生きた歌人の五六年日記

藤原定家／鎌倉時代（一一八〇～一二三五）

▼五六年間にわたる記録の中に

「男もすなる日記というものを」という言葉で始まる『土佐日記』で、「日記」がどういうものであるかについてはすでに記しました。「有職故実」ともいわれますが、貴族の家に伝わる「日記」は、それぞれの職分によって、それぞれの家の先祖がどのような仕事をし、どのようなとき

にどのように振る舞ったかなどの故実を知るための手がかりでした。

藤原定家も、子孫が、自分の日記を「有職故実」として利用してくれるようにと願って五六年に及ぶ日記を克明につけていったのです。ただ、書名は定家がつけたものではありません。もともとは、ただ『日記』、定家がつけた日記なので『定家卿日記』などと呼ばれていました。『明月記』と呼ばれるようになったのは、南北朝時代だといわれていますが、よくわかりません。

さて、藤原定家といえば『百人一首』でしょう。『小倉百人一首』（もとは『小倉山荘色紙和歌』）については、次の項を参照していただければと思いますが、定家は『日記』の中で、この百人一首のことにも触れているのです。

定家は、そのことをびくびく懼れたように書いています。文暦二（一二三五）年五月一日の条、定家、七三歳のことです。

▼後鳥羽上皇からの叱責

定家に『小倉百人一首』を依頼したのは、宇都宮蓮生（頼綱、出家して「蓮生」）という元・武士でした。

ただ、出家したとはいえ、蓮生は、源頼家、実朝、藤原頼経、頼嗣を主君として画策し、北条経時（第四代執権）と自分の孫娘を婚姻させるなど、じつに精力的に政治に関与しています。

また、嘉禄三（一二二七）年、延暦寺で起きた「嘉禄の法難」のときには、法然の遺骸を延暦寺の僧兵から守るために、自ら六波羅探題の武士らを率いて、知恩院から嵯峨の二尊院（山号小倉山）まで移送させたりしています。

じつは、この二尊院の奥は、定家の「時雨亭」があったところ、つまり『小倉百人一首』がつくられた場所だともいわれています。

ところで、定家の三男・為家は、蓮生の娘を妻とし、三人の男の子を生しています。ひとりは二条為氏で和歌の流派である二条派の祖です。次男は京極為教で和歌の流派・京極派の祖です。

さて、このように定家と蓮生は縁戚関係にあったのですが、この鎌倉方と定家の関係は、後鳥羽上皇が最も嫌悪することのひとつでした。

後鳥羽上皇は、鎌倉幕府執権・北条義時討伐の院宣を発し、「承久の乱」（一二二一）が起こってしまいます。

後鳥羽上皇は、隠岐の島に流されてしまいますが、じつは定家は、後鳥羽上皇から「院勘」という激しいお叱りと内裏、公家の家でおこなわれる歌会などに出席することを禁じる「閉門」を解く機会を得られないまま亡くなってしまうことになるのです。

さて、定家が『小倉百人一首』の編纂を蓮生から依頼された一二三五年は、まだ後鳥羽上皇は、隠岐の島で存命です。

何が起こるかわからない状態だったのです。

▼おびえる自分を隠さずに書く

定家は、蓮生の中院山荘に飾るための和歌一〇〇首の撰を依頼されたときの日記に、次のように書いています。

午終、中院より頻りに招請。壁の耳を怖ると雖(いえど)も、逃れ難きに依り輿(こし)に乗り、北の土門を入る。（文暦二〈一二三五〉年五月一日の条）

（夕方、蓮生から何度も来るようにと依頼される。「壁に耳あり」といわれるように、どこで誰がこの話を聞いているのかわからない。このことが洩れたらと思うと怖くて仕方ないが、蓮生からの呼び出しに応じないわけにもいかず、乗り物に乗って、北の土門を通っていく）

定家は、のちに歌道の宗匠(そうしょう)と呼ばれるようになります。

それは、もちろん『新古今和歌集』『新勅撰和歌集』の撰進、『源氏物語』の注釈書『源氏物語奥入(おくいり)』の執筆、『更級日記』『土佐日記』の書写など日本文学史上、特筆すべき人物だからなのですが、日記『明月記』には、自分の気持ちを隠さないこうした記録を残しています。

平安王朝が崩壊していく過程、そして「鎌倉殿」と呼ばれる武士たちの台頭の間で、苦しんだ天才歌人の悲鳴が『明月記』の中から聞こえてくるのです。

『小倉百人一首』

武士の時代への嘆きと後鳥羽上皇への思い

藤原定家撰／鎌倉前期（一二三五）

▼百人の歌人の秀歌を一首ずつ集めて編纂

「予、本より文字を書く事を知らず。嵯峨中院障子の色紙形、故に予に書くべき由、彼の入道懇切なり。極めて見苦しき事と雖も、憖い(なまじ)に筆を染めて之れを送る。古来の人の歌、各一首、天智(てんじ)天皇より以来家隆(いえたか)・雅経(まさつね)に及ぶ」

（私は、書家ではございません。嵯峨中院〔蓮生〕様が、障子の色紙の形に、和歌を書くようにとしきりにおっしゃるので、見苦しいとは思われますが、生意気にも筆を執ってこれを書き、お送りいたします。古い人々の歌、それぞれ一首を、天智天皇から藤原家隆、雅経様に至るまでの御歌でございます）

藤原定家は、日記『明月記』の文暦二（一二三五）年五月二七日の条に書き記しています。「文字を書く事を知らず」とありますが、定家の書は「定家流」といわれる独特のものでありながらその書の技法は、父・俊成(しゅんぜい)からの手ほどきもあって高い水準です。ただ、文暦元年の日記に

は、定家が老眼と中風（脳卒中後の半身不随）に悩まされているとも記されています。あるいは思ったように筆を執ることができなかったのかもしれません。

それにしても、『小倉百人一首』の一番に天智天皇の「秋の田のかりほの庵の苫をあらみわが衣手は露に濡れつつ」をおいたのは日記のとおりですが、九七番から一〇〇番までの順番とその歌はどのようなことを意味するのでしょうか。

『小倉百人一首』をよくご存じの方も多いかと思いますが、九七番から一〇〇番までの歌をここに並べてみたいと思います。

九七番　こぬ人をまつほの浦の夕なぎに焼くやもしほの身もこがれつつ（定家）
九八番　風そよぐならの小川の夕暮れはみそぎぞ夏のしるしなりける（家隆）
九九番　人もをし人も恨めしあぢきなく世を思ふゆゑに物思ふ身は（後鳥羽院）
一〇〇番　百敷やふるき軒端のしのぶにもなほあまりある昔なりけり（順徳院）

九八番の藤原家隆は、後鳥羽上皇から定家とともに『新古今和歌集』編纂の撰者に任命された人です。後鳥羽上皇が和歌を習いはじめた頃、誰を師匠にすればいいかと藤原良経に訊くと、良経は家隆を推挙したといわれています（『古今著聞集』）。

また一〇〇番目、最後に置かれた順徳院は、後鳥羽上皇の第三皇子で承久の乱後に佐渡に流されて亡くなった第八四代天皇です。

定家が「来ぬ人」と詠んでいるのは、後鳥羽院にほかなりません。家隆の歌は、すべての出来事を禊して上賀茂神社の御手洗川（ならの小川）に流してしまうことができればと詠います。

後鳥羽上皇は、「人を愛しくも思われる、人を恨めしくも思われる。つまらない世の中と思うために悩んでしまうこの私は」と詠います。また順徳院は、「昔はよかった」と武士の台頭とともに平安王朝の故きよき時代が喪われてしまったことを嘆くのです。

こういう歌を色紙に書く定家の手は、どうしようもなく打ち震えていたのではないかと思われます。

とくに、すでに触れたように、後鳥羽上皇からは院勘を受けたまま、定家は閉門の立場にあったのです。

後鳥羽上皇を激怒させた定家の歌を紹介しましょう。

▼後鳥羽上皇の気持ちを抉った歌

承久二（一二二〇）年二月一三日、内裏でのことです。この日の御題は「春山の月」「野外の柳」という二つでした。定家は二首を書きつけて後鳥羽上皇のところに行きますが、そのひとつが上皇の逆鱗に触れるのです。

　道のべの野原の柳したもえぬあはれ嘆きの煙くらべに（『拾遺愚草』下、述懐）
　（道のほとりの野原の柳の下で、草が芽吹くように、私の想いもくすぶって、嘆きの煙がふつふつとわいてくるのでございます）

　後鳥羽上皇は多才な人でした。和歌、連歌、管弦、琵琶、蹴鞠、有職故実、囲碁、双六、闘鶏、鶉合、相撲、水練、競馬、流鏑馬、犬追物、笠懸、狩猟、それに刀剣をつくるための鍛冶を嗜みました。後鳥羽上皇自身、機嫌がいいと、手ずから打って鍛錬した刀を、公家、殿上人、北面、西面の武士たちに与えたという話も『承久記』に記されています。

　もちろん、後鳥羽上皇は、趣味以上に求道という意味で刀剣の「鍛錬」をおこなっています。

　しかし、上皇には、刀に対して深く「恨めし」く思う気持ちがあったのです。

　それは、自らが天皇として即位する際に喪われていた「草薙剣（天叢雲剣）」です。天皇即位のために必要な三種の神器のひとつが欠けてしまっていたのです。三種の神器のひとつを欠いた自身の即位を、それだけで自分の不運と不吉と思うからにほかなりません。

　壇ノ浦の戦いで安徳天皇とともに沈んだ草薙剣を、その三〇年後になっても後鳥羽上皇は勅令を出して捜索し続けたのです。

　定家の歌は、後鳥羽上皇の不運に思う気持ちを抉るようなものでした。

どこがでしょうか。

これは「柳下に鍛す」という『晋書(しんじょ)』嵆康(けいこう)伝に基づくものです。嵆康は「竹林(ちくりん)の七賢(しちけん)」のひとりで、博学多才で琴(こと)の名手として知られていました。自由奔放(ほんぽう)、歯に衣着(きぬき)せぬ言動をすることから為政者に憎まれ、友人が起こした事件に連座して処刑されてしまいます。

才能はあるがそのために不運に見舞われる嵆康は、夏になると柳の木の下に噴水をめぐらし、自ら刀剣を鍛錬していたといわれます。これが「柳下に鍛す」という故事の由来です。

後鳥羽上皇も定家も、驚くほどの漢籍の素養があった人です。

後鳥羽上皇は、「柳下」と聞くだけで、嵆康のことがピンときたに違いありません。「嵆康」→「刀」（草薙剣）→「不運」という連想が起こるのです。

「殊(こと)に上皇逆鱗有り」と、そのときの様子が順徳天皇の『順徳院御記(ぎょき)』には記されています。

このとき、定家が言い訳をしたのかどうかなど詳しいことはわかりません。

ただ、この事件が、和歌を通じて心を通わせた後鳥羽院と定家の間を完全に裂(さ)いてしまったのです。

事件から蓮生の依頼による『小倉百人一首』の編纂まで一五年の歳月が流れます。後鳥羽上皇は隠岐の島に流されて、二度と都に帰らぬ人となってしまっています。

上皇が『小倉百人一首』を見たかどうかはわかりません。読んだとしたら、定家が選んだ自身の「人をもし」の歌をどのように思ったでしょうか。

定家が「極めて見苦しき事と雖も、憖(なまじ)いに筆を染めて之れを送る」といいながら書いた『小倉百人一首』は、武野紹鷗（たけのじょうおう）や千利休（せんのりきゅう）が茶の湯の掛け物にしたことから、茶掛けとしても珍重されていくことになります。

『小倉百人一首』は、天皇の力が失われ、武士の時代がやってきた時代の移り変わりに対する嘆（なげ）きとともに、定家の後鳥羽上皇への思いが込められた和歌集だったのです。

『和漢三才図会（わかんさんさいずえ）』

「ろくろくび」も出てくる図入り百科事典

寺島良安（てらじまりょうあん）編／江戸中期（一七一二刊）

▼天空の不思議、動植物、日本と中国の国々

みなさんのご自宅に『世界大百科事典』（平凡社）、あるいは『ブリタニカ国際大百科事典』などが並んでいませんでしたか？

版によって異なりますが、およそ三〇巻から五〇巻程度。

応接室や客間などにずらりと並んでいると、教養や威圧感のようなものを感じました。

ぼくは、子どもの頃、百科事典を項目から項目へと渡り歩くようにページをめくって読むのが大好きでしたが、読めば読むほど、この世の中がパズルのように関わり合いながら成り立ってい

るのだなぁということを感じたことでした。

百科事典はいま、古本屋さんに、ほとんどただ同然で売りに出ています。ウィキペディアを見ることができれば、もう百科事典はいらないのです。それに狭い家には、何十冊も本を並べておくスペースもありません

さて、『和漢三才図会』は江戸時代中期、正徳二（一七一二）年に出版された百科事典です。分量は一〇五巻、全部で八一冊。大型の本で、これもとても場所を取りますが、絵もいっぱいで見ているとまったく飽きません。

天空の不思議から、人が使うありとあらゆる道具の類、動植物、虫の類から、日本はもちろん世界各国の国々の説明までなされているのです。

たとえば、「月」の項目を見てみましょう。

日本語の呼び名は「つき」、中国語では「ユエ」。漢字の読み方は「けつ」、別名で「玉兎」「玉蟾」「[illegible]」「璘」と呼ぶ。毛氏（誰か不明）の説では「月の漢字の第二画目は、第一画目の「ノ」の部分にくっついてはダメで、中の横棒二本は左にくっついていて、右側の線にくっついてはいけない」と。

後漢の劉熙編『釈名』という字書には、「月は欠けるから、ケツという。満ちてしまえば欠けるもの

である」と書かれている。徐氏（誰か不明）はいう。「太陽の陽のエネルギーに、月の陰のエネルギーは勝つことはできない。臣下は君主に敵対することはできない。したがって『詩経』などでは、月は臣下を象徴するもの、太陽は君主を象徴するものとして描かれている。臣下は欠ける点が多いからである」

江戸時代の人たちが使った百科事典には、こんなことが書かれていたのです。

▼異国人「ろくろくび」も解説

また、『和漢三才図会』には、一九〇〇の異国があったとして、それぞれにその異国人の姿が描かれていますが、中に「飛頭蛮」という人たちが「大闍婆国」に住んでいると書かれています。

飛頭蛮人とは「頭が飛ぶ人。その人は目に瞳がなく、頭がよく飛ぶ。漢の武帝のとき、頭を南の海に、左手を東海に、右手を西の沢に飛ばした。夕方になったら頭は肩に戻ったけれど、両手は疾風に当たって海水の外に翻った」などと記されているのです。

著者・寺島良安が想像して書いたものではなく、種本である明の王圻の『三才図会』からの引用なのですが、鎖国状態で長崎からのみ外国の情報が入ってくる江戸の人たちにとって、『和漢三才図会』は想像力をふくらませるに十分な百科事典であったことは確かです。

世界的に流行するわが国発の妖怪たちの多くは、『和漢三才図会』に掲載される異国人や動植物などに由来するものが少なくないのです。

博物学者・南方熊楠は、本書を全冊、手書きで写したといわれていますが、本書は、わが国に

「博物学」という学問の種を蒔いた非常に重要な本だったのでした。

『虎列剌珍聞』

コレラ退治の珍説・奇説が流行

近八郎右衛門編／明治一二（一八七九）年

▼明治に大流行した死病コレラ

「虎列剌」と書いて「コレラ」と読みます。オランダ語、ドイツ語で伝わった「コレラ」に漢字を当てたものです。

「虎」は「コ」、「列」は「レ」という発音で、三つ目の「剌」は「ラ」。「刺す」という字とは似て非なるものです。よく見ると、これらの二つの漢字はちょっとだけ違うところがあります。右側の「刂」は同じですが、左側は「たば」という意味の「束」ではなく、「束」。形が違えば、発音も異なり、意味も異なるのです。

「虎列剌」の「剌」は「ラチ（ラツ）」と読んで、意味は「跳ね返る」という意味の漢字です。「溌剌」なんていうときの「剌」と覚えておけば間違うことはないでしょう。

これに対して「刺」の発音は「シ（セキ・シャク）」で、意味は「刺す」。谷崎潤一郎の小説に

『刺青（しせい）』という名作がありますが、いうまでもなく「入れ墨」「彫り物」です。

さて、コレラは、現代では、早期に薬を飲めば簡単に治りますが、明治時代は、結核（けっかく）についで恐ろしい病気でした。

発症すると、嘔吐（おうと）と激しい下痢（げり）によって水分を失われ、急にシワシワの手、シワシワの顔になって、筋肉の痙攣（けいれん）を起こして、一日二日のうちに死んでしまうのです。

一人が罹（かか）ると、まわりにどんどんうつって大流行となるというところは、現代のコロナウイルスと同じです。

罹るとすぐに死ぬことから、「コレラ」をもじって、「コロリ」とも呼ばれました。「コロリ」と「コロナ」……なんか似ていますね。

ところで、明治一二～一九（一八七九～八六）年にコレラが大流行したときには、一〇万人以上が亡くなったという記録が残っています。

「コロナ」という言葉が、二〇二〇～二一年の流行語であるとすれば、「コロリ」こそ、明治一二年頃の新聞紙上を騒がす流行語だったといってよいでしょう。

明治一二年九月一七日付「東京日日新聞」には「全国中コレラ患者は初発より本月十五日まで十三万八千九百五十三人、内死亡七万六千三百四十二人、この比例百人に付き死亡五十四人九分四厘強とのこと」と記されています。

一〇〇人の感染者のうち、約半数が亡くなるなんて、驚くべき致死率ではないでしょうか。

▼コレラを退治する合戦記マンガ

このとき、全国で、コレラ予防のための無料講演会などが開かれました。

ただ、この頃はまだ、コレラが細菌によるものという認識は、まったくありません。ヨーロッパでコレラ菌が発見されるのは、一八八四年、つまり明治一七年のことなのです。コレラ菌発見の業績は、森鷗外や北里柴三郎のドイツでの恩師、ロベルト・コッホによるものです。

不衛生であることが、最大の感染の原因だというのですが、この明治一二年のコレラの原因を、当時の日本人は、政府がそれまでの「太陰暦」をヨーロッパ式の「太陽暦」にしたためだなどと考えたりしたのでした。

「明治改暦」と呼ばれるもので、明治五年一二月三日を、明治六年一月一日とすることで、ヨーロッパと同じグレゴリオ暦の月日の表示としたのです。

「改暦」と「コレラ流行」には因果関係などあるはずがありません。しかし、人間とは弱い者……、何かに原因を見つけないと、不安で仕方がないのでしょう。

治療法にも、さまざまなものが考案されました。

コールタールを身体に塗りつけるというもの、またオオカミの骨を身につけていればコレラの憑きものが取れるというので、高く売りつけたりする商売まで現れます。

明治一二年に書かれて、明治一五年に出版された本に、近八郎右衛門編『虎列刺珍聞』（金沢・文林舎〈著者〉蔵版）には、「虎列刺合戦絵入くどき」というコレラを退治する合戦記マンガもつ

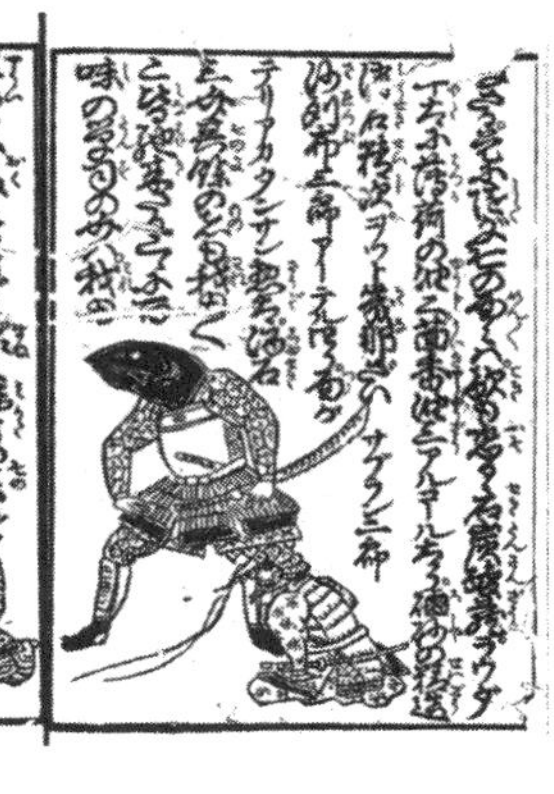

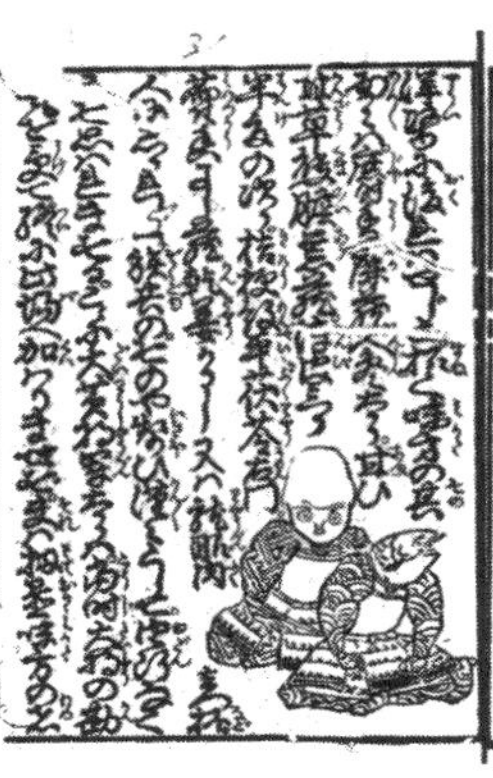

いています。

敵の恐るる石炭酸蔵。ラウダ平太に薄荷の油二。茴香油三。硇砂の精造。硝石精次。サブラン二郎。沙列布三郎……

コレラは、炭酸水、薄荷オイル、茴香オイル、硇砂（塩化アンモニウム）、硝石を精製したもの、サフラン、沙列布（蘭の根を乾燥させたもの）などが効くといって、彼らを武士に見立ててコレラを退治するという話です。

▼「衛生」も流行

明治一七年、コレラが不衛生なところで発生し蔓延する病原菌だとわかると、日本ではすぐに「衛生」という言葉が流行することになります。

森鷗外や泉鏡花は、ナマモノを口にすると、不衛生で、そこからコレラに感染するのではないかと心配して、必ず熱湯で消毒してからでなくては食べ物を口にしなくなってしまいます。

彼らは、刺身は見るのもイヤ！　大好物のパンを食べるときには、人差し指と親指で触ったところは捨てていたといわれています。

現代の「コロナ禍（か）」でも、おどろくほど敏感に反応する人もいれば、お呪（まじな）いに走る人もいます。明治時代の日本と、現代の日本は、さほど大きく変わっていないのではないかと思うのです。

『日葡（にっぽ）辞書』

江戸初期の日本語を伝えるタイムマシン

イエズス会編／江戸初期（一六〇三〜〇四）

▼黄金の島に伸びてきた欧州経済圏の魔手

フランシスコ・ザビエルが日本にやってきたのは、一五四九年、戦国時代のことです。スペインとポルトガルによって大西洋、太平洋を横断してアフリカ大陸、アメリカ大陸、アジアへと進出する大航海時代（一四一五〜一六四八）の後半に差しかかった時代です。

いよいよマルコ・ポーロ（一二五四〜一三二四）から「黄金の島・ジパング」と呼ばれたわが国に、

ヨーロッパ経済圏という魔の手が伸びてきたのでした。

それまでジェノバ、ベネチアなど地中海を中心におこなわれてきたヨーロッパの海外貿易は、スペイン、ポルトガルの大西洋航路やアフリカ西海岸から南を回るインド航路の発見によって、奴隷（どれい）と植民地を獲得し経済的発展を遂げることになるのです。

そして、彼らの経済戦略を支える上で大きな役割を果たしたのが、ローマ教皇を頂点とするカトリックの宣教師たちです。

なかでもイエズス会は、知識と能力の高さで、世界をキリスト教的世界観で啓蒙（けいもう）しようとする力に満ちていました。

フランシスコ・ザビエルは、イエズス会創始のメンバーのひとりです。

さて、当時イエズス会に入会することは、誰にもできることではありませんでした。ローマ教皇に対する絶対の献身はもちろんですが、ラテン語、ギリシャ語はもちろん、哲学、文学、科学、芸術、そして非ヨーロッパ語の習得が条件だったのです。

こうした総合的な教養と学識を背景に、彼らは世界各地でキリスト教の布教を押し広めていきます。

フランシスコ・ザビエルもそのうちのひとりだったのです。

ただ、ザビエルは日本に長く留まらず、中国への布教を目指しつつ広東（カントン）省上川島（カンチュアン）で亡くなってしまいます。

▼「日本」は「ニフォン」「ジッポン」？

ところで、日本でのキリスト教の布教には「日本語の習得」が必要でした。文献の上で『古事記』以来使われている「天」や「神」が、キリスト教で使われる「天」や「神」とどのように異なるのか、そんなことを説明するためにも、辞書が必要なことは明らかです。

こうして編纂されたのが『日葡辞書』（オリジナルタイトルは、『Vocabulario da Lingua do Japam com a declaracao em Porgugues（ポルトガル語で説明をつけた日本の辞典）』）です。

現在、オックスフォード大学ボードレイアン図書館、ポルトガル・エヴォラ公立図書館、フランス国立図書館、ブラジル国立図書館が所蔵する四点が遺っているだけです。

『日葡辞書』は、約三万二〇〇〇に及ぶ日本語の語彙にポルトガル語で説明した辞書ですが、この辞書によって、われわれは、いま、当時の日本人の日本語の発音や方言なども知ることができます。

たとえば、当時の日本語の「はひふへほ」の発音は、現代のわれわれの発音とは異なっていました。

現代日本語ではハ行音は喉の奥から音を出して発音しますが、当時は上下の唇を合わせて息を出す「ファフィフゥフェフォ」という発音だったのです。

また、「日本」の読み方は、いまは「ニホン（当時は「ニフォン」）」と「ニッポン」の二つしか残っていませんが、当時はこのほかにもうひとつ「ジッポン」という呼ばれ方もしていたのでした。

さらに、現代日本語で「老人力」「語彙力」など「○○力」という言い方がありますが、これはすでに室町時代からあった言葉でした。

たとえば、食べ物が身体に与える力という意味で「食力」という言葉が『日葡辞書』には掲載されているのです。

『日葡辞書』は、現代のわれわれの目から見れば、一六〇〇年頃の日本語を伝えるタイムマシンなのです。

『曽根崎心中』

大ヒットしたお初徳兵衛、悲劇の心中愛

近松門左衛門／江戸中期（一七〇三刊）

▼近松門左衛門の人情浄瑠璃

江戸時代（一六〇三～一八六七）の一八〇〇年頃まで、文化の中心は関西、京都、大坂にありました。

お酒も「下物」といって、京都や灘など、関西から江戸に「下ってくる」ものがよしとされたのです。

「文楽」「人形浄瑠璃」「義太夫」などとも呼ばれたりすることがありますが、近松門左衛門が書いた『曽根崎心中』という浄瑠璃も大坂で生まれて人気が上がり、それがのちに歌舞伎になって江戸にやってきます。

ほかにも歌舞伎でよく知られる「菅原伝授手習鑑」や「芦屋道満大内鑑」ももともとは人形浄瑠璃として大坂で演じられたものだったのです。

浄瑠璃は見たことがないという方も少なくないかもしれませんが、三味線奏者、情景描写から登場人物の言葉を語る太夫、人形遣いが息を合わせて演じられるものですが、太夫が語る有名な詞章は、好んでそれだけでも語られていました。

『曽根崎心中』の主人公、女郎屋のお初（二一歳）と醤油商・平野屋の徳兵衛（二五歳）が心中を決心し、死への道を行く名場面などはこんな感じです。

この世の名残り、夜も名残り、死に行く身を譬うれば、あだしが原の道の霜、一足ずつに消えて行く、夢の夢こそ哀れなれ。あれ、数うれば、暁の、七つの時が六つ鳴りて、残る一つが今生の、鐘の響きの聞き納め。寂滅為楽と響くなり。鐘ばかりかは、草も木も、空も名残りと見上ぐれば、雲、心なき水の音、北斗は冴えて影映る、星の妹背の天の河。梅田の橋を鵲の橋と契りて、いつまでも、われとそなたは夫婦星。必ず添ふとすがり寄り、二人がなかに降る涙、川の水嵩も増るべし。

（この世の名残惜しさ、今夜の名残惜しさ、死にゆくわが身を喩えるとするならば、墓地への道の霜が一足ごとに消えていくようなものといえようか。夢の中で夢を見るのは哀れとしかいいようがない。あぁ、鐘の音を数えると、七つの鐘が六つ鳴り、残る一つの鐘の音が、この世で聞く最後の鐘になってしまう。これが鐘の聞き納め。さながら「寂滅為楽（迷いの世界から離れて、心安らかな境地が訪れよう）」と響いてくるように聞こえてくる。鐘の音ばかりではない。草も木も、空もこれが最後かと見上げると、雲も無心に流れ、水の音さえ無心に響いてくる。北斗七星の星々も輝き、水面に影を映している、その川の流れを、牽牛と織女が夫婦の契りを交わす天の川に見立て、梅田の橋をカササギの橋と約束し、「いつまでもお前と私は夫婦の星、必ず添いとげよう」とすがり寄る二人の間に降る涙で、この川の水かさも増さるであろう）

声に出して読んでみると、浪花節や演歌の伴奏のときに語られる台詞みたいに思われるのではないでしょうか。

『曽根崎心中』は初演で爆発的な大当たりを取りました。

それまでになかった人情浄瑠璃を興行することができたからです。

それは、庶民がひしひしと感じる葛藤、苦悩を正面から描いてみせたからです。

▼時代物と世話物

それまでも、もちろん、浄瑠璃はありました。でも、『曽根崎心中』がつくられる前までのものはすべて「時代物」と呼ばれるものです。

たとえば、貞享二（一六八五）年、近松が書いた『出世景清』も「時代物」です。

能の演目「景清」も『平家物語』を題材にして、晩年、自ら目を抉って盲目になった藤原景清（悪七兵衛）を主人公にした作品ですが、近松は、『出世景清』で、熱田神宮大宮司の娘・小野姫と京都の遊女・阿古屋という二人の女性を登場させ、三角関係になって怨恨に苦しむ男女の葛藤を描いたのでした。

『出世景清』は、近松が太夫・竹本義太夫のために浄瑠璃を書いた最初の作品で、これが流行ったことで「浄瑠璃」が「義太夫」とも呼ばれるようになったのです。

それから一八年後、近松はこんどは「時代物」ではなく、生々しいニュースを題材にして「世話物」という新しい浄瑠璃を書くのです。それが『曽根崎心中』です。

▼庶民の共通語となった浄瑠璃

近松が『曽根崎心中』を書くきっかけになったのは、四月七日に起きた情死でした。

叔父の醤油屋で丁稚奉公をする徳兵衛には、心に決めたお初という女がありました。しかし叔父は勝手に自分の娘と結婚させようとして、徳兵衛の継母に結納金を渡し、それを断ったら、うちから出ていけ、大坂に住めなくしてやると迫ります。

それでは困ると、やっとの思いで結納金を継母から手に入れ叔父に戻そうとするのですが、そこに現れるのが友人・九平次（くへいじ）からの借金の依頼。三日限りの約束で、徳兵衛は九平次に金を貸すのですが、この金で九平次はお初を買おうとするのです。そんな九平次が、徳兵衛にお金を返すはずもありません。

徳兵衛の怒り、お初への愛。またお初の、女郎としての苦しみ悲しみ。結局、どうしようもなくなった徳兵衛とお初は心中を選んでしまうのです。

情死なんて、よくある三面記事だといってしまえばそれで終わってしまいますが、当時はまだ、こんなものを浄瑠璃にするなど、誰も考えることができない出来事だったのです。

しかも、演歌か浪花節のように、男と女の叶（かな）わぬ愛を独特の調子で、三味線をバックに歌い上げるのです。みんなが泣かずにはいられません。

江戸時代、能の謡曲（ようきょく）は武士の間の共通語として使われることになりますが、庶民の間では浄瑠璃の言葉が共通語として使われるようになります。

『曽根崎心中』は、じつは庶民の言葉を広めていく画期的な浄瑠璃でもあったのです。

『蘭学階梯』

後進に多大な影響を与えたオランダ語入門書

大槻玄沢／江戸中期（一七八八刊）

▼「階梯」の思い出

『楷書階梯』という想い出深い本があります。高校一年生のときに買った書道の本で、「楷書」を書くのが上手になるためにはどういう手本を使って、どんな筆使いを学んでいけばいいとかいうことが書いてある本なのですが、そんな内容はどうでもいいのです。

書道の先生のところに持っていって見せると、先生は「階梯」という言葉の意味がわかるかと訊かれました。……知るはずがありません。なんかかっこいい和装本だったから買っただけだったのです。

すると、先生は、「階梯」の「階」は「上ったり下りたりする階段、「梯」は「両手、両足を交互に出して上り下りをする梯子だよ」と教えてくれたのでした。そして、こういいました。

「ようじ、お前はまだ階段の登り口にも、梯子の下にも届いていないねー」

なんだか、ぼくはとっても恥ずかしい気持ちになって、その本を持って帰ったのでした。

それから七年後、大学四年（ぼくは学部卒業に二年も留年したので）のとき、その頃付き合っていた彼女が、ぼくの部屋に来て「この本何？」と訊いたのです。

ぼくの部屋には、中国の古い時代に印刷された漢籍や江戸時代の和本もたくさんありました。ほかにもおもしろい本はあるはずなのに、なぜか、彼女は本棚の中から『楷書階梯』を引き抜いて、これは何の本なのかと訊いたのです。

「楷書が上手に書けるようになるために階段と梯子の上り下りの仕方を教えてくれる本だよ」と答えると、彼女はいいました。

「ようじの可愛い字の方がいいよ、楷書なんてあんまり勉強しない方がいいよ」

ぼくはその頃、哲学者・三木清（みききよし）の本ばかり読んでいて、三木の字を真似たカクカクした字を書いていました。

その後、林望（はやしのぞむ）師匠に入門したら、林師匠の字に似た字になって、最近は丸とも角ともいえないヘタ行草（ぎょうそう）文字を書くようになりましたが、いまも楷書は苦手です。ぼくの性格が、きちんと整った楷書の書法には合わないのだとは知っていましたが、毎日、欠かさず筆だけは握っています。

▼国際語だったオランダ語

さて、ちょっと前置きが長くなりましたが、「階梯」は、いまなら「入門書」とでもいうものでしょう。そして、『蘭学階梯』は蘭学の入門書です。オランダ語を勉強するための本、加えて日本とオランダの関係や蘭学がなぜわが国で発達したのかが書かれている本です。

現代なら、みんなが英語を勉強していますが、それは英語が国際的に通じる言語として、自然科学、社会科学、人文科学、あらゆる分野で使われるからです。

でも、当時、わが国（というより徳川幕府ですが）は、ヨーロッパ諸国の中ではオランダとだけ交易をおこなっていました。

一七七六年にはアメリカの独立宣言、一七八九年からはフランス革命、一八〇五年にはナポレオンがアウステルリッツの戦いでロシア・オーストリア連合軍を打ち破るなど大激動、大動乱の時代を迎えます。

もちろん、その前から、たくさんの火種はあったにせよ、わが国にとってはイギリスやフランス、スペインやポルトガルと関わるより、オランダと関係を結んで、のらりくらりとヨーロッパの学問を輸入しているくらいでちょうどよかったのでした。

▼勝海舟、福沢諭吉も学んだ本

ところで、蘭学の入門者、『蘭学階梯』を書いたのは、大槻玄沢です。お父さんがオランダ流外科を開業し、一関藩（現・岩手県一関市）の藩医であったことから、自分も子どもの頃からオランダ語や外科手術を勉強するのです。

ものすごく頭がよかったらしく、二二歳のときに江戸への遊学が許されました。

そして、オランダ語の『ターヘル・アナトミア』を、日本語の『解体新書』に訳した前野良沢に本格的なオランダ語を学んで、さらに蘭学を極めるために長崎に留学するのです。

玄沢の蘭学がすごいところは、言語学的視点が鋭いことです。

習って覚えればいいとかいう受け身の語学ではありません。発音と綴りはどのあたりで一致するのか、どのような文法的な構造でこの文章が成り立っているのかなどを明らかにしようとするのです。

大槻玄沢の子どもには漢学者の大槻磐渓、磐渓の子どもが日本で初めて「五十音図」の並び方で日本語の辞書『言海』をつくった国語学者・大槻文彦がいますが、いずれも言葉という分野で才能を発揮したのは、遺伝と世代を超えた鍛錬があったからでしょう。

『蘭学階梯』の出版は、わが国の蘭学発展に大きな影響を与えます。

ひとつは、『解体新書』の改訂版が、大槻玄沢によってなされたことです。

杉田玄白、前野良沢の二人が訳した『解体新書』は、「オランダ語」の理解という点ではまだ十分ではなかったのです。

いい忘れましたが、大槻玄沢の「玄沢」という号は「杉田玄白」の「玄」と「前野良沢」の「沢」をひとつずつもらったものです。

人間の内臓がどのような器官でどこにどんなふうになっているのかを科学的解剖学的に書いた本の誤訳の訂正は、当時の日本の医学界に大きな貢献を果たします。

それと同時に、オランダ語を学んで最新鋭のヨーロッパの科学技術を導入したいという人たちの入門書として不可欠のものになったのです。

高野長英、勝海舟、福澤諭吉など幕末に蘭学を学んだ人たちは、みな、この本によって蘭学の入門を果たしたのでした。

蘭学には入門しなかったぼくでも『蘭学階梯』は持っています。『楷書階梯』の横に並んでいるのは、いうまでもありません。

『英和いろは』

新時代の時流に乗った英語入門書

岩崎茂実編／明治七（一八七四）年

▼「これからは英語の時代！」

『英和いろは』という和装、半紙本、たった一三ページの薄っぺらい本があります。

著者は岩崎茂実、明治七（一八七四）年一〇月に出版されました。

しかし、薄っぺらいとはいえ、明治以降の日本に、じつは大変大きな影響を与えた本なのです。

明治七年といえば、薩摩（さつま）出身で、のち初代文部大臣になる森有礼（もりありのり）、福澤諭吉、加藤弘之（かとうひろゆき）、西周（にしあまね）、中村正直（なかむらまさなお）など日本を西洋化しようと躍起（やっき）になっている人たちが「明六雑誌（めいろくざっし）」を出版した年です。

森は、西洋化するためには、いっそ日本語をやめて、英語にしよう！　ただ、その際、英語の不規則動詞を規則化して、英語を日本の国語にするというのはどうだろうと、イェール大学の言語学者ウィリアム・ホイットニーに手紙を送って意見を求めたりしています。

こうした背景があって、「これからは英語の時代！」という雰囲気の中で出版されたのが本書だったのです。

すでに「蘭学」、つまりオランダ語は、はるか江戸時代の古い学問になっていました。

本書は英語の入門書です。「いろは」順にならべられた濁点（だくてん）、半濁点を含む仮名を、大文字と小文字、ブロック体と筆記体のローマ字でどう書くかを学べるようになっています。

巻末には、数字、正月から一二月までの各月の名称、四季などをどのように英語で書くか読むかも記されています。

▼浮世絵から教科書の出版社へ変身

ところで、本書を取り上げたのは、この本を出版した版元のことにも触れたかったからです。本書の巻末には、「東京書林　甘泉堂　芝神明前　和泉屋市兵衛」として、三冊の出版広告がつけられています。表紙の裏「封面（ふうめん）」と呼ばれる部分にも、「東京、甘泉堂」とあるので、本書の出版元は和泉屋市兵衛であったことは明らかです。

さて、巻末の広告には、次の三冊が載せられています。

英学童子通　後編近日出版　全一冊

各国風土記　近日出板（ママ）　二冊

増補英語便覧　二冊

また、本書の広告には掲載されていませんが、本書出版と同じ年に、和泉屋は、『訓蒙　英学記号書』という本も出版しています。

甘泉堂、和泉屋市兵衛は、現在の港区芝大門一丁目、芝神明宮（しばしんめいぐう）（現・芝大神宮）のすぐそばにあった出版者でした。

江戸時代中頃、寛政（かんせい）（一七八九～一八〇一）年頃から、歌川豊国（うたがわとよくに）と組んで浮世絵、草双紙（くさぞうし）、錦絵（にしきえ）などを出し、江戸屈指（くっし）の出版者に成長していました。

芝神明町というところは、東海道（現・国道一号線）からもすぐのところで、劇場や寄席（よせ）などの娯楽、飲食店などがたくさんある場所でした。江戸時代はここで浮世絵を出版して売れば、必ず売れたのです。

和泉屋市兵衛は八代にわたって、幕末までに国貞（くにさだ）（三代豊国）や国芳（くによし）などの浮世絵を出したりしていきますが、明治維新とともに世の流れは完全に変わってしまいます。

和泉屋は、店の前に立って、東海道を東へ、西へ、たくさんの外国人や新政府の役人たちが通っていくのを見てこう思ったに違いありません。

「新しい時代に適応しなければ潰れてしまう！」

「和泉屋市兵衛」は、まもなく「山中市兵衛」と名前を変え、英語の本のみならず、尋常小学校の教科書をたくさんつくっていく出版社へと変身したのでした。

ただ、尋常小学校で児童に配られる教科書は、「いろは」から「あいうえお五十音図」へと変わってしまいます。

時代の変化は、あらゆる意味において「言葉」の変化でもあったのです。

『緯度変化に就て』

世界を驚かせたZ項を日本人が発見

木村栄／明治四一（一九〇八）年

▼天文学ことはじめ

「天文」という言葉は、もともと漢語で、日月星辰の運行や、風、雨、雪、雷など、天候などをいうものでした。

そして、これは、平安時代には、安倍晴明などで知られる「天文家」と呼ばれる人たちが観測したり、予見をしたりしたものでした。なぜなら、天変地異は、ときに、忌むべき現象であったからです。

これは中国の「天人相関」という思想に基づく考え方で、為政者の不徳が天の怒りに触れると、災禍として天変地異が起こるというものです。

現代のように科学ですべてが証明されるようなことができなかった時代、なかでも日食、月食などは非常に忌むべきものとされました。

天皇などは、こうした現象が起こるときには、宮中のもっとも深いところに隠れて、日食月食などから洩れる光などに触れないようにしていたのでした。

また、こうしたことを予知する天文家たちによって、暦などもつくられていました。

しかし、江戸時代に入ると、天文暦学者の渋川春海によって、それまでおこなわれていた計算に誤差があることが発見されるなどして、近代科学的方法による天文学研究が必要とされるようになってきます。

ただ、こうしたヨーロッパ近代科学の方法がおこなわれるようになるのは、明治時代を俟たなければなりませんでした。

▼東京天文台の誕生

東京大学内に観象台が創立されたのは、大学創立の翌年、明治一一（一八七八）年でした。

ところが、明治二一年には、海軍省水路部観象台があった麻布飯倉に内務省地理局観測課天象部と、東京大学の天象台が合併され、帝国大学理科大学附属東京天文台が創立されました。

ここから本格的な近代科学の方法による「天文学」がわが国でもおこなわれるようになったのです。

とはいっても、職員は、台長の寺尾寿と書記が二名、事務が三名というほどの規模です。

寺尾は、東京天文台長と帝国大学教授を兼職し、二一年の長きにわたって天文事業の整備拡充に尽力しました。

そして、明治四二（一九〇九）年、北多摩郡三鷹村（現・東京三鷹市）に私有地を購入し、大正三（一九一四）年に建設工事が着工されました。

こうして、現在にいたる東京天文台がつくられたのです。

▼世界各地の緯度は周期変化していた

ところで、天文学はヨーロッパを中心に発達していきましたが、ドイツ、ポツダムの天文台中央局長アルブレヒトが中心となって、緯度の変化を観測がおこなわれていました。

これに日本も参加することになり、東京天文台は、現・岩手県奥州市水沢区に「水沢緯度観測所（現・水沢ＶＬＢＩ観測所）」を建て、木村栄を所長に任命したのでした。

木村は、東京天文台長に「位置天文学」という学問を学んだ弟子でした。

さて、緯度の変化を調査するとはどういうことでしょうか。

これは、地球の自転軸（地軸）が移動するので、世界各地の緯度が時とともにだんだん変化していく現象をいいます。

この現象を調査するために、北緯三九度八分のロシア、イタリア、アメリカ、それから日本の水沢が選ばれたのでした。

ところが、木村がおこなった調査の整理結果がはなはだ悪いという報告が、アルブレヒトから東京天文台にもたらされました。

望遠鏡に不備がないかどうかを調べることが要請されましたが、調べてみても器械にはまったく問題はありませんでした。木村は観測結果の処理に全力を注ぎましたが、なぜ、調査結果が他の地域のものと比べて誤差がありすぎるのか、すぐには明らかにすることができず、半年ほど、これについて悩んでいました。

ある晴れ渡った秋の夕暮れ、木村は、水沢緯度観測所の所員たちに誘われて、久しぶりにラケットを握りテニスコートに立ちました。そしてほどよく疲れ、研究室に引き返し、机の引き出しにあったアルブレヒトからの報告書を読み直しました。

すると、各観測所の緯度観測の値（あたい）と、自分が計算した値との差が、整然と一年の周期を持っていることが豁然（かつぜん）としてわかったのです。

明治三五（一九〇二）年一月六日のことでした。これは世界の天文学史上画期的な発見でした。

これが「Z項」と呼ばれるものです。

明治四一（一九〇八）年、木村は『緯度変化に就（つい）て』という書を著（あらわ）し、帝国学士院は第一回恩（おん）賜（し）賞に、木村を選んだのです。

また、木村は一九三六年には、イギリス王立天文学会からその業績が認められゴールドメダルを贈られています。

わが国で、天文学が盛んにおこなわれるようになったのは、まさに、この木村の画期的な業績によるものなのです。

「相対的」という言葉は、アインシュタインの「相対性理論」などで広く使われるようになりますが、日露戦争の後の日本は、次第に「絶対的」権威を振りかざす人々が横行する時代になっていきます。

『言海』
全財産をなげうって刊行された初の近代的国語辞書
大槻文彦／明治二二～二四（一八八九～九一）年刊

▼一七年間、たったひとりで日本語と格闘

近代日本語辞典の嚆矢を挙げるとすれば、大槻文彦の『言海』において他はないでしょう。「後世いかなる学士の出でて、辞書を編せむにも、言海の体例は、必ずその考拠のかたはしに供えずはあらじ」（「ことばのうみ　の　おくがき」）と、文彦はその自負の念を書いていますが、まさにいまも日本語史研究をしようとすれば必携の辞書です。

収録語は、三万九一〇三語に及びます。二〇一八年に刊行された第七版『広辞苑』の収録語が二五万を超えることからすれば、六分の一かと思いますが、それにしても日本語辞書史上に『言海』が及ぼす光は、『広辞苑』などが及ぶものではありません。

大槻文彦は、たったひとり、文部省から国語辞書編纂の命令を受けて、『言海』を出版するま

で一七年、日本語と格闘するのです。

『言海』に費やした大槻文彦の人生の重さとその苦労については高田宏著『言葉の海へ』（岩波同時代ライブラリーほか）を読むといいと思いますが、出版に際して文彦は、それまで必ず出してやろうと思っていた出典の部分を全部削ったのです。

印刷にお金がかかりすぎるからです。

明治二二（一八八九）年から明治二四（一八九一）年にかけて四分冊で出版された『言海』は、文彦が全財産をなげうって、私家版として出版されました

現在のお金に換算すると、『言海』は出版費だけで二億円を越えるともいわれています。

いまなら、クラウドファンディングとかいろんな方法があるのでしょうが、当時、文彦にはスポンサーなどありません。

ただ、祖父が蘭学者・大槻玄沢、父親が漢学者・大槻磐渓であったという学者の家に生まれたことで、学問への強い想いがあったのでした。

▼五十音順の配列、日本語文法の解説つき

さて、『言海』は、近代の日本語辞書史上大きな役割を果たしました。

日本語の語彙を五十音順に並べたことと、そして江戸初期の契沖、江戸後期の本居宣長と進められてきた日本語の文法を近代的方法で完成させ、それを書物に書き表したという大きな功績です。

『言海』は、日本語の語彙の解説だけがメインの辞書ではありません。

『言海』の巻頭には、「語法指南」という日本語の文法に関する解説が附載されていますが、これは文彦がのちに『広日本文典』『広日本文典別記』として発展させて書いています。詳しくいうとこの「語法指南」は、平安時代初期から後三条天皇（在位一〇六八～七二）頃までのいわゆる「中古語」の文法の研究書で、明治以降、文語文法の軌範とされました。

「語法指南」には、「名詞」「動詞」「形容詞」「助動詞」「副詞」「接続詞」「感動詞」などの別、また動詞や形容詞などの活用の区別なども詳しく記されています。いまなお、われわれが使うこうした文法用語を駆使して日本語を分析したのは、『言海』が初めてだったのです

さらに、文彦は、日本で初めて、「口語」という言葉を使って、日本人が話す言葉の研究に着手した人でした。

文彦が残した『口語法別記』は、歴史的な語彙の変遷と方言分布を検証して口語の研究に先鞭をつけたものですが、じつは、明治時代後半になって形成される「標準語」がどのようにしてつくられたのかを検証するためにも、非常に重要な資料なのです。

『五重塔』

失われゆく江戸の文化を伝える

幸田露伴／明治二五（一八九二）年

▼声に出すと心地よい日本語リズム

幸田露伴は、私が大好きな作家のひとりです。

露伴は、夏目漱石、尾崎紅葉、南方熊楠、斎藤緑雨などと同じく、江戸の最後の年に生まれました。

明治元（一八六八）年に一歳を迎えますから、彼らは、明治とともに育っていったともいえるでしょう。

ぼくが、露伴の大好きなところは、文章のリズムです。

声に出して読むと、漢文と和文のすてきなリズムがトントントンと響きます。

いうまでもなく、露伴は、尾崎紅葉、坪内逍遙、森鷗外とともに明治時代前期に近代文学の濫觴期に作家となった人ですが、露伴は、とくに日本語のもつ「音」と文体の合致に貢献したといってもいいでしょう。

名作『五重塔』の一部を紹介しましょう。できれば、音読をしてみてください。

黒雲空に流れて樫の実よりも大きなる雨ばらりばらりと降り出せば、得たりとますます暴るる夜叉、垣を引き捨て塀を蹴倒し、門をも破し屋根をもめくり軒端の瓦を踏み砕き、唯一ト揉に屑屋を飛ばし二タ揉み揉んでは二階を捻ぢ取り、三たび揉んでは某寺をものの見事に潰し崩し、どうどどっと鬨をあぐる其度毎に心を冷し胸を騒がす人々の、彼に気づかひ此に案ずる笑止の様を見ては喜び、居所さへも無くされて悲むものを見ては喜び、いよいよ図に乗り狼藉のあらむ限りを逞しうすれば、八百八町百万の人みな生ける心地せず顔色さらにあらばこそ。

いいリズムではありませんか。江戸っ子らしいシャキシャキとした言葉の響きが爽快です。

▼北海道から東京まで逃亡一〇〇〇キロ

さて、露伴の本名は成行、「露伴」とは、作家になると志した二〇歳のときに、自分でつけたペンネームです。

一一歳で東京府第一中学（現・都立日比谷高校）の正則科に入学しているから、そのまま進めば、帝大の先生になる可能性もありました。しかし、家庭の事情で中退し、一六歳のとき、官費給費生として逓信省官立電信修技学校に進学し、一八歳のとき、北海道の余市町に赴任します。

ちょうど、この頃、東京では坪内逍遥が『小説神髄』『当世書生気質』を書いて人気を博しはじめていました。

露伴は、逍遥の作品を読んで、自分も文学者になりたいと思いはじめるのです。

北海道にいては、ダメだ、東京に帰らなければと、逓信省に北海道から東京に戻してほしいという嘆願書を書きますが、何度も捻り潰されて、帰京の目処がいっこうに立ちません。

いてもたってもいられなくなった露伴は、ついに洋服、帽子に脚絆がけ、コウモリ傘を手に東京に向けて逃げたのです。

明治二〇（一八八七）年八月二五日、午前九時のことでした。

> 身には疾あり、胸には愁あり、悪因縁は逐えども去らず、未来に楽しき到着点の認めらるるなく、目前に痛き刺激物あり、慾あれども銭なく、望みあれども縁遠し、よし突貫してこの逆境を出でむと決したり。

のちに露伴が記す『突貫紀行』には、余市から東京までの一〇〇〇キロに及ぶ逃亡の記録が記されています。

このとき、二本松郡山の間で、「夜更けて野末に疲れたる時の吟」（『突貫紀行』には不載、『対髑髏』掲載）として、「露伴」というペンネームを自らにつけたのでした。

その一句、

　里遠しいざ露と寝ん草まくら

「露を伴として寝る」というのです。

草鞋履きの足はマメが潰れて、歩を出すたびに剣を踏むような痛さ、それに空腹を抱えての旅でした。

東京に帰り着いたのは約一ヵ月後の九月二九日でした。

露伴は、『突貫紀行』にこう記しています。

　二十九日、汽車の中に困悶して僅かに睡り、午後東京に辛くも着きぬ。久しく見ざれば停車場より我が家までの間の景色さえ変りて、愴然たる感いと深く、父上母上の我が思いなしにやいたく老いたまいたる、祖母上のこの四五日前より中風とやらに罹りたまえりとて、身動きも得したまわず病褥の上に苦しみいたまえるには、いよいよ心も心ならず驚き悲しみ、弟妹等の生長せるばかりにはやや嬉しき心地すれど、いたずらに齢のみ長じてよからぬことのみし出したる我が、今もなお往時ながらの阿蒙なるに慚愧の情身を責むれば、他を見るにつけこれにすら悲しさ増して言葉も出でず。

露伴……彼はこの、文学に志して北海道から「逃亡」したことを忘れないために、この号を生涯、大事にしたのです。

▼一〇〇年に一度の頭脳

露伴の家は、代々江戸城の茶坊主をしていました。茶坊主とは、登城する大名や家老などに礼儀作法や年中行事を教えたりする人たちで、大奥にも唯一出入りができる剃髪した武士階級です。代々にわたって培われた教養がなければできない仕事をしていた家に生まれた露伴は、江戸の文化を深く知っていたのです。

露伴は、もちろん小説を書きますが、小説家としてよりも、むしろ後年になると江戸の文化を伝えるための考証や研究に没頭します。

日本が西洋化していくことで、これまで守ってきたものが喪われることに危機感を抱くのです。

露伴の全集は、岩波書店から全四四巻出ていますが、これこそ、凝縮された「江戸」なのです。

ぼくは、江戸以前の文学を読むための基本は露伴にあると思っています。漢文学、日本文学、いずれにも通じた露伴は、慶応大学学長を務めた小泉信三に「一〇〇年に一度の頭脳」といわれています。

露伴は、近代的リアリズム小説と伝統的な日本文学を分ける分水嶺にいた作家だったのです。

『十二支考』

博覧強記の天才が記した空前絶後の博物誌

南方熊楠／大正三（一九一四）年

▼科学誌に論文を書きまくり

『ネイチャー（Nature）』といえば、科学雑誌として知らない人はいないでしょう。ロンドンに編集部を置く世界的権威のあるイギリスの総合科学誌で、日本語版も出版されています。創刊されたのは、一八六九年の秋、日本の年号でいえば明治二年というのですから、すでに創刊一五〇年以上にもなります。知名度もあれば権威もあり、掲載されれば、ノーベル賞受賞への登竜門を通過したものともみなされています。

たとえば、一八九六年のX線の研究、一九三二年の中性子の発見、一九三九年の核分裂反応、一九五八年のタンパク質の分子構造の発見、一九八五年のオゾンホールの発見、一九九七年のクローン羊ドリーの作成、さらに二〇〇一年のヒ

トゲノム解読など、すべて最初にこの雑誌に掲載され、最先端の科学技術として認められたものなのです。

さて、『ネイチャー』に、単著で、世界で最多、五一本の論文を掲載した日本人がいるのをご存じでしょうか。

南方熊楠です。

熊楠は、二六歳のとき、一八九三（明治二六）年一〇月五日号に「極東の星座」を寄稿すると、同月一二日号には「動物の保護色に関する中国人の先駆的観察」、翌年五月一七日号には「コムソウダケに関する最古の記録」など続々と『ネイチャー』に論文を発表しました。

熊楠は博物学者の天才ですが、なんと、一八四九（嘉永（かえい）二）年に創刊された『ノーツ・アンド・クエリーズ』に三二四篇にも及ぶ論文を掲載しているのです。

もちろん、わが国では、博文館が出していた有名な雑誌『太陽』にも、一〇年にわたって「十二支考」を連載していました。のちに一冊の本としてまとめられますが、これは「子丑寅卯辰巳午未申酉戌亥（ねうしとらうたつみうまひつじさるとりいぬい）」の十二支の動物について、古今東西の文献を博引旁証（はくいんぼうしょう）して解説したものです。

たとえば、兎に関する民俗と伝説は、こんな具合に延々と続きます。

> キリスト教国で復活節に卵を彩り贈るが常で、英国ヨーク州ではこれを小さき鳥巣に入れて戸外に匿（かく）し児童をして捜し出さしむるに、スワビアでは兎の卵とて卵とともに兎を匿し、ドイツの諸部ではこの日卵焼の兎形の菓子を作る。わが邦にも古く伏兎という

菓子あり、兎に似せた物と聞くが実否は知らぬ。復活節をイースターというはアングロ・サクソン時代に女神エストルをこの節祭ったから起る。思うにこの神の使物が兎で英国（ならびにドイツ等？）有史前住民の春季大祭に兎を重く崇めた遺風だろうとコックスが説いた（『民俗学入門』一〇二頁）。熊楠謹んで攷うるに、古代エジプト人は日神ウンを兎頭人身とす、これ太陽晨に天に昇るを兎の蹶起するに比したんじゃ（バッジ『埃及諸神譜』巻一）。兎を月気とのみ心得た東洋人には変な事だ。コックス説に古アリア人の神誌に、春季の太陽を紅また金色の卵と見立て、後キリスト教興るに迨びこれを復活の印相としたという……。

こうした熊楠の文献に対する記憶力は、素直な眼でモノを見ることと、それを写し取る努力の積み重ねによるものでした。

▼子どもの目が写した驚異の森羅万象

その原点は、九歳のときから写した『和漢三才図会』『本草綱目』です。紀州白浜の南方熊楠記念館に保存される熊楠の写本は、子どもが写したとは思えないほどの見事さにいまも光を放っています。

光といっておかしければ、子どもが持つ純粋な、目の力といってもいいかもしれません。

熊楠の好奇心は、「宇宙間物体森羅万象にして、之を見るに弥多く、之を求むれば益蕃く、

（中略）実に涯限る可らず」（「動物学（第一稿）序文」（写本））というものだったのです。

菌、魚、草木などあらゆる生物の姿を自らの手で写し取り、あらゆるものが複雑に絡み合って「生命」を形成していることへの発見と驚きで一生を送った熊楠。「南方曼荼羅」と呼ばれるその驚異の世界は、読めば読むほど、われわれがいかに宇宙という混沌の中で生きているかを教えてくれます。

南方熊楠は、夏目漱石と同じく慶応三（一八六七）年に生まれています。

若いときに、アメリカ合衆国やイギリスなどでの研究を経て、和歌山県西牟婁郡田辺町（現・田辺市）に落ち着き、微細な粘菌の研究などに専念するのですが、こうした人物が現れたということは、日本が本格的にヨーロッパの「近代化」に落ち着いた証でもあったのです。

第3章

人生の諸相

～ままならぬ世の中を生きる

『本朝文粋』

絢爛豪華に飾り立てたハリボテ漢詩文

藤原明衡撰／平安中期（九八九頃〜一〇六六）

▼日本の文章の粋を集めた

わが国には、漢詩漢文によるいわゆる漢文学の歴史が脈々と伝わっていました。残念ながら、いまはすっかり廃れてしまいましたが、漢文は連想力、想像力を掻き立ててくれるものすごい世界です。

いま、文科省が「論理国語」などといって、契約書を読ませるようなまったく意味のない教育を始めましたが、こんなことをやっていたら、日本独自の発想力など枯渇して、日本的なものの考え方ができる人は一〇年後、二〇年後にはいなくなってしまうことでしょう。自国の文化を壊す教育を推進する「文部科学省」がどこの国にあるものかと、笑わずにはいられません。

さて、『本朝文粋』というタイトルから見てもわかるように、「本朝」＝「わが国」、「文粋」＝「文章の粋」を集めたものがこの本です。

古来、奈良時代から明治時代になるまで「文」といえば漢文、「詩」といえば漢詩、学問といえば「経学（儒教の学問）」をいいました。

日本の文章は「和文」、明治時代になって漢字仮名交じりで書かれる詩は「新体詩」、ヨーロッパの学問は「洋学」です。ちなみに、「国学」という本居宣長が嫌った言葉がありますが、日本の古典を研究することを「古学」といいます。

ところで、『本朝文粋』は、北宋の姚鉉（九六七〜一〇二〇）が編纂した『唐文粋』を真似てつくられたものです。

といっても『唐文粋』という本も、『文苑英華』という本の中から、古体詩と呼ばれるものだけを抜き出したものですが、型にはまった形だけの詩文ではなく、飾らない、人の心情を直截に綴った詩文を集めたものです。

ところが、『本朝文粋』の方は、反対に絢爛豪華な借り物の言葉をゴテゴテに飾り立てた漢詩文です。平安時代初期から中期の、嵯峨天皇から後一条天皇までに書かれた漢詩文の中で、文章の規範となるようなものを集めているのですが、内容が優れたものは、とくにありません。『源氏物語』が書かれたのとまったく同じ時代の作品です。

▼良くも悪くも漢字の抽象力

ぼくは、『源氏物語』と『本朝文粋』を見て、この時代は、チャボ（白色レグホンではありません、チャボという種類のニワトリです）のようだなぁと思うのです。

チャボは雉子（きじ）の仲間で、オスはとっても濃い緑に金色、赤茶色などグラデーションの美しい羽を持っています。メスの羽色は目立つ美しさではなく、可愛さというか深い味わいがあります。

本居宣長は『源氏物語』に「もののあはれ」を見るのですが、男たちが絢爛豪華な漢詩の世界で外側を飾りながら、女性たちは深い哀しみや男たちを魅了するための美をどんどん深めていくのです。

たとえば平安中期の文人・慶滋保胤（よししげのやすたね）が書いた『池亭記（ちていき）』は、白楽天（はくらくてん）の遁世（とんせい）の思想に影響を受けて、当時の京都の様子を描いた漢詩だといわれています。

> 予、二十余年以来、東西の二京を歴く見るに、西京は人家漸（ようや）くに稀にして、殆に幽墟に幾し、人は去ること有りて来ることなく、屋は壊るること有りて、造ることなし。
> （私は、この二〇年ほど、京都の東側と西側との変容を見てまいりました。西の方は、人の住む家もなくなってしまい、もう寂しく哀しい様子です。人が去るはあっても、来ることなどなく、屋敷も壊れてなくなることはあっても、新しく建てられることもありません）

哀れな京の側面を描くことで表面的な美しさと、実態としての哀しさを描くのですが、これを真に受けてしまうのは、浅はかな読み方です。

慶滋保胤は、こういう「哀れ」を託って詠んでいるだけなのです。教養があるよ、ぼくはこれだけ深く社会のことを考えているよという見せかけの文章にすぎません。

なぜなら、語彙は全部、すでにチャイナの六朝時代（二二二～五八九）から唐代（六一八～九〇七）までにつくられたものを借りて、文体も四六駢儷文と呼ばれるものを借りて、適当にアレンジしているだけなのですから。

とはいっても、詩文（漢詩、漢文）は、女性たちがつくる具体的な世界からかけ離れた、抽象的な世界を創り上げていきます。

漢字に支えられる抽象化する力が失われると、日本の文化は自ずから瓦解してしまうのではないかと思うのです。

『竹取物語』

〝美しき魔物〟かぐや姫の魅力

作者未詳／平安前期

▼シンデレラ式物語構造が人気

平安時代後期、ちょうど一〇〇〇年頃に書かれた紫式部『源氏物語』に、『竹取物語』に触れて「物語の出きはじめの祖」（第一七帖絵合巻）と記されていることをご存じの方も少なくないのではないかと思います。

「物語」というものが、創作を意味するのか、人に何かを教えるための喩え話をいうのかなどさまざまな意見もあるかと思いますし、現在の『竹取物語』が、数次にわたる複数の人による手を経て成り立ったのだという意見もありますが、とりあえずわが国の「物語の元祖」は「竹取物語」だということになっています。

現存最古の写本は、後光厳天皇（在位一三五二

～七二）が書いたものとされ（現在所在不明）、原本はもちろん、紫式部当時のものも残っていません。

ただ『源氏物語』には「絵は巨勢相覧（こせのおうみ）（生没年不詳）、手は紀貫之（八八六頃～九四五頃）書けり」とあることから、一〇世紀半ばまでには存在していたといわれます。

ところで、『竹取物語』が、子どもの絵本になったり、映画化されるなどして、一〇世紀頃から現代に至るまで、人気があるのはなぜでしょうか。

もちろん、それは月の世界から降りてきた美しく可愛い女の子の成長、人々の憧れと別世界の人との間に起こる葛藤（かっとう）、月に戻るかぐや姫という、ちょっと「シンデレラ」式物語の構造で成り立っているという要因も大きいのではないかと思います。

いい替えれば、読む人に、「え！　この後どうなるの？」という興味をわかせるような話題がうまく並べて構成されているのです。

そして、その読者に興味をわかせる話題というのが、物語の後半に出てくる、求婚者に対するかぐや姫の、愛の証（あかし）を示すための無理難題です。

石作皇子（いしづくりのみこ）に対しての「お釈迦（しゃか）様がつくった鉢（はち）」、車持（くらもち）皇子への「蓬莱（ほうらい）の玉の枝」、阿倍（あべ）右大臣には「火鼠（ひねずみ）の皮衣」、大伴（おおとも）大納言には「龍の首の玉」、そして石上（いそのかみ）中納言には「燕（つばめ）の子安（こやす）貝」。

この世に存在しないものを、求婚してくる男たちに所望し、人間の馬鹿さ、儚（はかな）さ、哀しさ、浅ましさを暴いていくのです。

▼帝の求愛もはねつける強さ

そして、帝（みかど）の思（おぼ）し召しさえも断ってしまいます。

帝、にはかに日を定めて、御狩りに出で給うて、かぐや姫の家に入り給うて見給ふに、光満ちて、清らにてゐたる人あり。これならむとおぼして、近く寄らせ給ふに、逃げて入る袖をとらへ給へば、面をふたぎて候へど、初めよく御覧じつれば、類なくめでたくおぼえさせ給ひて、

「許さじとす」

とて、ゐておはしまさむとするに、かぐや姫答へて奏す、

「おのが身は、この国に生まれて侍らばこそ使ひ給はめ、いとゐておはしましがたくや侍らむ」

（帝は、急に日を決め、御狩りにお出かけになられて、かぐや姫の家にお入りになってご覧になると、〔家の中に〕光が満ちて、美しい様子で座っている人がいた。これ〔がかぐや姫〕だろうとお思いになり、近くにお寄りになると、〔女が〕逃げて〔奥に〕入ろうとする袖をおとらえになったので、〔女は〕顔を覆ってそばに控えているが、〔帝は〕初めに〔かぐや姫の姿を〕よくご覧になっていたので、類もなくすばらしくお思いになられて、

「放しはしないよ」

といって、連れていらっしゃろうとすると、かぐや姫が答えて申し上げるには、「自分の身が、この国に生まれたのでございましたらお召しになられましょうが、〔そうではないので〕連れていらっしゃるのはとても難しいことでございましょう」）

こういって無理矢理連れ去ろうとすると、影となっていきなり消えてしまったりするのです。この美しい魔物への憧れは、一〇〇〇年以上の時を経てもなお色褪（あ）せず、ディズニーの映画などにも通じるものでしょう。はたして、『かぐや姫』研究では、その下地になった話が、中国の四川（しせん）省の民話にあるとか、中国古典によく似た話がある、朝鮮半島の話にあるなどと取り上げられることがあります。

それにしてもこれだけ魅力的な物語が書けるようになった平安時代前期というのは、「虚構」という文学の可能性を、日本人が生みだしたという点で、特筆すべき事件だったのではないかと思うのです。

『往生要集』

平安時代の極楽往生マニュアル

源信／平安中期（九八五）

▼一〇五二年におびえる藤原道長

一九九九年という年を迎えるとき、みなさんはどんな思いで過ごしていましたか？　この世の中が暗黒に包まれ滅亡してしまうのではないかとドキドキした人はいませんでしたか？　爆発的に売れた『ノストラダムスの大予言』（五島勉）で、人類滅亡とされた年です。

あるいは、一九九九年一二月三一日、大晦日のカウントダウン「三、二、一」で二〇〇〇年を迎えるとき、ドキドキした人はいませんでしたか？　当時、西暦二〇〇〇年問題というのが騒がれていて、年号表示が99から00に変わることで、コンピュータシステムが崩壊してしまうのではないかと危惧した人もいたのではないでしょうか。

さて、空海も最澄も、嵯峨天皇も醍醐天皇も、藤原道長も紫式部も、平安時代の人たちは、ものすごく焦って怖がっていました。

それは、中国から「この世の中は、一〇五二年に終わってしまうぞ」という予言が届いていたからです。根拠となるのは、『大方等大集経』というお経の言葉です。

『大方等大集経』には、紀元前九四九年に釈迦が入滅するとき、「自分が死んだ二五〇〇年後には、無茶苦茶な暗黒時代がやってくる」といった、と書かれているのです。

時間なんて、あっという間に過ぎてしまいます。一九九九年からもうあっというまに二〇年以上が過ぎています。

天皇より栄華を誇った藤原道長は九六六年に生まれますが、もしかしたら自分が生きている間に、あるいは自分の息子の時代に地獄がやってきてしまうのではないかと、心配で心配で仕方がなかったのです。

▼「念仏で極楽に行けるから！」

さて、ここに救世主が現れます。

源信です。

心配はいらない、念仏を唱えていれば、極楽浄土に行けるから！　というのです。

どうしてそんなことがいえるのか？

だって、一九種類のお経（経典）にも一四種類の仏教研究書（論書）にも、そのことははっきり書いてあるのだからと、源信は『往生要集』にその出典を明記して話を進めます。

地獄とはどんな世界か、極楽浄土とはどういうところか、「阿弥陀仏」の名号を称えれば、人は必ず救われるのですよ、と。

こんな福音があるとは、それまで、誰も知りませんでした。「念仏」が、来世に極楽に誘ってくれるという源信の教えは、現代に置き換えて考えるなら、心理学や脳科学、遺伝学などによって「幸福」が解明されていくのと同じくらいのインパクトがあったと思われます。

法然の浄土宗、親鸞の浄土真宗、日蓮の日蓮宗は、すべてこの『往生要集』の「念仏」をさらに庶民にわかりやすく説明したものです。彼らの教えは、全国に広がり、現代でもわが国の信仰の主流になっています。

また、京都・宇治の平等院鳳凰堂（国宝）は、源信が描いた極楽浄土を表現した建築ですが、これを造ったのは藤原道長の長男・藤原頼通（九九二〜一〇七四）です。

現世で、権力の頂点を極め、贅の限りを尽くすことができたとしても、来世の保証はありません。「自分」を捨ててすべてを阿弥陀如来に託すという「厭離穢土欣求浄土」「他力本願」という思想は、源信の『往生要集』の教えから始まったものだったのです。

『枕草子』

女性誌のうっぷん晴らしコラム

清少納言／平安中期（一〇〇〇頃）

▼「華やかなりし」王朝文化の実態

平安時代と呼ばれる時代は、七九四年にはじまって一〇〇〇年頃に、華やかな最盛期を迎えます。

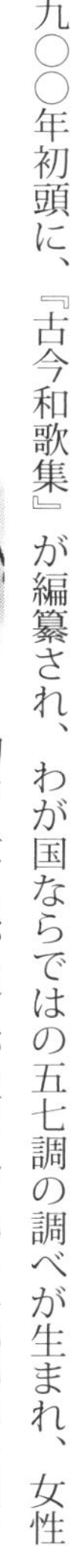

九〇〇年初頭に、『古今和歌集』が編纂され、わが国ならではの五七調の調べが生まれ、女性的な〈ひらがな〉が生まれてから一〇〇年を経た頃です。

この頃、天皇家を中心とした、いわゆる「王朝文化」が花開くのです。

天皇家を継承していくのは、すでにこの時代には「男子」ということになっていました。いまに続く「男系継承」の「伝統」です。

ここに藤原家など有力貴族の家に生まれた女性

が嫁ぐのです。天皇家と「姻戚関係」をつくることは、自分たちの社会的地位、そしてそれに基づく経済力を安泰させるのにとても重要なことだったのです。

ところで、当時の婚姻形態は、「通い婚」と呼ばれるものでした。

女性が外に出ることができないからです。

外にはオオカミや野良犬がいっぱいですし、盗賊やら追い剥ぎやら野蛮な人たちがどこから現れるかもしれません。それに当時は、幽霊や化け物、妖怪などが徘徊するようなところだったのです。よほどの警護がなければ、家で十二単など動きもままならない着物を着た女性が、外に出ていくことなどできなかったのです。

もうひとつつけ加えておくと、雨が降ればぬかるむ道、しかも車は牛がノロノロと引く牛車です。あたりには牛の糞だけでなく、餓死した人の遺体だとか髑髏なんかもゴロゴロ転がっていたに違いありません。

貴族の女性たちは、寝殿造りと呼ばれる、壁もない吹きさらしの家に屏風などを立てて暮らしていたのです。ロウソクがあるといっても、暗くなってから本を読んだりするには役に立たないくらいの灯りです。

時計もありませんから、日の出とともに起きて、日の入りとともに寝ます。華やかな王朝文化とかいいますが、現代から考えればまだ原始時代みたいなものだったのです。

▼閉鎖的な世界に生きる女性のストレス

それに、皇族と貴族だけのすごく閉鎖的な生活環境で、女性たちが固まって暮らしているので、嫉妬や怨念のドロドロした雰囲気が漂っています。

にくきもの　急ぐことあるをりに来て長言するまらうど。あなづりやすき人ならば、「のちに。」とてもやりつべけれど、さすがに心恥づかしき人、いとにくくむつかし。

（しゃくに障るもの。急用があるときにやってきて、長話をする客。容易に見下げることができる人ならば、「後で」といってでも、帰してしまうことができそうだが、そうはいってもやはり〔相手が立派で〕気がひける人であれば、〔さすがにそうもできず〕ひどくしゃくに障り、不快だ）

『枕草子』を高尚な随筆という人もいますが、現代から見れば、これは女性週刊誌などに掲載されたコラムみたいなもので、これを読んで「そうよ、そのとおりよ！　まったくだわー」などと、苦汁をなめる仲間たちが溜飲を下げてうっぷんを晴らすために書かれたものだったのです。

『伊勢物語』

エッチで哀しくせつない大人の世界

作者未詳／平安時代

▼大人の男女関係の機微

数ある平安時代の物語の中でも、『竹取物語』『伊勢物語』『源氏物語』ほど、後世のわが国の文学に大きな影響を与えたものはないでしょう。在原業平を思わせる「男」を主人公とする歌物語（和歌を中心に構成された短編物語）です。

『竹取物語』が映画になったり、児童書に取り上げられるのに対して、『伊勢物語』はちょっと子どもには理解しにくい男女関係などが書かれているので、どちらかというと大人の世界が背景に深く影を投げかけています。

ちょっとエッチで、とんでもなく哀しく、せつない文学なのです。

たとえば、現在でも高校の教科書にも取り上げられることが多い「筒井筒（つついづつ）」（第二三段）の話は、室町時代には能の「井筒」として、また江戸時代には近松門左衛門（ちかまつもんざえもん）が浄瑠璃（じょうるり）にするなど、その文学性の深さは、時代を超えてさまざまな様式で受け取られてきたのです。

幼なじみの男の子と女の子は、小さい頃、竹垣がされた井戸（筒井筒）のまわりで、背丈を比べたりして遊んでいたが、大きくなって、なんとなく顔を合わせるのも恥ずかしくなると関係は疎遠（そえん）になります。

しかし、女は男のことを思い、親が持ってくる縁談も断って独身でいます。

そこへ、男からの歌が届きます。

筒井つの　井筒にかけし　まろがたけ　過ぎにけらしな　妹（いも）見ざるまに

（あの井戸の縁の高さにも足りなかった私の背丈が、縁を越したようです。貴方に会わなかった間に）

すると、女はこう歌を返します。

くらべこし　ふりわけ髪も　肩過ぎぬ　君ならずして　たれかあぐべき

（貴方と比べていた髪の長さも、もう肩を越して伸びましたよ。貴方以外に誰が私の髪上げをしてくださるというのでしょうか）

「髪上げ」とは、女性が成人して髪を結い上げることで、契りを結ぶことを意味します。

こうして、二人は夫婦となるのですが、親が死に、暮らしがままならなくなると、男は別の女のところに通うようになってしまいます。

ところが、女は、夫を送り出すと怒った顔も見せないのです。

男は不審に思って、出かけたふりをして隠れて妻のことを見ていると、妻は綺麗に化粧をして、物思いにふけった顔をして次のような歌を詠みます。

風吹けば　沖つしら浪　たつた山　よはにや君が　ひとりこゆらむ

（風が吹けば沖には白波が立つあの竜田山を、夜中に貴方はひとり、越えていくのでしょうか、私は心配でならないのです）

男は、妻の歌を聞いて、別の女のところには通わなくなったのでした。

▼女中心の世界から男中心の世界へ

平安時代末期に起こる保元の乱（一一五六）と平治の乱（一一五九）によって武士の時代が到来します。男の世界です。

それまでの日本は、女性を中心にして機能していた社会です。

男性は、女性に気に入ってもらおうと思って言葉巧みに和歌を詠み、せっせと女性のところに通います。

言葉を磨き、四季の移り変わりに心を寄せ、もののあわれを感じるのです。

『伊勢物語』がいつつくられたのか、誰が書いたのかもはっきりわかりません。ただ、原型はおよそ九〇〇年頃、『古今和歌集』がつくられるのと同時期ではなかったかと考えられています。

これは、中国大陸で巨大な勢力を誇った唐王朝が滅ぶ（九〇七）のとほぼ重なります。

そして、日本が武士の時代になる鎌倉時代（一一八五〜一三三三）は、中国大陸で宋王朝（九六〇〜一二七九）という能力至上主義の時代が来るのと重なります。中国大陸では同じ期間、内憂外患の連続で、対外交渉などできない状況が続いていました。

平安時代の九〇〇年から一一五〇年頃までの約二五〇年間というのは、日本の女性を中心とした文化を創るためのとても重要な期間となりますが、それはいい替えれば、中国大陸の巨大勢力との関係が没交渉になることによって生まれた平和な時代だったからだったのです。

『大鏡(おおかがみ)』

古老が語る藤原氏の政界イケイケ物語

作者未詳／平安後期

▼一九〇歳と一八〇歳、翁二人の昔語り

一九九〇年代初頭、二〇〇〇万部の発行を突破した小説に、『下天(げてん)は夢か』（津本陽(つもとよう)）というものがありました。織田信長(おだのぶなが)を主人公にした歴史小説です。

司馬遼太郎(しばりょうたろう)の『坂の上の雲』は、日露(にちろ)戦争勝利までの明治の日本を、陸軍第一騎兵旅団長・秋山好古(あきやまよしふる)を主人公にして描いた歴史小説ですが、これは一九七〇～八〇年代に爆発的に売れたものでした。

現代ならNHKの大河ドラマ、江戸時代なら歌舞伎(かぶき)や浄瑠璃などのメディアの影響もあるのかもしれませんが、日本の歴史上の人物を主人公にした小説というのは、昔から好んで読まれるものでした。

「歴史」を正確に書くということは誰にもできないことですが、起こったことなどに脚色をして、また登場人物の長所欠点を誇張するなどして、おもしろおかしく小説にするということはとてもおもしろいことです。

さて、『大鏡』という本は、『坂の上の雲』や『下天は夢か』など「歴史小説」と呼ばれるジャンルを確立した、わが国最古の作品です。

なんと、『大鏡』は、出だしから奇想天外です。

万寿（まんじゅ）二（一〇二五）年、京都・雲林院（うんりんいん）でおこなわれる菩提講（ぼだいこう）にたくさんの人が集まっています。その中に、久しぶりに会ったといい合う老人がありました。一九〇歳になる大宅世継（おおやのよつぎ）と一八〇歳の夏山繁樹（なつやまのしげき）です。

そこにいた三〇歳くらいの侍が、一九〇歳、一八〇歳とは嘘だろう！　といいながら、この老人たちが、文徳（もんとく）天皇の八五〇年から後一条天皇の一〇二五年までの一四代一七六年間を、天皇と藤原家、摂政関白などの逸話や人物の評価をしたことに合いの手を入れていくのです。

これを記録したのが『大鏡』になったというのですが、初めから『大鏡』というタイトルがついていたわけではありません。古くは「世継（よつぎ）物語」「世継のかがみの巻」などと呼ばれていたようです。

▼藤原道長と伊周の弓争い

ところで、この本で最も有名なもののひとつは、藤原道長が甥の伊周（これちか）との政争に勝って、左大臣としての権力を手に入れた逸話です。

少しこの話を紹介しましょう。

道長のお兄さん、関白藤原道隆邸で、弓の射競べがおこなわれました。

道隆は、藤原兼家の長男で、父の跡を継いで摂政関白、内大臣の位を得た当時のトップです。

当然、その同じ位が、道隆の息子である伊周に譲られるはずでした。

これに対して、道長は藤原兼家の五男で、伊周よりも身分は低く、まったく出世の見込みなどありませんでした。

ところが、です。状況が、この弓の射競べで一転してしまうのです。

兄・道隆は、久しぶりに会う道長に、伊周と射競べをするようにといいます。

最初の弓は、矢数二つを得て、道長が勝ってしまいます。

すると、「いま二度延べさせ給へ」と、道隆も周りの人も、伊周に勝ちを譲るようにと、あと二本、矢を射合うようにというのです。

すると、一本目を射る前に「道長が家より、帝・后立ち給ふべきものならば、この矢当たれ」といって矢を放つのです。

見事に、矢は的の真ん中を射抜きます。「中科」です。

伊周は、これを見て脂汗を流し、手を震わせて矢を射るのですが、矢はあらぬ方向にヘナヘナと逸れていってしまいます。

二本目の矢。

道長は、「(道長が)摂政・関白すべきものならば、この矢当たれ」といって矢を放ちます。

すると、的の中央が破れる大きな音とともに、またしても「中科」するのです。

もう、伊周の負けは明らかでした。

この日から、しばらくして兄・道隆は大酒がたたって亡くなり、もうひとりの兄、道兼(みちかね)は流行病(はやりやまい)に罹(かか)って亡くなり、いつのまにか道長が左大臣として政権を握ることになるのです。

この逸話が本当にあったことなのかどうかは、定かではありません。

『大鏡』には、こういう不思議な話が五〇〇本ほども書かれています。

『源氏物語』が書かれてから一〇〇年後、人々は、われわれが歴史小説を読むように「物語」を必要とするようになっていたのです。

これは、中国の歴史書『史記(しき)』(司馬遷(しばせん))の影響も少なくありません。『大鏡』の構成は『史記』とまったく同じ「紀伝体(きでんたい)」(帝の年代記と個人の伝記とを合わせて記述する形式)になっています。

『宇治拾遺物語』

日中印のおもしろ奇想天外話が集結

編者未詳／鎌倉前期

▼宇治大納言が書いた物語？

「こぶとりじいさん」「わらしべ長者」などの話が入った『宇治拾遺物語』は、とっても不思議な本です。タイトルからして変なのです。

「拾遺」とは、「洩れているものや失われたものを拾い集めたもの」という意味です。だとすれば、一度失われた物語を拾い集めて編纂された物語集ということになります。

ただ「拾遺」は中国・唐の役職名で、わが国では「大納言」を意味します。ということから、『宇治拾遺物語』は「宇治大納言が書いた物語」という意味ではないかともいわれてきました。

実際、序文には、この物語を書いたのは、大納言・源隆国（みなもとのたかくに）という人だということ、また「源隆国」が「宇治大納言」と呼ばれた理由も記されています。

「隆国は、後冷泉天皇の寵臣で、宇治平等院をつくった頼通を輔佐した人でした。年をとってからは京都の暑さを避けるため、五月から八月まで平等院の一切経蔵の南の山際の南泉房というところに籠っていらっしゃったので、宇治大納言と呼ばれたのです」と。

さて、隆国は、宇治で、天皇が結うような髪型で、変な格好をして、ムシロに板を敷いて涼みながら、道を行き交う人に、昔のことを話させて、それを自分で書き集めたというのです。その話には「天竺の事もあり、大唐の事もあり、日本の事もあり。それが貴き事もあり、をかしき事もあり、恐ろしき事もあり、哀れなる事もあり、きたなき事もあり、少々は空物語（作り話）もあり、利口なる（洒落などの笑い話）事もあり、様々やうやうなり」とたくさんいろんなものがあったと書かれています。

ただ、問題は、この序文が本当にこの本が編纂されたときにつくられたものかどうかということです。

現在の『宇治拾遺物語』には、隆国がいた時代からは一〇〇年以上後の後鳥羽上皇の話なども掲載されるので、これは誰か後世の人が、隆国の『宇治大納言物語』に「拾遺」を加えて、序文も書き加えたのではないかといわれています。

また、『宇治拾遺物語』に見える説話（神話、伝説、昔話など）は全部で一九七話ですが、この中には『古事談』『今昔物語集』『打聞集』『古本説話集』『世継物語』『十訓抄』と話の内容がまったく重なるものがあり、『宇治拾遺物語』に固有のものは五四話になります。

もしかしたら、この五四話だけが本書の作者や編者を特定するカギになるのかもしれませんが、当時の本で失われて現在まで伝わらないものもたくさんあるので、なんともいえないということになっているのです。

▼話して・聞いて・楽しむ文学

『宇治拾遺物語』という本は、こんなふうによくわかっていない本なのですが、藤原定家が確立した和歌における「幽玄」を、説話の中にも取り入れたという点で、非常に興味深いものなのです。

話の内容ももちろんですが、文章の書き方と、短い話のつながりの中に「幽玄」さが浮かび上がるようにつくってあるのです。

言葉でそれをうまく説明することは難しいのですが、幻想的、絵画的、象徴的で、まるで話を直接聞いている（もちろん当時の人にとってですが）臨場感があるのです。

能の舞台を見ているような感じといってもいいかもしれません。

たとえば「河原院融公の霊住む事」（一五一番）などがそうです。平安前期の左大臣・源融のことで、河原院という大邸宅を営み、能の演目「融」にもなっています。

もちろん、能の「融」とは、内容も詞書も異なりますが、そのまま節をつけて、能で謡ってもいいのではないかと思うほどです。

まだ院住ませ給ひける折に、夜中ばかりに、西の対の塗籠をあけて、そよめきて人の参るやうに思されければ、見させ給へば、ひの装束うるはしくしたる人の、太刀はき、笏取りて、二間ばかり退きて、かしこまりてゐたり。

「あれは誰そ」と問はせ給へば、「ここの主に候ふ翁なり」と申す。

「融の大臣か」と問はせ給へば「しかに候ふ」と申す。

「さはなんぞ」と仰せらるれば「家なれば住み候ふにおはしますが、かたじけなく、所狭く候ふなり、いかが仕るべからん」と申せば……

（〔融の大臣が亡くなった後〕まだ宇多院がその河原院にお住まいになっておられた頃、夜中に、西の反対側にあった引き戸を開けて、そよそよと衣擦れの音がして人がやってくるように思われたので、ご覧になると、束帯をきちんとつけた男が、太刀を差し、笏を持って二間ほど下がってかしこまって控えていた。「お前は誰か」とお尋ねになると、男はこう言う。「この屋敷の主の翁でございます」。「融の大臣か」と問われると「さようでございます」。「その真似は何事か」とお尋ねになると「わが家なので住んでおりますが、帝がお出でになるのが畏れ多く、窮屈でなりませぬ、どのようにしたらよろしゅうございますか」と言うので……）


古代から中世の時代の人々に起こったさまざまな不思議なこと、おもしろいこと、哀しいことを短い話としてまとめたものを、現代のわれわれは「説話文学」と呼びますが、当時は本で読むのではなく、語ったり、聞いたりして楽しんだものでした。

仏教の教えを説くときに節をつけて話す説経節などが始まる頃と、『宇治拾遺物語』の成立はほとんど同じ時代です。

『宇治拾遺物語』は、人が話す文学、聞いて楽しむ文学として新しい地平を拓いたものでもあったのです。

『雨月物語』

不思議な哀しみに誘われる怪異小説集

上田秋成／江戸中期（一七七六刊）

▼BLそのものの世界「菊花の約」

上田秋成の代表作といえば、日本文学史上にも燦然と光を残す『雨月物語』でしょう。

出版と同時に、本書は、全国に秋成の名を轟かせました。大坂と京都の出版書肆で同時発売がおこなわれたのです。安永五（一七七六）年四月のことです。いまなら「東京＝ニューヨーク同時発売」みたいなとても人目を引く出来事だったのです。

もちろん、日を経ずして『雨月物語』は、江戸でも発売されます。

これを読んで、すぐに感激の手紙を秋成に出したのが、狂歌の天才と呼ばれた大田直次郎、通

称、大田南畝です。

南畝は、『雨月物語』出版の一〇年前、明和四（一七六七）年に『寝惚先生文集』という狂詩文集を出し、すでに大ベストセラー作家として著名でした。

大田南畝の賞賛は、『雨月物語』の江戸での大人気を約束することでもありました。

不思議な哀しみに誘われる『雨月物語』の世界は、ぼくが紹介するより、ぜひ読んでいただきたいと思います。

とくに「菊花の約」という短編は、男同士の真の友情を描いたものといわれますが、まったくＢＬ（ボーイズラブ）の世界の話です。

タイトルの「菊花」、武士である主人公は、赤穴宗右衛門、相手は清廉の儒者・丈部左門。ふたりは固い「兄弟の契り」を結びます。

ちょっとだけあらすじを書いておきましょう。本文にはまったくそんな場面は出てきませんが、なんとなくＢＬっぽい感じが雰囲気として伝わってくるのです。

病で行き倒れになった赤穴を、左門が介抱します。話をするうちに二人は仲良く、心（たぶん身体も）を通じ合わせてしまうのです。病気が治ると、赤穴は、ちょっと故郷に帰るといいます。

赤穴「一たび下向てやがて帰り来たり（中略）。今のわかれを給え」
左門「さあらば、兄長いつの時にか帰り給ふべき」
赤穴「月日は逝きやすし。おそくとも此の秋は過ぎじ」
左門「秋はいつの日を定めて待つべきや。願うは、約し給え」
赤穴「重陽の佳節をもて帰り来る日とすべし」
左門「兄長、必ず此日をあやまり給うな。一枝の菊花に、薄酒を備えて待ちたてまつらん」
（赤穴「一度、実家に帰って、また戻ってまいります。しばしのお別れを」／左門「いつお帰りになりましょうか」／赤穴「月日というものは、すぐに経ってしまうもの。遅くてもこの秋を過ぎるということはございますまい」／左門「秋というのは、いつのことを言うのか、お願いします、その日を教えてくださいませ」／赤穴「九月九日の重陽の節句までといたしましょう」／左門「お願いでございます、必ずや約束の日をお忘れになりませんように。私は、菊の一枝に、お酒を備えて、兄上様のお帰りをお待ち申し上げております」）

このやりとりを見て、ちょっと男同士の友情にしては、のめり込みすぎという印象を受ける方も少なくないのではないかと思います。

赤穴は、約束の重陽の節句の日に、帰ってきません。牢獄に入れられて身動きがとれなくなっていたのです。

約束をした左門に会いに行かなければならないと思った赤穴は、自害します。死んで、霊魂となって、左門を訪れるのです。

二人の関係は「肉体」としてではなく、「精神」としての美しいつながりだというのでしょう。

秋成の文学の魅力は、一言でいえば、生きとし生けるものをとらえる純粋な力が文章に漲って（みなぎ）いることです。これは、小泉八雲（こいずみやくも）（ラフカディオ・ハーン）にも通じる日本文学のひとつの系譜であると思われるのですが、秋成の国家観とも無関係ではないのではないかと思うのです。

ただ、「菊花の約」は、秋成のオリジナルではありません。中国、明代の『古今小説（ここんしょうせつ）』に所収の「范巨卿鶏黍死生交」の翻案です。

▼個の独自性を描く奔放さ

秋成は、本居宣長のような「日本だけが唯一絶対の神聖で高貴な国家である」などという発想はおかしいといって、「個」の独自性を描こうとしたのでした。

しかし、残念なことに、俳諧を学んだ秋成の言語観は、宣長に比べるとあまりに無知で幼稚でした。

たとえば、秋成は、こんな和歌を詠んでいます。

　庭草に　なきにしものを　きりぎりす　うたて夜寒の床に近よる

「庭草でもないのに、コオロギが、とっても寒い夜、自分のふとんに近づいてくる」という意味の歌なのですが、「庭草になきにしものを」なんて言葉を、和歌の道を心得た人であれば、決して使うはずもありません。文法も無視、和歌の語法にも無頓着なのです。

もし、宣長がこの歌を見たら、罵倒侮蔑、唾棄して、こんなものは歌ではないといったに違いありません。

もちろん、「伝統」を守ろうとする側に立たない秋成だからこそできたおもしろさといえますし、大田南畝の賞賛は、まさにこうした秋成の奔放さを称えるものではあるのでしょうが。

しかし、正統の学問をしていない自分を恥ずかしく思うところが、秋成にもありました。『雨月物語』出版の二年後、秋成は荷田春満門下の逸材・加藤美樹に入門をして、国学を本格的に学ぶことになるのです。

結果、当時まったく知られていなかった平安前期の説話集『大和物語』の校訂など、古典の発掘をおこなう、国学者としての秋成の成長へとつながっていくのです。

▼本居宣長への反発

ところで、秋成は、本居宣長と、天明七～寛政二（一七八七～九〇）年まで書簡のやりとりをしています。ほとんどが古代語の音韻や文字、言語観に関するものです。

たとえば、古代日本語にも、「ン」という音があったに違いないとか、宣長に食ってかかるような手紙を書いているのです。

宣長は、国語学の初歩も知らない秋成の手紙と自分の秋成に対する返答をまとめ『呵刈葭』という書名をつけるのです。

この巻物のタイトルの意味は「葭刈るを呵る」、つまり「悪しかるを叱る」で、「純粋な古学を学ぶのに、まったくよくない僻事をいう人を叱る」というのです。

宣長の学問は、基本から始めて高みにたどり着いています。でも、宣長には決して『雨月物語』のような名作は書けません。

秋成は、愛妻「たま」に、こんな歌を詠んでいます。

恋ひよれど　妻もさだめぬ　のらねこの　声鳴きかはす　軒に垣根に

（可愛いねと言い寄っても、妻は知らぬ顔。野良猫も、私と同じように、可愛いね、こっちにお出でよと、軒や垣根で言い寄っている）

宣長には、こんな可愛い歌も書けなかったと思います。

『好色一代男』

この憂き世を享楽的に生きてやろう！

井原西鶴／江戸中期（一六八二刊）

▼七歳から六〇歳までの好色人生

七歳にして恋を知り、一生のうち、関係を持った女性は三七四二人、男色の少年は七二五人。一九歳で勘当されて、諸国を放浪するが三四歳で勘当を赦免され、銀二万五〇〇〇貫目を相続する。江戸、京都、大坂に豪遊し、六〇歳にして好色丸に乗って女護島に船出する……『好色一代男』は、江戸時代の「浮世草子」と呼ばれる類の嚆矢とされます。

『好色一代男』の主人公の名前は、世之介といいます。「浮世（憂き世）を浮いて戯れて生きる男」という意味の名前です。

『好色一代男』は、ただのエロ話ではありません。江戸時代の前期を生きた人たちが共有しようとした理想郷であり、戦国時代の武将たちの戦いの馬鹿馬鹿しさや徳川幕府の儒教的精神によって人を枠に押し込めることに対するどうしようもない憤りです。

たとえば、世之介が相続したと『好色一代男』に書かれる「銀二万五〇〇〇貫」という数字も西鶴らしい脚色です。

織田信長が、永禄一一（一五六八）年、足利義昭を奉じて入京した際に、堺の会衆に対して二万貫の矢銭（臨時の軍事費用）を課したことなど、当時の人たちはよく知っていることでした。

二万貫とは、現在の物価に換算すると三〇億円に相当するなどともいわれますが、「二万」に「五〇〇〇貫」をつけ足したことによって読者の笑いを誘い、さらにうっぷんを晴らすという西鶴の手法のひとつだったのです。

▼鬱屈した社会を大げさな数でぶっ壊す！

西鶴は、もともと談林派と呼ばれる俳諧師でした。和歌に使われる言葉を、発想の転換、着眼点の違いなどで笑いに転換することをおもしろがる俳諧です。

西鶴はそのおもしろさに「数」をつけ加えます。

日暮れから翌日の暮れまでの一昼夜に何本、弓矢を射ることができるかという「矢数」を、俳諧に応用して、自分がある期間内にどれだけ俳諧を詠むことができるかというイベント（矢数俳諧）を、多くの人の前でやってのけたのです。

なんと延宝元（一六七三）年春、大坂の生國魂神社でおこなったときには、一二日間の強行で一万句、延宝三（一六七五）年妻を亡くしたときには一日に一〇〇〇句、さらに貞享元（一六八四）年には摂津住吉の社前で、一昼夜二万三五〇〇句を詠むのです。

『好色一代男』の世之介が生涯に関わった男女の数が具体的に書かれるのも、西鶴の「矢数俳諧」と同じく「数でもってこの鬱屈した社会をぶっ壊してやるー！」というような意味が込められているのです。

このことは、たとえば江戸初期の僧・円空が、六八年の生涯に一二万体の造仏をおこなったこととも無関係ではありません。

いつ、どんな言いがかりをつけられて、幕府がいきなり石高を変えてしまったり、家を取り潰されるかわからないことに対する畏れも、この「数」に込められていたのです。

巻八「都のすがた人形」は、世之介が五九歳のとき訪れた長崎、丸山の遊郭の女性たちが「都の女郎様方のお姿が見たい」というのにこんな答えをしています。

「幸いこのたび持たせたる物あり」とて、長櫃十二竿を運ばせ、その中より、太夫の衣装人形、京で十七人、江戸で八人、大坂で十九人、かの舞台に名書きならべける。

幸い、ここに京都島原の一七人、江戸吉原の八人、大坂新町の一九人の太夫の衣装を着せた人形を入れた長櫃が一二竿あるといって、能舞台にそれぞれ名前を書いて並べて、長崎丸山の遊女に都の女性を紹介したというのです。

まさか、どんな富豪でもそんなことができたはずはありません。

ただ、こんなふうに具体的な数を大げさに上げることによって、西鶴は人々に、具体的な「理想郷」を描いてみせたのです。

それは、幕府が人々を押し込める手段として使った儒教の倫理観を破壊する力でもあったのです。

『西国女訓』(さいごくじょくん) ダブルウ・ニコルソン著・千村五郎(ちむらごろう)訳／明治一一(一八七八)年刊
「愛は行為のゼンマイ」と説く生き方本

▼江戸時代に普及した女性の生き方〝強要〟本

国立国会図書館参考書誌部という部署で昭和五五(一九八〇)年につくられた目録があります。『婦人問題文献目録・図書の部　明治期編』というものです。

この目録は、国会図書館に所蔵される明治時代に出版された「婦人(女性)」関係の著作一二八二点を分類し、概観できるようにしたものです。

「女性訓」と題されたものが多く挙げられています。

いうまでもありません、儒教の倫理観に基づく「女性は、こうありなさい！」という教えが書かれた書物で、江戸時代からずっと出版されてきたものです。

『女今川』『女大学』『女小学』『女庭訓』などの書名で知られますが親・舅姑への孝、夫に対する貞操などを説くものでした。

なんといっても、江戸時代は、不倫が見つかると、男女の身体を縛っておいて四つに切るという断罪があったり、心中に失敗したら士農工商の身分の外に置かれて苛酷な労働を強制されるなど、恐ろしい地獄が待っていたのです。

こんなことになったら「自分」はもちろん「家」も「国」も荒れ果ててしまうからね、と恐怖による人倫の道（封建的な人の道）を説くものなのです。

▼「家」ではなく「愛」が大事と説く衝撃

ところが、明治時代になると、西洋の価値観の流入で、この人倫についても、少しずつ様子が変わってきます。

明治一一（一八七八）年、ダブルウ・ニコルソン著、千村五郎訳で出版された『西国女訓』（東京、新井二郎蔵版）という書物は、その最初のひとつです。

著者は、ダブルウ・ニコルソンと記されていますが、調べてみても、この人がどんな人だったか、まったくわかりません。じつは、本書の著者名には「ダブルウ・ニコルソン」も「粒寮・尼古孫」と書かれ、もとになった原書の書名も記されていないのです。

ひとつ、本好きの人のためにつけ加えておくと、本書は、国会図書館にあるだけで、ほかの図書館の所蔵が確認されておらず、目次からすれば巻四までおそらく全部で四冊あるうちの、第一巻一冊だけが残っているだけです。

ただ、ちらほらとめくるだけでも、本書が、キリスト教の説教らしいことはわかります。

「少女子をして品質を最善最美の風に成就し、叡智、斉荘（せいそう）、温柔（おんじゅう）の資に修練せしめ、所謂（いわゆる）賢夫人たり、賢婦たる一助と為（なさ）んとす」と書かれているのです。

『女庭訓』などの上から目線の「諸の法度（はっと）、守らざる者は、厳罰に処し、お家断絶、斬首（ざんしゅ）、遠島（えんとう）を申しつける」というものではありません。

目次を見ると、それがよくわかります。

「愛恤（あい）は行為（おこない）の発條（ぜんまい）、心霊（こころ）の機軸（しんぼう）なり」
「一時に一事を修むべき事」
「有益の人たるべき事」
「満足を知るべき事」
「有用なる書冊」

儒教でも同じようなことは教えたのですが、江戸時代の教えは、なんとなく泥臭く感じます。たとえば、目次の「愛恤(あい)は行為(おこない)のゼンマイ（発條）」なんて、とっても可愛い、ステキな感じがしませんか？

「ゼンマイ」は、時計やおもちゃに使われたネジ巻きのことですが、愛というものを行いのゼンマイに喩(たと)えるとは、なんともステキなことではないでしょうか！　それに愛は、心を支える機軸であるとは！

ちなみに「愛恤」「恤愛」は、明治時代の初期に、現在の「慈愛」「情愛」などという意味でよく使われた言葉です。

神との契約によって、人と人が結びついているというキリスト教の教えは、「家」を中心に考えなければならなかった江戸時代までの人に大きな衝撃を与えます。

そして、多くの人が「社会」とは何か、「国家とは何か」そして「自分とは何か」「何のために生きているのか」という疑問を抱きはじめることによって、ようやく「近代化」が始まることになるのです。

▼「愛」に目覚める女性たち

「愛」という言葉が、流行するのはこの頃です。

「キリスト教で、神が人類のすべてを無限にいつくしむこと。また、神の持つ私情を離れた無限の慈悲を、他者に持つこと」という「愛」です。

愛読者カード

ご購読ありがとうございました。今後の参考とさせていただきますので、ご協力をお願いいたします。また、新刊案内等をお送りさせていただくことがあります。

【1】本のタイトルをお書きください。

【2】この本を何でお知りになりましたか。

1.書店で実物を見て　2.新聞広告(　　　　新聞)
3.書評で(　　　)　4.図書館・図書室で　5.人にすすめられて
6.インターネット　7.その他(　　　　)

【3】お買い求めになった理由をお聞かせください。

1.タイトルにひかれて　2.テーマやジャンルに興味があるので
3.著者が好きだから　4.カバーデザインがよかったから
5.その他(　　　　)

【4】お買い求めの店名を教えてください。

【5】本書についてのご意見、ご感想をお聞かせください。

●ご記入のご感想を、広告等、本のPRに使わせていただいてもよろしいですか。
□に✓をご記入ください。　□ 実名で可　□ 匿名で可　□ 不可

郵便はがき

切手をお貼りください。

102-0071

東京都千代田区富士見一―二―十一

KAWADAフラッツ一階

さくら舎 行

住所	〒　　都道府県		
フリガナ		年齢	歳
氏名		性別	男　女
TEL	(　　)		
E-Mail			

さくら舎ウェブサイト　www.sakurasha.com

それまでの「愛」は「愛着」「愛執」など、「失ってしまうことを惜しい」と思うような使われ方をしていました。

樋口一葉は、キリスト教の教えを受けた人ではありませんが、それでも『うもれ木』で、「何とせば永世不滅の愛を得て、我れも君様も完全の世の過ぐさるべきと、欲は次第に高まりて……」と書いています。

また、森鷗外の『舞姫』に「貧きが中にも楽しきは今の生活、棄て難きはエリスが愛」と記します。

「愛」とは何かと、彼らは真剣に考えはじめるのです。

とくに長い間、苦しく、虐げられた生活をしてきた女性こそ、その目覚めは早く、強く、根元的だったのではないかと思います。

アメリカ改革派教会の宣教師、メアリー・E・キダーが明治三（一八七〇）年に横浜のヘボン施療所で、女子を対象に英語の授業を始めたのが、わが国ではもっとも早いキリスト教の女子教育であるといわれています。

これが現在のフェリス女学院のもとになったものです。

この後、明治七（一八七四）年には、アメリカ監督教会婦人宣教会のドーラ・E・スクーンメーカーらによって海岸女学校が築地居留地に開かれました。これは東京英和女学校、青山女学院の前身です。

こうした女学校でおこなわれた説教の一部が、本書には残っているのです。

それまでの古くさい儒教の教えと比べて、キリスト教は美しく気高さに満ちたものに見えたに違いありません。

『落梅集(らくばいしゅう)』

浪漫あふれる明治の新しい詩

島崎藤村(しまざきとうそん)／明治三四（一九〇一）年刊

▼漢詩から新体詩へ

小諸なる古城のほとり
雲白く遊子悲しむ
緑なす繁蔞(はこべ)は萌えず
若草も藉(し)くによしなし
しろがねの衾(ふすま)の岡辺
日に溶けて淡雪流る

あたゝかき光はあれど
野に満つる香（かおり）も知らず
浅くのみ春は霞（かす）みて
麦の色わづかに青し
旅人の群はいくつか
畠中の道を急ぎぬ

暮れ行けば浅間も見えず
歌哀し佐久の草笛（くさぶえ）
千曲（ちくま）川いざよふ波の
岸近き宿にのぼりつ
濁（にご）り酒濁れる飲みて
草枕しばし慰む

（島崎藤村「千曲川旅情の歌（小諸なる古城のほとり）」）

「知ってる！」という人も少なくないのではないでしょうか。「歌える！」という人もあるかもしれません。

島崎藤村の「千曲川旅情の歌」は、戦前、高校の教科書などに取り上げられていました。

島崎藤村は、『破戒』『夜明け前』などの小説でも有名ですが、小説を書く前に『若菜集』『一（ひと）

葉舟』『夏草』『落梅集』という四つの詩集を出版していました。

「千曲川旅情の歌」という詩は、『落梅集』に掲載されたものです。

明治時代の初め頃は、「詩」といえば、奈良・平安時代から続いて江戸時代までの伝統を負った「漢詩」でした。

しかし、「詩」は、明治末年には「新体詩」を表すようになっていきます。わずか四〇年ほどの間に、どのように「漢詩」は衰退したのでしょうか、そもそも「新体詩」がどのように発達していったのでしょうか。

▼ふつうの日本語で書かれた詩を！

明治初期から明治二〇年頃まで、「漢詩」を支えたのは、森春濤とその子・森槐南という人物です。

春濤は、江戸時代までによく読まれた中国・宋代の詩風に対して、清朝風の新しい作詩を目指していました。軽妙洒脱でしかも修辞を重んずるという詩法です。

春濤は、明治八（一八七五）年には「新文詩」という雑誌を発行し、また息子の槐南は「星社」を起こして漢詩界を牽引し、小野湖山、本田種竹、国分青厓などとともに各新聞や雑誌にも漢詩は寸評とともに掲載されたのです。

森春濤の「岐阜竹枝」という漢詩をひとつ紹介しましょう。

環郭皆山紫翠堆　　郭を環って皆、山、紫翠、堆し

夕陽人倚好楼台　　夕陽人は倚る、好楼台

香魚欲上桃花落　　香魚上らんと欲して桃花落つ

三十六湾春水来　　三十六湾春水来る

（城郭を巡って周囲は皆山。紫翠の気が美しく浮かんでいる。二階屋に夕日を帯びて欄干にもたれる人影。折から鮎〔香魚〕が長良川を上り、桃の花が川面に落ちる。水曲三十六の湾、一気に春の水が満ちてくる）

美しい漢詩だという雰囲気は伝わってきますが、この漢詩を読んで、すぐに風景を思い浮かべることができる人は、明治時代にもそんなに多くはなかっただろうと思われます。漢字が並んでいるだけで、庶民はやはり、「難しい」と思ってしまわざるをえないのです。それに、漢詩はやはり、天平・奈良の時代からずっと男の世界のものでした。

こうした伝統的な「漢詩」に対して、新しいスタイルとしての「新体詩」が、明治の初年、ヨーロッパの詩の翻訳から少しずつ生まれてくるのです。

それがまとめられたのが『新体詩抄』という本です。

編者は、当時いずれも東京大学教授であった井上巽軒、矢田部良吉、外山正一です。「夫れ明治の歌は、明治の歌なるべし。古歌なるべからず。日本の詩は日本の詩なるべし。漢詩なるべからず。是れ新体の詩の作る所以なり」と井上巽軒はいい、また矢田部は「我邦人の従来平常の語を用ひて詩歌を作ること少なきを嘆じ、西洋の風に摸倣して一種新体の詩を作りだせり」と、序文に書かれています。

このように、彼らは、西洋の詩人が、ふつうに使われる言葉を使って書く「詩」を、日本語でもつくるべきだという運動を起こしていったのです。

とはいっても、初めの頃は、ゲーテ、ハイネ、ワーズワース、シェイクスピア、バイロンなどの詩の翻訳を、なんとか美文に移していくしかありません。

▼若い女性の心をつかんだ藤村の抒情詩

はたして、こうした中、西洋摸倣の域を脱して、時代精神の苦悩を日本語の詩として書いたのは北村透谷です。

北村透谷は『楚囚之詩』(一八八九刊)、『蓬莱曲』(一八九一刊)という詩集を自費出版しますが、これが、浪漫主義的な理想と現実の間に苦悩する人間の懐疑と反抗という命題を掲げたものとして、若者に大きな支持を得たのです。

漢詩では決して書けない、しかもヨーロッパからの借り物でもない詩が、透谷によって生まれたのです。

しかし、残念ながら、透谷は一八九四年、二五歳のとき、芝公園の自宅で自殺してしまいます。その透谷の影響を受けて現れた人こそ、藤村でした。
明治三〇(一八九七)年に出版された『若菜集』には、「初恋」という詩が載っています。

まだあげ初めし前髪の
林檎(りんご)のもとに見えしとき
前にさしたる花櫛の
花ある君と思ひけり

やさしく白き手をのべて
林檎をわれにあたへしは
薄紅の秋の実に
人こひ初めしはじめなり

わがこころなきためいきの
その髪の毛にかかるとき
楽しき恋の盃を
君が情に酌(く)みしかな

林檎畑の樹の下に
おのづからなる細道は
誰が踏みそめしかたみぞと
問ひたまふこそこひしけれ

藤村の詩は、若い女性を中心に読まれるようになります。それは、彼が、明治女学校（明治四二年に閉校）、仙台の東北学院（現・学校法人東北学院）や小諸義塾の英語の先生であったということとも無関係ではありません。

小諸義塾は、長野県北佐久郡小諸町（現・小諸市）にあった私塾で、のち旧制中学になります。教育県でもある長野の人たちは、新しい時代への希望とこうした言葉を胸に、世界へと旅立つことになるのです。

藤村は、さきに井上巽軒や矢田部良吉がいった「新体詩」への言葉をもっとわかりやすく、浪漫的な言葉で次のように懐古していっています。

「遂に新しき詩歌の時は来りぬ。そはうつくしき曙のごとくなりき」（一九〇四、『藤村詩集』序）。

「新しい詩の時代がやってきた。それはまさに美しい日の出のようだ」というのです。

藤村が書いた「新体詩」は、五七調の定形律に、古典としての杜甫や芭蕉の詩境を踏まえ、自然と想念の交流に悠久の生命を諦視しています。

「初恋」や「千曲川旅情のうた」は、まさにひとつの完成体だったのです。

明治初期の「詩」が「漢詩」で、ほとんど男の世界のものであったのに対して、明治以来盛り上がってくるキリスト教の思想と「女性」の社会進出と合わせ、藤村の詩は、若い女性たちから称賛を浴びることになるのです。

▼浪漫派歌人・与謝野晶子の登場

ただ、藤村は、『落梅集』以降、詩作から離れ、小説の道を歩みはじめます。

そして、藤村と入れ替わるようにして現れるのが、与謝野鉄幹（よさのてっかん）によって出された新詩社の機関誌「明星（みょうじょう）」でした。

童謡「春よ来い」を作詞した相馬御風（そうまぎょふう）、また石川啄木（いしかわたくぼく）、北原白秋（きたはらはくしゅう）、木下杢太郎（きのしたもくたろう）などは、この「明星」から生まれてきた詩人です。

また明治三七（一九〇四）年の日露戦争に際して「君死にたまふことなかれ」と歌った与謝野晶子（あきこ）も、もちろん「明星」から生まれた女流詩人です。

あゝおとうとよ、君を泣く
君死にたまふことなかれ
末に生まれし君なれば
親のなさけはまさりしも
親は刃（やいば）をにぎらせて

人を殺せとをしへしや
人を殺して死ねよとて
二十四までをそだてしや

こうした歌がつくられるようになってくる明治四三（一九一〇）年、『尋常小学唱歌』、いわゆる「唱歌」がつくられるようになると、「詩」と「曲」が結びつくものもつくられるようになってきます。

明治時代の「詩」の歴史を見ていくと、藤村の『落梅集』が大きく女性に受けて売れたことが、「漢詩」から「現代詩」へのターニングポイントであったということができるのです。

『たけくらべ』

夭折の天才が描く少女と少年の淡い恋

樋口一葉（ひぐちいちよう）／明治二八（一八九五）年

▼突然あらわれてすでに名人・樋口一葉

二〇〇二年に亡くなった山本夏彦（やまもとなつひこ）という随筆家がいました。自ら編集者として雑誌『室内』

（もと『木工界』）を出版し、辛口、毒舌のコラムを書いていました。

その山本夏彦が、昭和五五（一九八〇）年、五〇歳で直木賞を受賞した向田邦子（むこうだくにこ）に対して書いた言葉があります。

「向田邦子は、突然あらわれてほとんど名人である」

翌年、向田邦子は、台湾（たいわん）で起こった遠東航空機墜落事故で亡くなってしまいます。

山本夏彦のこの文章を読んだとき、すぐに思い出したのが、斎藤緑雨と森鷗外のことでした。

斎藤緑雨は、毒舌、皮肉屋の評論家で、しかし、誰からも好かれる不思議な男でしたが、結核に冒され、三六歳の若さで亡くなっています。最期に住んでいたところを誰にも知られないようにし、友達に託して、自らの死亡記事を新聞に掲載してもらうことを依頼してから死んでいます。

その斎藤緑雨が、晩年一生懸命になったのは、女流作家・樋口一葉を世に知らしめることでした。

緑雨には、もちろん、一葉に対する好意がありました。

しかし、一葉は「名人」でした。

それを発見し、そして一葉の作品を鷗外に見せたのです。

『大つごもり』（明治二七）、『ゆく雲』『にごりえ』『十三夜』（いずれも明治二八）と続けて執筆がおこなわれ、明治二九（一八九六）年四月一〇日、『たけくらべ』が、博文館の『文芸倶楽部』（第二巻第五号）に全文掲載されます。

一年二ヵ月の間に、彼女は、日本文学史に残る名作を次々に生んだのでした

しかし、彼女の身体は、すでに肺結核に冒されていました。

斎藤緑雨は、一葉の文章のことだけでなく、一葉の身体を名医に診てもらえるよう鷗外に何度も頼んだりしていますが、当時、肺結核を治す薬はまだありませんでした。

一葉は、明治二九年、二五歳の若さでこの世を去ったのです。

▼江戸から明治へ、移ろいゆく遊郭の中で

さて、最後に発表された『たけくらべ』は、鷗外をも絶賛させた一作ですが、はたしてどのような小説だったのでしょうか。

日本の近現代文学を専門とする学生や文学に興味がある人なら読んだことはあるかもしれませんが、明治のちょうど真ん中ほどにあたる明治二八（一八九五）年に書かれたこの小説は、文学としてはもちろんのこと、この時代を映す鏡としても非常に重要な小説です。

内容を紹介しましょう。

吉原（よしわら）の妓楼（ぎろう）で大黒屋の養女・美登利（みどり）と、竜華寺の息子・信如（のぶゆき）は、ほんとうは幼い頃からの仲良しで互いに想いを寄せているのですが、美登利は、信如から侮辱（ぶじょく）されたと勘違いして、田中屋の

正太郎と親しくしています。

ある朝、美登利が住む寮の格子門に、白い水仙の造花が差し入れてあるのにハッとします。その日は、信如が仏教学校に入学した日だと伝え聞くのでした……。

物語は、夏の千束（せんぞく）神社でおこなわれる祭りの直前から秋の酉（とり）の市の後まで、江戸から明治へと変わっていく、哀しい吉原の遊郭の姿を背景に進んでいきます。

そして、その景色の移ろいは、日本の変化と同時に、まさに子どもが大人になろうと敷居を跨（また）ごうとしている瞬間を描いた見事な短編なのです。

読んでいると、きっと読者の胸をいっぱいにしてしまう哀しみと喜びと、はかなさとを感じるでしょう。

そういう意味では、向田邦子の短編に通じるものがあるのも確かです。

さて、鷗外は、この「たけくらべ」を読んで、次のような批評を書いています。

「われは、縦令（たとい）世の人に一葉崇拝の嘲（あざけり）を受けんまでも、この人にまことの詩人という称をおくることを惜しまざるなり……この作者は、まことに獲易からざる妻女なるかな」

山本夏彦が、向田邦子を褒めた「名人」級の言葉、「まことの詩人」がここにすでに見えています（山本夏彦がこれを出典にした可能性は十分にあるのですが！）。

ところが、褒め言葉をもらって、まもなく、ふたりとも亡くなってしまう……。そんなところまで似ているとは！

▼人生の数奇なめぐりあわせ

一葉は貧乏のどん底を生きた女性でした。人からお金を借り、自分の原稿で前借りをして生活しなければならない女性でした。父親が起こした荷車請負業組合設立の事業に失敗し、多額の借金を残して死んでしまったからです。

苦しい生活のなかで、彼女の心に灯（とも）った生きるための「火」こそ小説でした。しかし、書いても、書いても、売れるようなもの、また人から褒められるようなものはなかなかできなかったのです。

結核に病みながらも、諦（あきら）めない力こそが、最後に一連の傑作を残させたのです。

さて、樋口一葉は、平成一六（二〇〇四）年一一月一日から、五〇〇〇円札の肖像として使われています。

夏目漱石の肖像も、昭和五九（一九八四）年一一月一日から発行された一〇〇〇円札に使われましたが、平成一九（二〇〇七）年一月四日に支払停止になっています。

じつは、もしかしたら、漱石（五男）は一葉の義理の弟になる可能性があったということをご存じでしょうか。

漱石の妻・鏡子（きょうこ）が遺した『漱石の思ひ出』に記されている話なのですが、一葉の父は、漱石の父親の下で働く役人でした。その縁で、「どうだお前の娘を、うちの長男に！」という話が持ち上がったというのです。

しかし、一葉の父親は、この当時からすでに経済的に困窮していて、漱石の父親に借金を何度も頼んだのでした。それでこんな人が親戚になったら、どれだけ金をせびられるかわからないといって、この話は破談になったというのです。人の縁というものは、本当に不思議なものです。辿ってみると、いろんなところでいろいろな人が、見えない糸で結びついているのだと驚かざるをえないのです。

『金本位之説明』

日清戦争後の賠償金で成立した金本位制

大久保義雄／明治三〇（一八九七）年

▼庶民にはお金はほとんど必要なかった

お金の歴史を知ろうと思えば、日本銀行金融研究所貨幣博物館に行くのがよいでしょう。ありがたいことに、和同開珎から江戸時代の大判、小判、また現代の紙幣にいたるまでのすべてが展示され、わかりやすく解説されています。詳しいことを質問したければ、学芸員の人がとても丁

寧に親切に教えてくれます。

どんな学問でもそうですが、わからないことがあれば、いちど自分でじっくり考えて、質問をまとめてノートし、専門家の方に話を聴きにいくのがいちばんです。その道を究めた専門家は、われわれの悩みにほとんど一言で答えてくれます。

「氷解」という言葉がありますが、わだかまって困って苦しんで悩んでいた謎が、まるで氷が溶けるように明らかになったりします。

さて、「金本位制」というのは、いうまでもなく、各国、自国が保持する金の量を上限に、兌換紙幣を発行することができるようにしようという決まりです。

マルコ・ポーロの『東方見聞録』に書かれるように、明治三〇年の日本が「黄金の国ジパング」であったとしたら、金本位制はどんなにありがたいことだったでしょう。

しかし、マルコ・ポーロの「黄金の国ジパング」という言葉も、じつは原文を読むと明らかなように、想像にしかすぎません。

ジパングは、中国大陸の東の海上一五〇〇マイルに浮かぶ独立した島国で、莫大な金を産出し、宮殿や民家は黄金でできているなど、財宝に溢れている。またジパングの人々は偶像崇拝者であり、外見がよく、礼儀正しいが、人食いの習慣がある。(平凡社東洋文庫『東方見聞録』)

中尊寺金色堂、金閣寺などの話が、マルコ・ポーロに黄金にあふれる国というイメージをつくらせたのです。

佐渡や伊豆の土肥などの金鉱では、非常に純度の高い金が産出され、それらが江戸幕府の大判小判の原料として使われていました。国内の需要ということであれば、国内の金山からのものだけで十分でした。

各藩の中で通用するお金は、藩がつくる「藩札」があったし、よほど身分が高い人か豪商かを除き、庶民には、お金などほとんど必要なかったのです。

▼明治新政府による新紙幣導入の混乱

ところが、「御一新」で新しい政府ができてみると、困ったことが起こってしまいます。

国立銀行(国営でなく民間資本による銀行)が設立されたのは、明治五(一八七二)年のことでした。アメリカの銀行制度にならったもので、東京の第一国立銀行を皮切りに、全国各地に設立され、明治一二(一八七九)年までに一五三行が登場しました。

しかし、明治九(一八七六)年には、正貨と交換できない不換紙幣を発行したために、全国に不景気の嵐が吹き荒れました。

朝野新聞が載せる明治一〇年の滋賀県の現況には、つぎのように伝えられます。

（滋賀県）彦根市中は殊の外繁華なれど商店は不景気、外見は賑わしきも内幕は負債のために困却す。（『明治ニュース事典』第一巻二七九頁）

また、新潟新聞には、「このせつは何処もかしこも不景気だ不景気だと、人の顔さえ見れば西国の咄し（引用注：西南戦争のこと）しか不景気の咄しをせぬ者とてはないようになりましたが、さもあらんか。本港（新潟港）は越の都会とも云うべき繁華の地にして、戸数のおよそ一万ほどもある中に、近ごろ貸屋と書したる札の貼ってあるのが千四百軒の余（一割四分）もあります。この札でも一つは不景気の証拠だろうとの咄し」とあります。

新政府は、前代未聞の大量の紙幣をつくって、国内に産業をどんどん興し、社会の活性化をおこなおうと試みようとしました。加えて、西南戦争の軍費としても紙幣がどんどん増刷されました。

しかし、持っているお金が、価値を失ってしまって、タダの紙切れになってしまうかもしれない、となって社会は混乱し、日本はインフレに見舞われてしまったのです。

明治一五（一八八二）年、中央銀行である日本銀行が創設され、紙幣の発行は日銀のみがおこなうこととなりました。日銀は各地の「国立銀行」が発行していた不換紙幣の回収整理を進め、混乱の収拾に乗り出します。

日銀の初代総裁は、薩摩（さつま）藩出身の吉原重俊（よしはらしげとし）。二代目は仙台藩出身の富田鐵之助（とみたてつのすけ）ですが、薩摩藩出身の大蔵大臣・松方正義（まつかたまさよし）との対立に破れ、富田は罷免（ひめん）されます。

おわかりでしょう。政府は、長州と薩摩に牛耳（ぎゅうじ）られている！ と思われても仕方がない状況でした。

「御一新」とはいうものの、新政府がどのようにしてできたのかも、庶民にはまったくわかりません。明治新政府が発行した紙幣を信用して大丈夫なのかも確かではないのです。お金はもちろん、政府自体を疑ってしまうのも当然でした。

▼お金と国の信用

しかし、じつは、この信用とお金という問題は、日本だけで起こっていたものではありませんでした。

ヨーロッパの歴史を遡（さかのぼ）ってみると、産業革命が起こる一八世紀半ば頃から、それぞれの国家が、国力と国としての信用を明確にするために、「金」というモノサシを使おうという動きを見せはじめるのです。

もちろん、この当時、次第に力をつけて、新しい価値観をヨーロッパに見せはじめるアメリカ合衆国という力があったことも否めません。

この頃から集めはじめた「金」が、ニューヨーク連邦準備銀行には保管されています。その量は、世界のどこにもないほどの量であるとされます。
合わせて五三万本の金の延べ棒で、総重量はなんと六七〇〇万トンに及ぶそうです。相場によって変化はあるでしょうが、およそ全部で三五〇〇億ドル、日本円に直すと三六兆円を超えます。

一般見学ツアーに申し込めば、日本人でもこの黄金の延べ棒が山と積まれた風景を見ることができるようです。

さて、話がずれてしまいましたが、とにかく「金」をどれだけ国家が保有しているかは、国際化という風が吹きはじめた一九世紀には、とても重要なことでした。

国内における国家への信用ということも含めてです。

戦争をして勝ったり負けたりしたときの戦勝金、賠償金（ばいしょう）はこの「金」で支払われます。国が外国から買う戦艦や戦車、飛行機などの費用も全部、「金」で支払われます。

国立銀行の外国為替システムがまだ整備されていなかった頃、明治一三（一八八〇）年、「正金（しょうきん）」で貿易決済をするために建てられたのが横浜正金銀行です。その建物としては横浜市の神奈川県立歴史博物館、神戸市立博物館などとして残っています。

▼金本位制確立の裏に日清戦争あり

さて、本の話をしましょう。

本書は明治三〇（一八九七）年に出版されました。タイトルどおり、「金本位制」というものがどのようなものかを説明したものです。

ヨーロッパ列強各国の貨幣制度の説明と、日本が金本位制を確立することの偉業がどのように社会に影響を与えるかということへの経済人たちの意見が述べられています。

じつは、この年の三月二九日、政府は「純金二分（〇・七五グラム）を一円とする」という貨幣法を施行することに決めました。

この貨幣法の制定は、わが国は金本位によって貨幣を製造し、かつ日本円の価値を安定させる力を持っているぞ！　と国の内外に示すものでした。

その背景には、明治二八（一八九五）年三月に終結した日清戦争の勝利によってもたらされた中国からの莫大な賠償金がありました。

明治二八年四月一七日の下関条約によって、軍費賠償金として銀二億両（テール）、三国干渉による遼東（りょうとう）半島付報償金として銀三〇〇〇万両、威海衛守備費償却金として銀一五〇万両、合計銀二億三一五〇万両が英国金貨三八八万二八八四ポンド一五シリング六・五ペンスに換算されて、国庫に入ったのです。

この「賠償金」と金本位制の確立は、戦争に勝つことが、じつはただ勝った負けたということ以上の大きな経済力確保につながることを国民に知らしめた大きな事件でもありました。

日本はここから、日露戦争、第一次世界大戦、日中戦争、太平洋戦争へと歩みを始めていったのです。

石川啄木の歌、

はたらけどはたらけど　猶わが生活楽にならざり　ぢっと手を見る（『一握の砂』）

が生まれてくる背景に、グローバリゼーションに飲み込まれてしまった日本の悲惨さと「金本位制」の導入があったことは知っておいた方がいいのではないかと思うのです。

『理想の少女』

富国強兵時代の教育書は何を説いたか？

堀江秀雄／明治三三（一九〇〇）年

▼教育者・堀江とその友人・高山樗牛

「元始、女性は太陽であった」と平塚らいてうが『青鞜』の発刊のときに書いたのは、明治四四（一九一一）年です。

本書『理想の少女』が出てから一一年後のことです。

著者の堀江秀雄のことから説明しましょう。

堀江は、明治六（一八七三）年に滋賀県で生まれました。國學院大學を卒業後、同大學主事、教務課長を経て高等師範部長、國學院大學教授を務めました。亡くなったのは昭和三四（一九五九）

年、八六歳でした。
『維新英雄詩人伝』『詩に生きる維新登場者』『幕末哀史』『日本魂の新解説』『神社と郷土教育』『よきをとめ』など二十数冊の著作があります。

書いたものを読むと、つくづくまじめな人だったんだろうなぁと思います。非常に熱心な教育者だったことも行間に滲み出ています。

そして、明治時代の不思議な人間関係といいましょうか、堀江がおもしろいのは、高山林次郎と友人だったことです。評論家・高山林次郎、ペンネームの高山樗牛としての方が知られているでしょう。

高山は、森鷗外と「美学」に対して大いなる論争をし、論争には勝ったもののその際にエネルギーを使い果たしたかのように結核を患ってしまいます。その結果、漱石とヨーロッパ留学に同船するはずだったのが、留学を断念し、明治三五（一九〇二）年、三一歳の若さで亡くなったのでした。

▼「理想の少年」の目指すべきもの

高山樗牛は、堀江が書いた『活少年』（明治三三、明治書院刊）に序文を寄せています。

名文を書くことで有名だった高山樗牛の序文をここに引きましょう。ほとんど知られていない文章です（全集にも洩れているのではないでしょうか）。

友人堀江秀雄君、少年の為に一書を著し、題して活少年と云う。予に命じて序を作らしむ。予、是を読むに一篇の文字、すべて是れ、当代少年に対する好個の警策、時弊を穿ちて一々肯綮に中る。君は平生事に中学教育に随うもの、而して今是著あるもの、亦以て其志の存する所を見るべき也。

（友人の堀江秀雄君が少年のために本を書き、これを「活少年」と題した。そしてぼくに序文を書けという。読めば、ここに書かれた一言ひとことが、すべていまの時代の少年に対する的確な教えであり、いまの時勢のよくない感化に対する注意としてまことにその要を得たものである。堀江君は平生中学教育を専門としているものであり、こうした書物を著したのは、また中学教育における彼の志を見るべきものであろう）

この初めの部分は、明治時代の序文の典型的な書き方です。ただ、この次からの文章は、漢文訓読体であるとはいえ、高山樗牛にしか書けないやっぱり名文らしい名文です。

今の世に少年無きを憂えず。唯、少年らしき少年無きを憂うべしと為す。官学が動もすれば人を屈し、私学は動もすれば人を乱る。是を以て天下の少年、多くは卑屈に非れば則ち放縦、人生青春の美質遂に現れずして已むもの多し。是れ啻に少年の憂なるのみならず、又国家の深憂也。

（いまの時代に少年というものがないといって憂えているのではない。少年らしい少年がいないことこそが憂いなのである。国公立の学校は、ややもすれば人を卑屈にしてしまう。かといって私学にいけば、思想や宗教的な点から人を混乱させるようにもなりかねない。いまの少年は卑屈であるか勝手気ままであるかのどちらかで、青春の美質を現すことができないものがいないまま青春時代を終えてしまう者が多いように思われる。これは、その少年にとっての憂いであると同時に、日本の国家にとっての深い憾みでもある）

それでは、「少年らしい少年」とは何か。高山は「少年は、常に未来を夢み、自分の人生を己の理想に合致させるまで、自身の精神と心意気を使うものである」というのです。

こんなものを読むと、司馬遼太郎の『坂の上の雲』を思い出します。理想に向かってどこまでもずんずん歩いていく男こそが、高山や司馬が思い描く「少年」だったのでしょう。

なんとも清々しく、なんとも純粋無垢ではないでしょうか。

この序文に合致するように、堀江は『活少年』という本を結ぶにあたって、次のようにいいます。

鳴呼、偉大なる功名は、累々として諸君の眼前に横たわってある。鳴呼、諸君よ、幸運児よ、やがて活手腕を延ばして、その偉大なる功名を獲取し給えよ。

（ああ、君たちが成し遂げるべき偉大な功名は、うずたかく諸君の目の前に横たわっている。諸君、この明治という時代の幸運児よ、その活き活きとした手を伸ばして、偉大な功名をどうか掴みとるのだ！）

日清戦争（一八九四〜九五）に勝利した後、世の中は大きく変わりつつありました。

中国では、排外民族主義運動、つまり「外国人は出ていけ！」という運動から義和団事件が勃発し、それを抑えるために、日本軍二万二〇〇〇人を主力とする連合軍が、一九〇〇年八月一四日に北京城内に進入していました。

お金のことをいえば、この日本軍に二万の兵を出させたのはイギリス政府で、二万の兵を出してくれたら、一〇〇万ポンドの資金を調達するといわれたのです。

首相の山縣有朋はこれを喜んで受け、はたして義和団事件終結とともに、日本はヨーロッパから「極東の憲兵」と呼ばれるようになっていたのでした。

少年を鼓舞する「偉大なる功名」という言葉は、格好のいいものではありますが、この言葉は、少年たちを富国強兵の歯車に換えるマントラでもあったのです。

▼「理想の少女」の貞操、内助の功

話がいきなりずれてしまいましたが、この「少年」に対して、この本で取りあげられているのは「理想の少女」です。

未来に向かって、理想に向かって一歩も譲らずひたすら邁進する少年に対して「理想の少女」は何を目指すのでしょうか。

日本女子は日本的家庭に適する才能を備えて、良人をして内顧の患なからしむるに至らば、良人に対して、むやみに卑屈たるを要せざるべきなり。

今や女子教育の声、次第に高まり来たりて、就学督励のこと、また到らざる余地なからむとす。女子たるもの、何ぞ、進んで学に就きて、身を鍛え心を磨き、以て日本女子の地位を恢復せむとはせざる。

（いま、女子教育の声が次第に高まってきてはいるけれど、学校に行って勉強すべきだという考えが浸透してはいないようである。女子であっても、学問をし、身を鍛え、心を磨き、日本の女子の地位を恢復させなければならない）

堀江は、本の第一章で、平安時代の女性たち、たとえば清少納言や紫式部のような人たちが、学問をすることで男にも負けない素晴らしい文学を残したと説き、日本の女性たちが学問をすれば、また彼女たちのような素晴らしい人物になることができるのだというのです。

しかし、とはいえ、結局、堀江の考えは常識を超えることはありませんでした。

人の妻となりて、琴瑟和合の楽を深からしめむと欲せば、まず婦人に肝要なる貞操の性質を涵養し、妻たるに必須なる智識を養成しおかむ事に最も注意するべし。（中略）要するに、内助の効を全うし、精神的交情を温密にせむことこそ、我等が、世の妻たらむ人に望む所なり。

（結婚して、良人と妻が睦まじい関係を保つためには、とにもかくにも、婦人が貞操の性質を持って接しなければならない。妻として必要な智識を養成していなければならないのである。〔中略〕要するに、内助の功というものに全力を尽くし、精神的に夫を支えるという気持ちで温かく見守ってくれるということを、われら男性は妻である女性に求めるのである）

男の勝手を温かく受け入れてくれ！　というのが「理想の少女」なら、こんな本はいらないと、女性たちも思ったに違いないでしょう。

しかし、それを声に出していうことは、なかなか難しい時代でもありました。

▼「国家の夢」へと向かわせる教育

堀江は、次のような文章で、本書を締めくくっています。

要するに、国家の繁栄は、その国民の熱心尽力に頼るものにして、男子の事業は、女子の補助と相待ちて、功を奏する事なれば、国家と国民の前途を思うにつけても、我等は、可憐なる諸嬢の責任がなかなかに重大なるを知るなり。

（つまるところ、国家の繁栄は、国民一人ひとりが、熱心に力を尽くすことによるしかない。男がやるべきことは、女性が男を助けてくれることと一体となって、成功を遂げることである。そうした意味において、国家と国民の将来を考えると、われわれ男は、可憐な女性たちの偉大さを思い知るのではなかろうか）

「国家」という言葉は、いまのわれわれが思う以上に、明治時代の人たちにとっては重いものでした。現人神（あらひとがみ）といわれた明治天皇を頂点にして、ピラミッドのような形のものとして「国家」が存在していました。

その「国家」を支える一員として、国民は一丸となって、同じ方向に向かって歩いていこうと互いを鼓舞したのでした。

一九〇〇年当時の「国家」の「夢」は、ひたすら、列強と肩を並べることでした。

そのためには、あらゆる意味における教育が必要でした。

堀江秀雄という教育者も、また少年、少女よと呼びかけながら、多くの若者を「国家の夢」へと向ける教育をおこなったのです。

堀江は『理想の少女』の巻末に次のような和歌を載せています。

　山にゆき
海にもゆかむ

夫の君の
いでますところ
わがゆくところ

国家とは、国民とは、また教育とはなにか、時代によって、状況によって、こうしたものへの考え方は変わっていきます。

『作家論』

「カッコいい」と「ハッタリ」の人生

三島由紀夫（みしまゆきお）／昭和四五（一九七〇）年

▼森鷗外に託した理想の自己

昭和四五（一九七〇）年一一月二五日、三島由紀夫は、自衛隊市ケ谷駐屯地で、割腹（かっぷく）自殺しました。

三島由紀夫という作家は、なぜそんな死に方をしなければならなかったのか。

三島由紀夫とは、何だったのでしょうか？

そんな疑問に、三島自身が答えてくれている文章がありますので、紹介します。

森鷗外とは何か。

戦前の日本では、「森鷗外とは何か」などという疑問がそもそも起こる余地がなかった。鷗外は鷗外だった。それは無条件の崇拝（すうはい）の対象であり、とりわけ知識階級の偶像であった。

ふたたび問う。

森鷗外とは何か

鷗外という存在の、現代における定義を下すべきだと思う。鷗外は、あらゆる伝説と、プチ・ブルジョワの盲目的崇拝を失った今、言葉の芸術家として真に復活すべき人なのだ。言文一致の創成期にかくまで完璧で典雅な現代日本語を創り上げてしまったその天才を称揚（しょうよう）すべきなのだ。どんな時代になろうと、文学が、気品乃至（ないし）品格という点から評価されるべきなら、鷗外はおそらく近代一の気品の高い芸術家であり、その作品には、純良な檜（ひのき）のみで築かれた建築のように、一つの建築的精華なのだ。

現在われわれの身のまわりにある、粗雑な、ゴミゴミした、無神経な、冗長な、甘い、フニャフニャした、下卑（げび）た、不透明な、文章の氾濫（はんらん）に、若い世代もいつかは愛想を尽かし、見るのもイヤになる時が来るにちがいない。人間の趣味は、どんな人でも、必ず精錬へ向かって進むものだから。

そのとき彼らは鷗外の美を再発見し「カッコいい」とは正しくこのことだと悟るにちがい

ない。

ここに記される「森鷗外」像こそ、まさに作家・三島由紀夫が求めたものだったのです。

三島由紀夫の父、平岡梓（ひらおかあずさ）は、その著『伜（せがれ）・三島由紀夫』で、『仮面の告白』について「その「ハッタリ」にはおどろきました」と書いていますが、じつは、三島の人生は、「カッコいい」と、人に思わせるための「ハッタリ」だったのです。

▼「カッコわるい」自分への嫌悪

三十数巻に及ぶ華麗な装丁の『三島由紀夫全集』には、小説やエッセイはもちろん、批評、戯曲、歌舞伎、能楽、映画脚本が収められていますが、三島の活動は、文筆だけでなく、剣道、ボクシング、ボディービル、モデル、軍人志願者にも及びます。

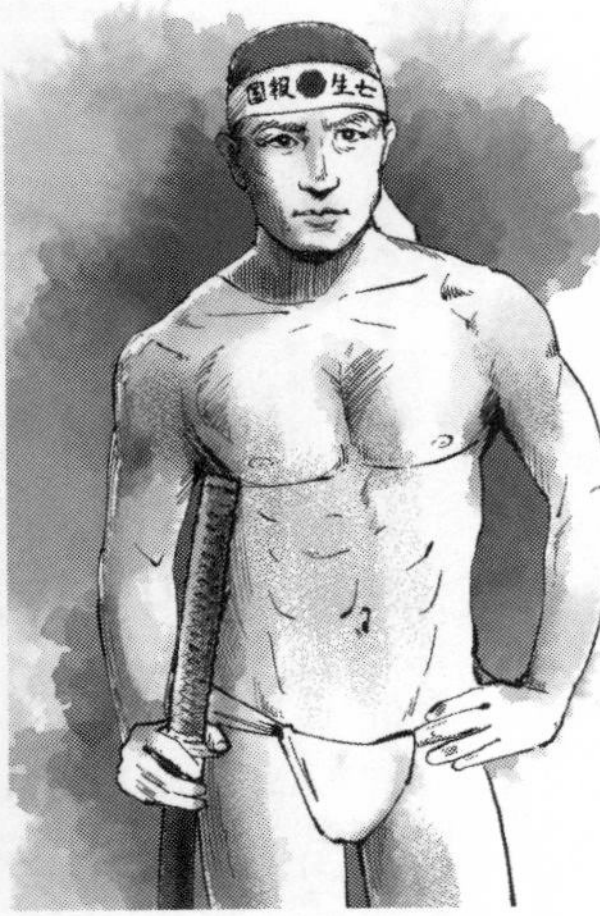

三島は、軍人で、医学者でありながら、同時に優れた文学者でもあった鷗外に憧れたのでした。

それにしても、何が、三島を、「カッコいい」と人から思わせる自己顕示欲の強い人にしたのでしょうか。

その原因のひとつは、「カッコわるい自分」に対する嫌悪です。

三島（本名、平岡公威(きみたけ)）は東京出身の貴族のように振る舞っていますが、じつは父親の実家は兵庫県印南郡志方村上富木（現・兵庫県加古川市志方町上富木）で、当然、三島の本籍地も、ここでした。

当時、徴兵検査は、本籍地で受けなければなりませんでしたが、そのときのことを、三島はこんなふうに書いています。

「農村青年たちがかるがると十回ももちあげる米俵を、私は胸までももちあげられずに、検査官の失笑を買ったにもかかわらず、結果は第二乙種合格で……」（『仮面の告白』）

でも、これは、どうやら本当のことではなかったようです。

昭和一九（一九四四）年五月、志方尋常高等小学校でおこなわれた徴兵検査で、三島と一緒だった船江不二男（農民文学同人）が書いています。

加古川の検査場（現在の加古川公会堂）に約百人の壮丁たちを集め、それぞれ越中ふんどし一つ締めた裸体で身体検査がはじまった。なりは小さくとも、いずれも野良仕事で鍛えた浅黒い肌の頑丈な体躯(たいく)ばかりである。そのなかで白い平岡公威の頼りない躯はひときわ目立った。農村育ちの無作法な若者たちが、かれをからかうように、指さしてひそひそ話を交わしたりする。囲われたなかでは、性病・痔疾の検査がおこなわれる。全裸で四つん這いになって検査官の前に尻を向けるのである。平岡公威も、四つん這いになった。校庭で体力の検査が行われたのは、これらの検査が終わったあとである。

四十キロの重みをもった土嚢を頭上に何回持ち上げることができるかというのが検査方法であった。

船江は、土嚢を六、七回も頭上に持ち上げた。他の青年たちも、そうであった。農村の若者たちにとっては、朝飯前の運動だったといってもよい。いよいよ船江たちの見ている前で、痩せて白い躯の平岡公威が腰をかがめて両腕を土嚢の両端にかけた。だが、いつまでたっても持ち上げない。いや、持ちあがらないのであった。やっと地上から離れたが、わずか十センチくらの高さである。力を出し切っていないのかなと船江が公威の顔を見ると青白い皮膚は紅く染まっていて、あきらかに全身の力をふりしぼっていた」(雑誌『噂』(昭和四七年八月号))

三島が、戦後、ボディービルなどで筋トレをして、ふんどしひとつで自分の裸体を誇示したのは、こうした「カッコわるい」自分を超越した自分を人に見せたかったからでしょう。強く華やかな者への憧れが見えます。

▼「人間的なものよりはるか高みへ」

三島のインタビューが残っていますが（Youtubeの下記URLで聞くことができます）、三島は、ゲーテやトーマス・マンのように「自己形成」によって大きくなった人が好きだといっています。そして、この中で、女々しい太宰治のことを嫌いだというのです。

ただ、このインタビューで三島がいう言葉は、非常に象徴的です。

「人を死に誘う文学は、それはそれで構わない。しかし、作者がその『死』から甦らなかったら、何のために作者は文学をやるのかわからない」と。

四五歳で割腹自殺をした三島は、はたして文学者として甦ったのでしょうか。

三島は、四〇歳を過ぎてから（確実な月日は不明）、こんな詩を書いています。

私はそもそも天に属するのか？
そうでなければ何故天は
かくも絶えざる青の注視を私へ投げ
私をいざない心もそらに
もっともっと高く
人間的なものよりはるか高みへ
たえず私をおびき寄せる？

＊ https://www.youtube.com/watch?v=C5_3pk0kMPA&t=191s

三島の文学は、「人間的なものよりはるか高」い「天」を求める、理想を追求したものだったのです。

ですが、こうした「理想」は、ノーベル文学賞候補とはなっても、受賞にはつながらなかったのでした。

第4章

混迷と進化

～時代の転換期を見つめる

『方丈記』

漢字カナ交じりの新しい文体が誕生

鴨長明／鎌倉前期（一二一二）

▼平安な平安時代の終わり

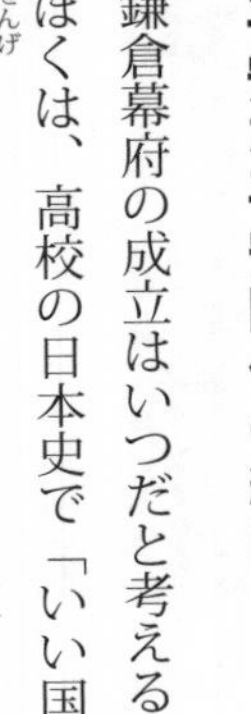

鎌倉幕府の成立はいつだと考えるのが正しいのでしょうか。

ぼくは、高校の日本史で「いい国つくろう鎌倉幕府」の一一九二年、源頼朝に「征夷大将軍」の宣下がおこなわれた年だと教わりました。

一六〇三年に、徳川家康に「征夷大将軍」の宣下がおこなわれた年を江戸幕府の始まりとすることと同じ理由です。

ただ、これに対して最近は、鎌倉幕府の成立を一一八五年だという説があります。これは、壇ノ浦の戦いで平家に勝った源頼朝が、「文治の勅許」を得た年です。「文治の勅許」とは朝廷が北条時政の奏請に基づき「守護、地頭」の設置・任免を許したことです。

一一八五年に鎌倉幕府ができたとすると、このとき、鴨長明は三〇歳。一一九二年だとすると鴨長明は三七歳ということになります。

どちらの年を鎌倉幕府の成立と考えるかは、後世の歴史家の見立てによって異なりますが、「文治の勅許」も「頼朝への征夷大将軍の宣下」というニュースも、鴨長明にとって、それまでの「平安」な時代とは、まったく異なる社会が始まるのだなぁという予感に打ち震えるものだったのではないかと思います。

さて、鎌倉幕府の成立というのは、やっぱり、日本の歴史にとってとても大きな変革でした。

平安時代というのは、七九四年に始まって以来、外国から戦争を仕掛けられることもなく、夷(い)狄(てき)を追い払う必要もなく、非常に「平安」な時代でした。

朝廷は、戦争がないことを理由に、「兵部省(ひょうぶしょう)」と「刑部省(ぎょうぶしょう)」を、有名無実のものとしてしまっていました。朝廷を守る正規の軍がいなかったのです。

ところで、天皇家や公家、貴族は、税金によって贅沢(ぜいたく)な生活をしています。

とくに藤原氏は、多くの荘園を所有していますが、税金を免除される「不輸(ふゆ)の権」と、そこでどれだけ穀物が穫れるかなどを検地することを逃れる「不入(ふにゅう)の権」というものをもっています。

要するにタックスヘイブンの身分なのです。

地方の豪族などからしてみれば、これは許しがたいことでした。各地で格差に対する不満が爆発していくようになります。

都の中でも餓死者があふれ、羅城門などもぼろぼろになって修理をする人もありません。

「文治の勅許」で許された「守護」とは、いまでいえば自衛隊と警察のようなものです。「兵部省」「刑部省」が本来持つべき「軍」を、自分たちが担当するというのです。

また「地頭」とは、土地の管理者です。本来、朝廷がおこなわなければならない土地の管理や税金の徴収を幕府が代わりにやるという機関です。

そして、頼朝は、守護と地頭を統括する役職として「征夷大将軍」という地位を得ることになったのです。

▼成功できなかった自身の不遇も滲む

さて、鴨長明は五六歳のときに、飛鳥井雅経と連れだって鎌倉に行き、頼朝の子で鎌倉幕府第三代将軍・源実朝に会っています。和歌の師として呼ばれたのでした。

実朝は、定家が選んだ『小倉百人一首』にも選ばれ、また勅撰和歌集にも九二首入集されるほどの歌人で、長明を師とすることを断っています。

長明は、この後まもなく、京の郊外・日野（現・京都市伏見区日野）に、一丈四方の庵を結んで隠棲することになるのです。

『方丈記』は、ここで書かれた随筆で、書名も長明自身がつけたものといわれています。

長明の自筆といわれる「大福光寺本」は漢字カタカナ交じりで書かれています。

ユク河ノナカレハタエスシテシカモモトノ水ニアラス。ヨトミニウカフウタカタハ　カツキエカツムスヒテヒサシクトトマルタメシナシ。

（流れていく川の流れは絶えることなく、それでいてその水は刻々と移り変わり、もとの水ではない。流れの澱（よど）んでいるところに浮かぶ水の泡は、一方で消えたかと思うと、一方ではまた現れて、いつまでもそのままの状態ではありえない）

代表的な無常観の文学と呼ばれますが、まさに、「この世のあらゆるものは、そのままの状態であることは決してない。花は咲けば散り、人は必ず死ぬ、摂政関白となって栄華を誇った藤原家も、いまや鎌倉の征夷大将軍という新しい時代の新しい政治に取って代わられている」という思いがあったのではないでしょうか。

このとき鴨長明は、出家して「蓮胤（れんいん）」と名乗っています。

もともと賀茂御祖（かもみおや）神社（下鴨（しもがも）神社）の禰宜（ねぎ）の次男として生まれた長明は、河合社の禰宜になることを望んでいたのですが、それも叶（かな）いませんでした。

『方丈記』の後半には、才能はあったのに歌人としての名を馳（は）せることもできず、禰宜として望んだ職も得ることができなかった長明の自分自身の人生に対する不遇なども滲（にじ）み出ています。

おもしろいのは、鴨長明が生きた時代が、親鸞（しんらん）とも重なっていることです。

親鸞の「三帖和讃（さんじょうわさん）」は、『方丈記』と同じく漢字カタカナ交じりで書かれています。これらは、明治時代まで続く「和漢混合体」と呼ばれる文体の最初の作品なのです。

鎌倉幕府の成立とは、政治だけではなく、じつは、文体も新しいものへと変わりつつあった時代だったのです。

『風姿花伝』

中世の混乱期を治める「能楽」の秘伝書

世阿弥／室町中期（一四二〇頃）

▼能楽の三つの起源説

現在「能楽」と呼ばれている芸能は、明治時代になるまで「猿楽」と呼ばれていました。世阿弥が著した能楽の芸術論書である『風姿花伝』には、「猿楽」の起源について、およそ三つの伝承が記されています。

一、天岩戸の神話におけるアメノウズメの歌舞を猿楽のはじまりとする。

二、釈迦の説法を妨害した外道らを、仏弟子たちが後戸で六六番（能楽は一番、二番と数える）のものまねをして誘い出し、これをしずめたのが、天竺での猿楽の始まりとする。

三、秦の始皇帝の生まれ変わりである秦河勝は、聖徳太子の命に従って天下泰平のための六六

番のものまねをおこない、これが猿楽と名付けられた。河勝は、摂津国・難波の浦からうつほ舟に乗って播磨の坂越の浦に来て大荒大明神として祭られた。秦氏安は、河勝の芸能を伝え、紫宸殿で六六番の猿楽をおこなった。

一つめの伝承は、もちろん『古事記』や『日本書紀』に書かれている話です。

弟・須佐之男命の乱暴狼藉に困憊した天照大御神は天岩戸に引き籠りますが、そのために高天原（天上界）も葦原中国（地上。天上界と黄泉国の中間から）も闇に閉ざされ、禍が発生します。

八百万の神が天の安河の河原で相談をしてお祭りをするのですが、そのとき、アメノウズメは、神懸かりして胸を出し裳裾の紐を陰部まで下げて踊ると、八百万の神は大笑いします。これを不思議に思った天照大御神は天岩戸から出て、此の世は再び光に満ちあふれることになったというのです。

二つめの話は、インドで始まった仏教にも能の根源はあるのだという話です。

三つめの話は、中国に、能の根源があるという説です。

初瀬川が氾濫したときに三輪神社の社殿前に流れ着いた童子を見た欽明天皇は、以前に見た夢に神童が現れ「吾は秦の始皇帝の生まれ変わりである。縁あってこの国に生まれた」といったことを思い出し、「この子こそ、そのときの神童に違いない」といい、河の洪水に勝ったからといって「秦河勝」と名付けたといわれます。

秦氏安は平安時代・村上天皇（在位九四六～九六七）のときに「翁」を演じたとされ、その子孫・金春禅竹は世阿弥に師事し、金春流は豊臣秀吉に好まれたと伝えられています。現在も続く金春流という古い能楽の形態を伝える流派は、この氏安の子孫であるとされるのです。

▼芸能は乱れた人心を鎮めるもの

さて、能は、日本の神話伝説、仏教の無常観、中国文学の三つの教養によって成り立っています。

『風姿花伝』のこの三つの話も、表面的にはこのことを伝えるものでしょう。

ただ、中世、一三〇〇年後半から一四〇〇年代にかけて、「猿楽」が急速に発達した背景には、保元の乱（一一五六）から南北朝の終焉（一三九二）という二三六年に及ぶ朝廷の混乱と人心の動揺を鎮めるという意味があったからにほかなりません。

三つの「猿楽」伝説は、共通した部分があることにお気づきでしょうか。

世の中の混乱を抑えるために果たす「芸能」の役割です。

天照大御神が天岩戸に隠れて混乱する、釈迦の説法を邪魔して混乱する、そして仏教伝来を阻止して世の中を混乱させていた物部守屋を殺し聖徳太子を輔佐したのが秦河勝だといわれています。

世界で最も古い伝統芸能として、ユネスコの無形文化遺産に登録されている「能楽」は、人心の動揺を沈静化する儀式として始まったものなのです。

謎の言葉「とうとうたらりたらりら」

ところで、世阿弥が「能にして能にあらず」と『風姿花伝』に記す「翁」という演目がありま す。現代では、「神秘の能」「能の秘儀」などともいわれます。

とうとうたらりたらりら、たらりあがりららりとう
ちりやたらりたらりら、たらりあがりららりとう
所千代までおはしませ
われらも千秋（せんしゅう）さぶらはう
鶴と亀との齢（よわい）にて
幸ひ心をまかせたり
とうとうたらりたらりら
ちりやたらりたらりら、たらりあがりららりとう

（とうとうたらりたらりら、たらりあがりららりとう／ちりやたらりたらりら、たらりあがりららりとう／ここに千年の後までおいでくださいませ／私どもも、その千年の後まで、お仕え申し上げましょう／千年万年は、鶴と亀の命の長さ、そのような御寿命をお保ちください／その幸せは御心

のまま／とうとうたらりたらりら／ちりやたらりたらりら、たらりあがりららりとう）

「とうとうたらりたらりら……」という冒頭の言葉の意味が伝承されていないということも秘伝とされる理由のひとつでしょう。

はたして、この「翁」は、「猿楽」が一日かけて上演されていた江戸時代は、朝一番に演じられるものでした。いまでも新しい能舞台の落成記念やお正月に演じられるものですが、これは国家や人々の平安と長寿を願う神事なのです。「能楽」は、中世という時代の混乱を治めるためには不可欠の芸能として生み出されてきたのでした。

『平家物語』

古代から中世へ、刹那を生きる群像劇

作者未詳／鎌倉前期

▼藤原行長、生仏、琵琶法師

平家と源氏の戦から平家の滅亡、さらに平安貴族の没落と新たに台頭してきた武士の台頭を書いた『平家物語』は、関白・九条兼実の家司（家政を司る役人）、藤原行長（生没年不詳。信濃前司行長とも）の筆によるものではないかといわれています。

これは『徒然草』（第二二六段）に「後鳥羽院の御時（中略）この行長入道、平家物語を作りて、生仏と言いける盲目に教えて語らせけり。（中略）かの生仏が生まれつきの声を今の琵琶法師は学びたるなり」という言葉に基づいています。

これによれば、行長が『平家物語』をつくり、生仏という盲目の人にそれを覚えさせ、それを琵琶法師が唱うようになったのだということになります。また、生仏という人は東北地方の出身だったらしく訛りがあって、琵琶法師はみな、この東北の訛りも真似て、『平家物語』を語ったというのです。

ただ、行長という人がどういう人なのか、具体的な資料がないこと、またこの当時の『平家物語』は本として伝わっていません。現存する最古の『平家物語』は、それから一〇〇年ほどの間に増補改訂された「延慶二（一三〇九）年」の奥書があるいわゆる「延慶本」なのです。

▼秩序が崩壊し、バラバラに生きる「諸行無常」

さて、『平家物語』は、よく知られるように、

祇園精舎の鐘の声、諸行無常の響きあり。沙羅双樹の花の色、盛者必衰の理を顕す。驕れ

る人も久しからず、ただ春の夜の夢のごとし。猛き者も終には滅びぬ、偏へに風の前の塵に同じ。遠く異朝を訪へば、秦の趙高、漢の王莽、梁の朱忌、唐の禄山、これらは皆、旧主先皇の政にも従はず、楽しみをきはめ、諫めをも思ひ入れず、天下の乱れん事を悟らずして民間の愁ひ、世の乱れを知らざりしかば、久しからずして滅びにき。

(祇園精舎の鐘の音には、諸行無常、すべてのものが常に変化し、同じ状態のものではないとの響きがある。釈迦入滅の時、枯れて白くなったとされる沙羅双樹の花の色は、盛んな者も必ず衰えるという道理を示しているという。権勢を誇っている人も、そう長くは続かない。まるで春の夜の夢のようにはかないものに違いない、勇ましく猛々しい者も結局は滅んでしまうのである。まったく風の前に舞う塵埃と同じことである。遠く中国にその例を尋ね求めるならば、秦の趙高、漢の王莽、梁の朱忌、唐の安禄山など、彼らは皆、もと仕えていた主君や皇帝の統治に従わず、楽しみの限りを尽くし、他人の諫言を心に留めず、天下が乱れるであろうと悟らずして、人民の嘆くことさえわかろうとしなかったために、あっという間に亡びてしまった者たちである)

として平清盛の話を説きはじめます。

これは、もちろん、文中にもあるように「諸行無常」という「無常観」に支えられた軍記物語なのですが、ここには平安時代までの「古代」を、日本全土に広がる新しい大きな時代のうねりがひっくり返して「中世」と呼ばれる世界に突入したことが描かれているのです。

わが国には、七一二年に編纂された『日本書紀』から「六国史」と呼ばれる、『続日本紀』『日本後紀』『続日本後紀』『日本文徳天皇実録』、そして九〇一年完成の『日本三代実録』まで「正史」が編纂されていました。

その後、『新国史』（また『続三代実録』）の編纂がおこなわれたといわれていますが、結局草稿で終わって、九六九年までの記録しか残っていません。

つまり、王朝の正式な歴史の記述と把握は、ここで途切れてしまうことになるのです。

この原因は、律令制が実質的に機能しなくなったことを意味します。

いい替えれば、天皇という絶対的権威を持った存在を中心に敷かれていた政治体制が破綻してしまったということです。藤原家の摂関政治とそれを支える国税、軍事、司法面の問題については『方丈記』のところで記しましたが、「正史」編纂事業がないということは、つまり、自分たちが「歴史」をつくっているのだという意識がなくなったということでもあります。

こうなると、何を目的に、何を理想として、世の中を動かしていけばいいのかさえもわからなくなってしまいます。人々は、頼るものがまったくない、国家からも抛りだされた社会で生きていかなければならなくなってしまうのです。

「諸行無常」とは、すべてがバラバラになって、それぞれ個人が勝手に栄え、そして滅んでいく運命を背負っているということです。

▼時間感覚すら失われて

「中世」という時代は、じつは、朝廷に「時間」という意識がない時代です。

治承元（一一七七）年に起こった内裏の火災によって「漏刻」（水時計）が喪われてから、「歴史」を書くためには最も重要な、日本には時間を計るという実質的な機能を持った「時計」さえなくなってしまっていたのです。

『平家物語』に出てくる人たちは、まったく時間の意識がありません。渾沌とした地獄のような時代、欲望を満たす戦いの中に「今」を生きる人たちの哀しさと儚さ、虚しさの文学なのです。

『西洋紀聞』

「和魂洋才」を掲げた西洋研究書

新井白石／江戸中期（一七一五頃）

▼鎖国日本に密入国した司祭シドッチ

新井白石の名前は、聞いたことがあるという人も少なくないのではないかと思います。

第六代将軍徳川家宣と第七代家継の「正徳の治」（一七〇九〜一六）を実現させたブレーンです。

三歳のときに、父親が読んでいた儒学の本をすべて書き写すことができたなどというエピソードも伝わっていますが、あらゆる学問に興味を持つ博物学者であったといっても過言ではありません。

それは、当時、小石川にあった切支丹屋敷（現・東京都文京区小日向）に幽閉されていた宣教師・シドッチが白石の学問を高く評価したことからも明らかです。

さて、ご存じのように、江戸時代に外国人が、しかもキリスト教の布教を目的に国内に入国することは禁止されていました。家康によるキリスト教禁止令が全国に出されたのは一六一三年です。

それから約一〇〇年後の一七〇八年、イタリア人カトリック司祭・シドッチは、マニラを経て、わが国でのキリスト教布教を目的に密入国したのです。ほどなく捕縛され、江戸の切支丹屋敷に入獄することになるのです。

遺骨から復元されたシドッチの頭部が国立科学博物館で公開されたことがあります。「わ！ハリソン・フォード!!」と、ぼくは見た瞬間に思ったのでした。

シドッチの身長は、二メートル近かったそうですが、屋久島で捕縛されて長崎、長崎から江戸まで、身体を動かすこともできない小さな駕籠に入れられて護送されたために、肉体は衰弱して骨川筋右衛門になっていたそうです。

▼形而上学的な問いでシドッチを論破

白石は、シドッチと会って、オランダ通詞三人を介して、ヨーロッパ情勢、世界地理などについて尋問をおこなっています。

そのことを記したのが『西洋紀聞』です。

じつは、この本は、キリスト教禁令のために印刷されずに保管されていたのが、一八〇〇年以降、次第に蘭学（らんがく）などがおこなわれるようになってから洋学者の間で読まれるようになり、幕末の日本のあり方を決定的にした本だったのです。

それは「和魂洋才」という思想です。極端な欧化を食い止めながら日本を近代化するためには「和魂洋才」という方法しかなかったのではないかと思われますが、そうした姿勢が『西洋紀聞』には記されているのです。

たとえば、白石はシドッチに、キリスト教の教義を教えてくれと依頼します。

シドッチはこう答えます。「大凡（おおよそ）、物自ら成る事能（あた）わず。必ず、これを造るものを待ち得て成る。今、試みに一堂の制（製）を見るに、其制自ら成る事あらず。必ず工匠を待ちえて成る。一家の政を見るに、其政自ら治まるにあらず。必ず君長を待ちえて治る。天地万物、これに主宰たるものあらずして、成る事あらず。其の主宰、名づけてデウスという」

建築物が建設にたずさわる人がいて初めてできあがるように、また国の政治が君主がいて初めておこなわれるように、この世のすべてを主宰するものがいる。それがキリスト教の神だとシドッチはいうのです。

すると、白石は、こう答えます。「『天地万物自ら成る事なし、必ずこれを造るものあり』という説のごとき、もし其説のごとくならんには、デウス、また何ものの造るによりて、天地いまだあらざる時に生れぬらむ。デウス、もしよく自ら生れたらむには、などか天地もまた自ら成らざらむ」

もし、お前の説が正しいというのであれば、「神」は、いったい誰が創造したものなのだ？

と白石はいうのです。

二〇世紀のイギリスの哲学者・数学者バートランド・ラッセルは、白石と同じ質問に誰も答えてくれるものがなかったので無信教になったと書いていますが、白石はこれに答えることができないシドッチに対してこう判断をするのです。

「ここに知りぬ。彼方の学のごときは、ただ其形と器とに詳しき事を。所謂形而下（けいじか）なるもののみを知りて、形而上なるものはいまだあずかり知らず。（中略）荒誕浅陋（こうたんせんろう）、弁ずるにもたらず」

（よくわかった。西洋の学問というものは、外形のことにだけ詳細であるということが。つまりこれは形ばかりの学問で、その形がなぜ、どのようにして成り立っているのかをまったく理解しようとするものではないということが。あまりにも荒唐無稽（こうとうむけい）で浅薄すぎて、学問という言葉を使うにも足りないものである）

まさに、この言葉こそ幕末から明治時代前期までの「和魂洋才」を根幹で支えたものだったのです。

『太閤記(たいこうき)』

歴史を学ぶとき、歴史小説を読んではいけない

小瀬甫庵(おぜほあん)／江戸前期（一六二五自序）

▼秀吉の草履のエピソードは本当か？

小説はもちろん、マンガや映画、ドラマなどでもよく主人公として描かれる歴史的な人物のひとりに、豊臣秀吉がいます。

若い頃、木下藤吉郎(きのしたとうきちろう)という名前で織田信長に仕え、信長のために草履(ぞうり)を懐(ふところ)に入れて温めるなどして気に入られ、めきめきと頭角を現していったなどという逸話などはよく知られているのではないでしょうか。

でも、それって事実だったのか？　といわれると、虚構、つまり作り話というほかありません。証拠はどこにもないのです。

この草履の話は、江戸時代中期、寛政九（一七九七）年に出版された『絵本太閤記』（初編）に書かれたのが初出です。

藤吉郎が信長に仕えていたのは、天文二三（一五五四）年頃だといわれます。この逸話は約二五〇年も経ってから、『絵本太閤記』の作者、武内確斎によってつくられたものなのです。

秀吉が「猿」と呼ばれるのにふさわしい、賢くて小回りの利く人だというイメージができて、それに合わせて小説のヒーローとして脚色がされていったのです。

「歴史を学ぼうとするときに、歴史小説を読んではいけない」とはよくいわれることですが、小説の虚構や脚色を事実だと思ってしまうと、大変なことになるのです。

▼寵愛の武将につけた兵三〇〇〇人？

ところで、『太閤記』を書いた小瀬甫庵は、信長の家臣である池田恒興や豊臣秀次にも仕えた医者、儒学者でした。信長を主人公にした仮名草子（いまの言葉でいえば小説）『信長記』の著者としても知られていますが、これは史料として読む価値のない、歴史小説です。

甫庵の研究で著名な柳沢昌紀氏によれば「それは、史実の改変や文書の偽作・改竄といったことが多く認められるためである」（「小瀬甫庵にとっての歴史」雑誌『日本文学』二〇一〇）といわれます。

それは甫庵の『太閤記』についても同じことです。

たとえば、巻九「池田勝久父子討死之事」に次のようなことが書かれています。

爰に、井伊隼人佑が後裔、井伊万千世とて十九歳、容顔美麗にして、心優にやさしければ、家康卿親しく寵愛し給ひし故、剛兵三千之勢を付給ふ。長久手の辰巳なる山に、三段に備へ、白しなひの弓鉄砲の者五六百人、先手を張てうたせければ、堀が先勢是に辟易し……

（ここに、井伊隼人佑の末裔で、井伊万千世という男がおりました。年は一九。顔形姿形は美しく、心も優しい男だったので、家康は、この人を寵愛し、この男を守るためにと、強者を三〇〇〇人も護衛につけたのでした。さて、長久手の辰巳という山に、この兵を三段に備え、さらに白い弓、鉄砲を持った者を五、六〇〇人、この手勢でまずこの先手を打ってしまいますと、堀の兵隊はこれに参ったと言って……）

家康は、一九歳になる井伊万千世（のち改名して井伊直政）を寵愛していたことは事実でしょうが、長久手の戦いのときに、万千世防御のために三〇〇〇人の兵をつけたとか、白装束の弓鉄砲を射る兵が五、六〇〇人もあったなどという話は、小説ならではの脚色としかいえません。

▼発禁本ほど読みたがる

しかし、それにしても甫庵の『太閤記』は秀吉の一代記として、江戸時代に大きな影響を与えます。

ここに触れたように、家康が井伊直政を寵愛、つまり男色の対象としていたなど、徳川家に関わることに触れていることを理由に何度も発禁にされています。

発禁にされればされるほど、人はこれを読みたいと思い、読めばそれをネタに浄瑠璃や歌舞伎にしてみんなで楽しむのです。

大衆受けするような脚色で秀吉を描いているということからすれば、『信長記』『太閤記』の二書は、まさに近世の庶民に大いに受ける「歴史物」ヒーロー物語の嚆矢といえるものだったのです。

『金々先生栄花夢』

ナンセンスな笑いの大人の絵本

恋川春町／江戸後期（一七七五刊）

▼世の矛盾と闇をおもしろおかしく描く

片手に軽々と載せることができる黄色い表紙の可愛い絵本がありました。

「黄色い表紙の本」なので「黄表紙」と呼ばれます。絵本とはいえ、大人のための本です。年末から正月に出版されます。

「大人の絵本」なので、ちょっと色っぽい内容も記されていますが、春画が描かれているわけではありません。なんとなく、その春画っぽい匂わせぶりのところが、かえって人々の興味を引いたのでした。

黄表紙は、一七七五年から一八〇六年頃までの三二年間に、約二〇〇〇点が出版されました。いくつかはすでに失われて読むことができなくなったものもありますが、はっきりいうと、小説というには馬鹿馬鹿しすぎて、読み捨てにしてしまうくらいの下らない読み物です。

江戸文学に詳しかった書誌学者・森銑三は、黄表紙について「茶気を生命とする文学」といっていますが、安永、天明、寛政、文化という江戸の「粋」が、絶頂に達する頃に流行った作品群として、見逃すわけにはいきません。

江戸末期に登場する著名な作家・式亭三馬、山東京伝、十返舎一九なども、じつは黄表紙に筆を染めて文筆活動を始め、黄表紙を発展させて長編小説の世界を生み出していったのです。

ところで、黄表紙を貫く「茶化し」（森銑三）の精神を、江戸文学研究者・中村幸彦は、「うがち」というのが、より適確ではないかと記しています。

「穴を発見する人は、穴の中にあっては、実は見えない。不調和、不健全においても、その渦にある人は、発見は中々不可能である。穴の発見指摘者即ち『うがち』をこととして、戯作に筆を執った文人たちは、離世的姿勢で、我独りすめり（澄めり）とした傍観者たちであった。現実には勿論社会の中に、普通に生活しながら、精神面では批判者、反省者であった彼らの心境にうつった社会の不満足な欠陥、これが穴で、それの指摘が、うがちだとも云えるのである」（『戯作論』）

黄表紙が出てきた時代は、みんなが平和ボケして、事なかれ主義、なんでも形式的で危機感などまったくない時代でした。

「一寸先は闇」。まもなくペリーが軍艦を率いてやってくると、わが国は未曽有のドタバタ劇で明治維新を迎えることになるのですが、黄表紙が書かれていた時代は、「粋」なんてことを考えて遊び呆けながら、「穴」、すなわち社会の中に横たわる矛盾と闇をおもしろおかしく描いていく作品が人気をさらったのです。

▼謎解き要素満載の挿絵

黄色い表紙で飾った「黄表紙」を最初に出したのが、恋川春町という人物です。ペンネームだけでも「粋」を感じませんか？　本名「倉橋寿平（格とも）」という駿河小島藩の侍です。「恋川春町」以外にも「酒上不埒」という戯けた名前で絵も描いています。ある意味、天才のひとりです。

さて、『金々先生栄花夢』という黄表紙は、読んだ人を虜にしました。

それは、本の内容のあまりの馬鹿馬鹿しさに人々が共感したこと、本文に使われている言葉と春町自身が描いた挿絵に「謎解き」の要素が満載だったからです。

内容から紹介しましょう。

片田舎から江戸に出てきた金村屋金兵衛は、目黒不動の門前にある粟餅（あわもち）屋で、粟餅ができあがるのを待ちながら眠りこけてしまいます。

夢の中で、金兵衛は、大金持ちの酒屋・和泉屋清三の養子になってくれと頼まれます。「金々」は、当時の流行語で「お金持ちの遊び呆けるバカ男」という意味です。自分で稼いだお金じゃなくて、株や賭け事で一瞬にして大金を得、ブワァーっと遣ってしまうバカな人がいますね。あれが「金々先生」です。

金村屋金兵衛も、吉原、深川、品川と遊び呆けたあげく、和泉屋から勘当されてしまうのですが、ハッと思って起きると、自分はまだ粟餅屋にいました。

色事、遊び事も一夜の夢のようにはかないものだと悟った金村屋金兵衛は、結局、江戸に入らず、故郷に帰ってしまうのです。

中国の古典「邯鄲（かんたん）の夢」、そして能の「邯鄲」

を題材に取ったたわいもない話なのです。

右の図は粟餅屋で眠っている金村屋金兵衛、そして大金持ちの和泉屋が「どうぞ私のところに養子においでくださいませ」と駕籠（かご）を寄越している場面です。

何も種明かしをしない状態では「なんだ、そのままじゃないか」と思われるでしょう。

でも、当時の人は、この絵を見たとたん、ガハガハ笑ったに違いないのです。

金村屋金兵衛は、破れた団扇（うちわ）を当てています。それに汚いお灸（きゅう）の跡が両足に、脱いだ草鞋（わらじ）はひとつは表、ひとつはひっくり返っています。金村屋金兵衛は、がさつで、「粋」とは正反対の男なのです。

そして、当時、お金のことを「草鞋」ともいいましたが、すでに「入ってきたお金」がひっくり返るように「出ていく」ことが、この絵だけでも表されています。

でも、それだけではありません。

この破れた団扇で顔を隠したところから始まる場面は、そっくりそのまま能「邯鄲」の場面なのです。その証拠に、書かれた言葉に「そもそもわれわれは～」とか「うれしやうれしや」という謡曲でよく遣われる言葉が見えています。

謡（うたい）、あるいは能は、「幽玄」の世界を描く高尚（こうしょう）な芸術ですが、こうした雅致（がち）ある言葉の間に、『金々先生』には、ものすごく下品な庶民の言葉が混ぜてあります。

駕籠かつぎにつき添っている左側の白い着物の老人がいっています。

「うっちゃっておけ、煤掃に出ようと言ったは、このこったあろう」

これは失ったものが現れないときに、「放っておいても、年末の大掃除のときには、どこかから出てきて見つかるだろう」という当時の庶民の流行語なのです。

▼黄表紙の末路

漫画本が流行るのと同じだといえば、それまでです。おそらくいま、流行のギャグ漫画も二〇〇年か三〇〇年後の人にとっては、「よくわからないけど、当時は大流行したものですよ」ということになるのだろうと思います。

そうやって終わらせてもいいのですが、『金々先生』から始まる黄表紙の全盛は「時代」に呑みこまれていきます。

恋川春町は『鸚鵡返文武二道』（一七八九刊）で、松平定信の寛政の改革の文武奨励策を茶化し、風刺したとして松平定信に呼び出しを受けたものの出頭せず、まもなく亡くなるのです。

自殺か病死か他殺かは明らかではありませんが、いまも、新宿区新宿二丁目の成覚寺に、恋川春町の墓は建っています。

『風流志道軒伝』

博物学の知識を駆使した世相風刺の滑稽本

平賀源内／江戸中期（一七六三刊）

▼博覧会を開き、流通システムも構築した源内

平賀源内という名前は聞いたことがあるという人は少なくないと思います。エレキテル（摩擦起電機）の人です。それから、源内は「土用の丑の日に鰻」という広告コピーをつくった人、薬用朝鮮人参の栽培に成功した人などとしても知られています。

アイディアマンであると同時に、ものすごい実行力があった人です。

高松藩（現・香川県）の足軽身分の三男に生まれた源内は、子どもの頃、天神様の掛け軸に細工をほどこし、顔色が変化する「御神酒天神」なるものをつくって、人を驚かせたといわれています。

どうやったら掛け軸の天神様の顔の色を変えられるのかわかりませんが、これが評判となり、源

内は、一三歳の頃より藩医から本草学と儒学を学び、二四歳で長崎に留学するとオランダ語や医学、油彩などの技術を身につけます。

本草学というのは、いまでいえば「博物学」です。一七一二年に出版された『和漢三才図会』（一〇三頁）は、天文から世界各国の人種、動植物、昆虫、鉱石などを日本人に紹介した百科事典だと書きましたが、源内ももちろん、この本を読んでいます。

そして、長崎で、オランダの最新鋭の科学技術を学んだのです。

もともとの頭のよさもあったのでしょうが、香川県のあたりには、天才を育てる土壌があるのかもしれません。源内からすればほぼ一〇〇〇年前に、讃岐国（香川県）から空海という天才も生まれています。

ところで、子どもの頃から、本草学などで「世界」に開かれた目を持ち、かつ技術も身につけた人が、藩などという小さなガチガチの組織に縛られて暮らすなんてことができるはずがありません。

源内は、三四歳のときに、高松藩の藩士を辞めてしまいます。

そして、日本で初めての「博覧会」を開いて、世の中をもっとおもしろく活性化しようとするのです。宝暦一一（一七六一）年、江戸・湯島でのことでした。

源内は、生涯五回、「物産会」「薬品会」などと名付けて「博覧会」を開催しますが、第五回の「東都薬品会」では、全国二五ヵ所に諸国物産取次所を設け、当時日本一だった飛脚問屋・京屋弥兵衛に協力をあおいで、新しい流通システムをつくったりもしています。それは、出店者と生産者とそれを購入する人たちが円滑にやりとりをするような方法です。

源内が生きたのは、田沼意次による商業資本活性化が急速におこなわれた時代です。源内の「博覧会」の開催は、田沼の経済政策に裏付けされたものだったということもできるでしょう。

▼仙人の力で諸国遍歴をし世情を学ぶ

さて、『風流志道軒伝』は、博物学の知識を文学の世界で展開したもので、明治時代になるまで人々を魅了し、大きな視野で世界を見渡すことに勇気を与えた啓蒙書です。

江戸・浅草寺境内で陰茎をかたどった棒を手に、身振り豊かな辻講釈をする深井志道軒という人気講釈師がいました。源内は、師と崇めたこの深井志道軒という実在の人物を主人公「浅之進（志道軒の幼名）」に設え、彼を導く仙人の口を借りて、もっといろいろ経験し、本当の「道」を極めよと説くのです（「実在の人」と「仙人」、「深井」と「浅之進」という言葉遊びなど、読者にとって読み解きの楽しみが満載！）。

只、人の学ぶべきは、学問と詩歌と書画の外に出でず。是さえ教え、悪しき時は、迂儒学窮とて、上下を着て井戸をさらえ、火打箱で甘藷を焼き、唐の反古にしばられて、我が身が自由にならぬ具足の虫干し見るごとく、四角八面に喰いしばっても、ない智慧は出でざれば、却って世間なみの者にも劣れり。是を名付けて、腐儒と言い、また屁っぴり儒者と言う。されば味噌の味噌臭きと、学者の学者臭きは、さんざんのものなり。

（ただ、人として学ぶべきことは、学問と詩歌と書画だけで他にはない。しかし、これも、教える方がうまくないときは、迂儒学窮と呼ばれ、世情にうといが裃を着て井戸をさらい、火打ち箱でサツマイモを焼くようなことになる。唐の反古みたいな書物に縛られて、わが身が自分で自由にならぬ具足の虫干しを見るようなものだ。四角四面に歯を食いしばっても、ない知恵は出ないもので、かえって世間並みの者にも劣るようなことになる。これを名づけて腐儒といい、またへっぴり儒者という。つまり、味噌の味噌くさいのと、学者の学者くさいのはどうしようもない）

主人公は仙人の力で大人国、小人国、女護島などをめぐりますが、その諸国遍歴から世相を風刺する様は、スウィフトの『ガリバー旅行記』にも通じるものです。

源内は安永八（一七七九）年、思い違いで二人の男を殺したということで投獄され、獄中で亡くなったといわれます。享年五二。

ただ、これは表向きのことで、実際には源内はパトロン田沼意次に匿われて、天寿を全うしたともいわれています。

文学作品としてはあまりに稚拙という意見もありますが、田沼時代の町人文化の最前線で、一〇〇年後、二〇〇年後の時代を見据えて生きてみろと、人を奮起させたという点では、やはり一度は読んで笑ってみるといい本です。馬鹿馬鹿しいけど、スカッとする本なのです。

『東海道中膝栗毛』

空前のロングラン大ヒット滑稽本

十返舎一九／江戸後期（一八〇二～二二）

▼政治改革と自然災害に翻弄される庶民

政治の改革は、庶民の意識や生活をときに一変させてしまうことがあります。

江戸時代中期、老中・松平定信によっておこなわれた「寛政の改革」（一七八七～九三）は、そのひとつです。

難しくて面倒くさい話は割愛しますが、この改革は、一言でいえば、「みんなそれぞれが、勉強して工夫して、努力して、自分で金儲けをするんだぞー」ということでした。

もちろん、いつの時代にも自分のことは自分で努力してやりくりをしないといけないのですが、それでも自然災害が起こると、庶民はどうすることもできなくなってしまいます。

宝暦（一七五一〜）頃から明和（〜一七七二）頃にかけて、全国で大旱魃、洪水、地震、火山の噴火などがくり返し起こりました。

これら天災で、なんと一四〇万人が亡くなったといわれていますが、それはひとつには、幕府が困窮した人たちを救済する経済力や具体的な政策を持っていなかったからにほかなりません。

こうなると、庶民（とくに当時は農民）も黙ってはいません。一揆や打ちこわしが全国各地で起こることになるのです。

さて、そんなことがなぜ、『東海道中膝栗毛』と関係があるのでしょうか。

そのことを説明する前に、本書の内容に少し触れておきましょう。

▼栃面屋弥次郎兵衛と喜多八のお伊勢参り

この書物は、空前の大ヒット作となりました。「弥次喜多」とか「弥次喜多道中」の名称でも親しまれ、「滑稽本」と呼ばれるジャンルでの代表作として知られています。

内容は、江戸の庶民で、人生にはありきたりの不幸続きの二人、栃面屋弥次郎兵衛と居候の喜多八（または北八）が、厄落としのためにお伊勢参りをするという話です。

「東海道」とタイトルに見えるように、二人は江戸から伊勢、京都、大坂まで、徒歩で進むのですが、大ベストセラーになったものですから、大坂から四国の金毘羅大権現、広島の宮島を経て、木曽街道を通って長野の善光寺、草津温泉を経て、江戸に戻るという長旅をするのです。続編もあわせて全部で二〇篇、二一年間にわたって書き続けられたのが本書です。

作者・十返舎一九は、駿河国府中（現・静岡市）の町奉行同心の子で本名を重田貞一といいます。武士です。ですが、武士としての生活は、きっとおもしろくなかったに違いありません。浪人となって、文筆で口に糊することになるのです。

手先が器用で絵も描け、頼まれればイヤとはいわず、とにかく何でも文章を書いたのです。『東海道中膝栗毛』が出版されるまで、一九は、まったく名もないライター兼イラストレーター、というより便利屋です。（この本の挿絵も一九が描いています）

いい替えれば、弥次喜多の日常的な不平、不満が重なって現れる、借金などの面倒くさい「不幸」続きのしがない作家だったのです。

それが、『東海道中膝栗毛』で一気に大ベストセラー作家になってしまいます。

▼狂歌、洒落、冗談まみれの大爆笑道中

読者を喜ばせたのは、この二人の会話です。本書に書かれた狂歌、洒落、冗談の連発による「大爆笑」です。

一九は六七歳でこの世を去りますが、辞世の句は「此の世をば　どりゃお暇にせん　香の煙とともに　灰左様なら」というものでした。

自分の死でさえ笑ってしまおうという「笑い」の精神が、本書には満載されているのです。

たとえば、二人が江戸を引き払って逃げてしまおうという場面でも、

借金は富士の山ほどあるゆえにそこで夜逃げを駿河ものかは

などという冗談をいっています。

解説をするほどのことはありませんが、「富士山があるのは、駿河の国」「夜逃げをする」と「駿河」をオヤジギャグのように掛け言葉にしているだけなのですが、頁（ページ）を捲（めく）るたびにこんなバカな言葉がたくさん出てきます。

そして、それに釣られて、笑って読んでいると、いつのまにか次の宿場に着いているという仕立てになっているのです。

五十三次を行き交う大名やその連れ、商売で江戸と関西を往復する人たち、お伊勢参りの経験があったり、これからお伊勢参りや金比羅、宮島、善光寺参りに行きたいなぁと思っている人たち。そんな人たちにとっては、膝栗毛の宿場町のスナップショット、そしてそこで繰り広げられる笑いは、とても魅力的だったに違いないのです。

▼悲惨な現実を笑い飛ばす

ところで、天災や飢饉（ききん）にともなう一揆や打ちこわしと、『東海道中膝栗毛』の間にある「笑い」にはどのような関係があるのでしょうか。

それは、一言でいうなら、現実からの逃避です。ですが、ただの「逃避」ではありません。これこそ、彼らに残された最後の力だったのです。

現実の社会は、悲惨（ひさん）としかいいようがありません。

娘を女郎屋に売ったり、子どもたちが誘拐されて売り買いされたり、着の身着のままで寒さ暑さを耐え忍ぶ。どれだけがんばっても決して這い出ることができない地獄のような日々が続くのです。

幕府の財政も年々厳しくなっていっています。年貢や税の厳しい取り立てには一生懸命でも、それが庶民に返ってくることはありません。

真面目であればあるほどバカを見るのは、今も昔も同じです。

そうであれば、笑うしかありません。涙を堪（こら）え、腹を抱えて狂喜大笑して、おのれの悲惨さを一時でも忘れるしかないのです。

『膝栗毛』第八編の最後に、こんなことが書かれています。

> 斯（かく）て弥次郎兵衛、北八は、（中略）所々残る方なく見物しけるうちにも、ふたりとも江都（えど）気性の大腹中にて、かかる難渋（なんじゅう）の身を、へちまとも思わず、洒落（しゃれ）通して、すこしもめげぬ様子に、河内屋の亭主、大（おお）きに感心し、衣類など新しく着替えさせ、路用十分に持たせ、大坂を出立（しゅったつ）させける……
>
> （こうして、弥次郎兵衛と北八は、いろんなところを見物して廻りますが、二人とも江戸っ子の太鼓腹の気性を持っていますので、いろんな苦難を屁とも思わず、洒落で通して少しもめげることはありません。河内屋の亭主は、彼らのこういう気性に大いに感心し、着物なども新調させ、路銀も

十分に持たせて、大坂を旅立たせたのでした）

「笑う門には福来る」といいますが、黄表紙『金々先生栄花夢』（二三九頁）は、笑いのネタを自分から探す方法を教えたものでした。『金々』から約三〇年後、彼らは笑いによって社会の艱難を切り抜ける方法を見つけようとしていたのでした。

『南総里見八犬伝』

大河伝奇ロマンに託した社会への警告

曲亭馬琴／江戸後期（一八一四〜四二）

▼『源氏物語』に匹敵する大作

江戸後期に曲亭馬琴によって著された『南総里見八犬伝』、読んだことがなくても、あるいは一九七〇年代のＮＨＫ人形劇『新八犬伝』を観ていた人は「仁義礼智忠信孝悌〜♪」という言葉を歌で覚えて口ずさんで思い出すかもしれません。

この小説は、『源氏物語』に匹敵する大作で、全九八巻、一〇六冊、二八年の歳月を要して完結しています。

馬琴がこれを書きはじめたのは、四八歳です。当時とすればもう老年の域に入った頃です。最後の二年ほどは、馬琴は自分で筆を執ることができなくなってしまいました。失明してしまったのです。

それでも、『八犬伝』を口述して、息子の嫁、路（みち）に筆記させて、この話を終わりまで書いています。

失明してまでも、なお馬琴に、八犬伝を書き継がせた力とは何だったのでしょうか。

そして、「戯作」とか「荒唐無稽」とかずっとバカにされてきたにもかかわらず、日本文学史の年表の上に、燦然（さんぜん）と本書が光を放っている理由は？

馬琴は、日本で初めて原稿料だけで生活ができるようになった小説家といわれています。

でも、馬琴は、原稿料で大金持ちになって遊び呆けていたわけではありません。

江戸時代の誰よりも、ものすごく本を読んで勉強をして、そしてきっと江戸中でいちばん心配で、どうしていいのかわからず、苦しんでいたのです。

馬琴の心配がなんであったのか。

それは、社会の断層に歪（ゆが）みが起きて、もうどうしようもない状態になってしまっているのに、誰もそれに気づいていない、それが心配で仕方がないということです。

このままだと、日本の社会は内部崩壊して無茶苦茶なことになってしまう！　という警告だったのではないかと思うのです。

▼因縁の子「八犬士」が悪と戦う

ちょっと簡単に馬琴の略歴を記しておきましょう。

馬琴は旗本・松平信成家の用人の息子として生まれた武士でした。でも、武家の後を継ぐことなど子どもの頃からまったく考えたことはなく、子どもの頃から俳諧や絵に一生懸命でした。

馬琴が学芸の道に入ったのは二一歳の頃だったといわれています。

いまなら東大か早稲田、慶応の有名哲学教授みたいな存在である亀田鵬斎に儒学を学び、二四歳のときに、これまた浅田次郎さんほどの大ベストセラー作家・山東京伝から出入りを許され、黄表紙などを書くことになります。

ついでに私生活のことにも触れておくと、二七歳、履き物商の会田家の婿となり一男三女の父となりました。

三〇歳、『高尾船字文』で本格的に作家としてデビュー。

四〇歳から『椿説弓張月』『三七全伝南柯夢』を書きはじめ、この二つによって名声を築くことになるのです。

そして、いよいよ『南総里見八犬伝』に全力投球。

一般に、『南総里見八犬伝』は、「仁義礼智忠信孝悌」の儒教と、因果応報の仏教思想が混ぜ合わさった奇想天外の話だといわれています。

八房という名犬が、房総（現・千葉県）の里見家の伏姫を好きになって、奥さんにしてしまい、とうとう伏姫は懐妊してしまうのです（ヤバ！）

「わたしは、八房と獣姦なんてやっていないー」と、伏姫は純潔を証明するために自害しますが、このとき飛び散った「仁義礼智忠信孝悌」の八つの数珠玉を持って、のちに八人の侍「八犬士」が続々登場してきます。

そして、彼らが力を合わせて里見家を守るのですが、妖怪は出てくる、悪党は出てくる、強姦、強盗、殺人、虚偽、読んでいて恐怖に身がよだつほどの悪徳、残忍、邪悪が事細かに描かれているのです。

▼馬琴の遺言の意味

結局、長編小説『八犬伝』は大団円で終わるのですが、馬琴は死ぬ間際、檜材で、縦三七・五×横五七・五×深さ二九・五センチの箱を二つつくらせ、蓋の真ん中に「この中にある記録は、どんなことがあっても子孫に残せ。火災のときには一番に持ち出せ。夏には必ず虫干しせよ」という内容の言葉を筆で書いて遺言としています。

現在、一つの箱の中の一部は子孫が売り、それが早稲田大学に収められていますが、箱とそこに収められていた文書は関東大震災（大正一二年）で焼失してしまいました。

そしてもう一箱は、昭和三〇年代に、もう自分たちでは守っていられないと思った子孫が、天理大学図書館に寄贈して無傷のまま保存されています。

いずれも書類などは影印（書物を写真に撮り複製すること）されて、われわれが見ることができ

ますが、時間をかけて、読みにくい字で書かれた文書を読んでいると、馬琴が洩らした言葉が浮かんでくるのです。

「一〇〇年の知音を待つ」という言葉です。

知音とは本当に自分のことをわかってくれる相手のこと。馬琴は、『南総里見八犬伝』を理解してくれる人はいまの世にはいないのではと思い、こういったのだと伝えられています。もし一〇〇年先に、私のこの作品を本当に理解してくれる人があったなら……、と。

しかし、明治以降の近代的小説のあり方を説き、多くの人に大きな影響を与えた坪内逍遙は、『八犬伝』が書かれてから約五〇年後、『小説神髄』で、『八犬伝』は「人間が描けていない」とはっきりいっています。

それは、「勧懲という人為の模型へ造化の作用をはめこむときは、其人情と世態とは已に天然のものにあらず、作者みずから製作えたる誂向きの人情なれば、其人物を除くの外には決して見がたき人情なるべし」という小説の書き方をしているからだというのです。

わかりやすくいうと、馬琴は完全に「勧善懲悪」という思想に没入してしまって、そういう目で、善悪の極端な登場人物をつくっているからというのです。

そして『小説神髄』から一〇〇年、現代に至るまで、日本文学史では、この坪内逍遥の言葉を反復するように『八犬伝』は「勧善懲悪」という観点からだけで見られてきています。

本当にそれだけで『八犬伝』を読んだことになるのだろうか、でもそれだけで片付けられるような作品だといってしまうと、馬琴がいう「一〇〇年後の知音」にはならないのではないか、と考えてしまうのです。

▼問題山積の社会に対する恐怖

思うに、馬琴が『八犬伝』で描く魑魅魍魎は、江戸時代後期の日本という社会に巣くうあらゆる問題から生まれたものだったのではないでしょうか。

『八犬伝』が書かれたのは、時代の変わり目です。

ペリーの黒船来航（一八五三）まであと少しです。

外国船が日本をとりまくことによって外患の時代が始まりますが、内政、幕藩体制にも経済的、法制的、ありとあらゆる意味での問題が、いつ爆発してもおかしくない状態で放置されていたのです。

幕政に対する一々の批判を具体的に書けば、獄門になって殺されてしまいます。馬琴がそれを知らないはずがありません。

『八犬伝』の中に書かれた底知れない恐怖は、なんとかしないと日本という国（そこまで馬琴が国家という意識を持っていたとは思いませんが）がぶっ壊れてしまうよーという断末魔の叫び声だったのではないかと思うのです。

『肉料理大天狗』

「食の文明開化」から見える世代交代

橘井山人著／明治五（一八七二）年

▼ハイカラな肉料理レシピ本

一、鞍馬焼
二、虎の巻
三、加茂川
四、伊豆煮
五、ひよどり越

六、千本の花(ちもと)
七、浦の浪(なみ)
八、三国一(さんごくいち)

右に挙げたのは、すべてお肉を使った料理の名前です。

わかるものがひとつでもありますか？

あるいは、このメニューを見て、食べたいなと思ったものがありますか？

「加茂川」は、いかがでしょうか。

これは千切り肉と申しますものを使います。

まず千切り肉は、ただ、細く肉を切るというようなものではございません。肉を薄く削(そ)ぎまして、半日ばかり、これに重しを置いて、洗って水気を取ったものを千切り肉と申します。

さて、「加茂川」には、卵を使います。まず卵白を鉢でよく摩(す)り、泡立ったところに黄身を入れて小麦粉を少し、白砂糖をふりかけ、ここに千切り肉を入れて煮、蓋物としてお出しするものでございます。

これは、「千切肉カステイラ」とも呼ばれます。

カステイラをつくるときと同じように、卵、小麦粉、砂糖を使うからでしょう。

あるいは、「千本の花」などいかがでしょうか。

フランス語にすれば、「les fleur des mille arbres（レ・フロー・デ・ミル・アーブル）」。意味はわからなくても、なんとなく食べてみようかという気にはなりませんか。

どういう料理かご説明しましょう。千切り肉と、塩ほしのナタマメを細く小口切りにして、これらを醤油と白砂糖をたくさん入れたつゆで煮付け、壺（つぼ）に詰めて寝かせたものです。一名「肉でんぶ」とも呼んでおります。

これらは、明治五（一八七二）年に京都の自然洞という出版者（社）が出した『肉料理大天狗』という本に載っている肉料理です。

タイトルに「大天狗」という言葉をつけたのは、これらの料理は、ご飯のおかずにもよし、お酒のつまみにもよし、ふだんみんなが食べているものとは全然違う、自慢の物だぞ！という意味なのだと書かれています。

▼「天保老人は老害！」と批判する徳富蘇峰

「跋文（あとがき）」によれば、この本の著者・橘井山人は、この本を書いたとき、四〇歳を超えていたと書かれています。明治五年に四〇歳ということは、一八三〇年、江戸の天保（てんぽう）年間の初めに生まれた人ということになるでしょう。

明治時代によく使われた、いわゆる「天保老人」と呼ばれる世代の人です。

たとえば、明治時代の言論界をリードした徳富蘇峰は、明治二〇年に出版した『新日本之青年』に「明治の青年は天保の老人より導かるるものにあらずして、天保の老人を導くものなり」と記しています。

天保老人たちの世の中の動かし方は、もう古い！　と蘇峰は批判するのです。

その筆頭は、福澤諭吉です。福澤は、天保五（一八三四）年に生まれています。この天保老人たちの世の中の動かし方を批判する徳富蘇峰が生まれるのは、文久三（一八六三）年です。彼らの間にある三〇年という年代の差は、明治時代の歴史の変化に大きく作用することになるのです。

その差は、どこからくるのか。

もしかしたら、食べ物なのかもしれない。

若いときから肉を食べ始める徳富蘇峰たちの年代は、ぐいぐいと明治を牽引していきました。

その勢いに、天保の老人たちはついていけなくなってしまうのです。

▼「近代化は肉食から」と説いた福澤諭吉

ただ、肉食をしようではないかと言った人こそ、福澤でした。

人を変えるには、食べ物を変える必要がある。

仏教の影響でわが国は、古来、肉を食わないという生活を続けてきた。でも、それではやっぱり滋養が足りない。身体に力をつけるためには肉食が必要だ。そして肉食をすることによって、世界を切り拓き、日本を近代化していかなければならないのだ、と福澤はいうのです。

関東では、文久二（一八六二）年に、横浜の居酒屋「伊勢熊」が「牛鍋」を始めたのがその初めだといわれています。

関西では、明治二（一八六九）年に、神戸で「月下亭」が「すき焼き」を始めたとされます。

断髪令が出たのは明治四（一八七一）年です。「半髪頭を叩いてみれば、因循姑息の音がする。総髪頭を叩いてみれば、王政復古の音がする。散切り頭を叩いてみれば、文明開化の音がする」という流行り歌を歌いながら、「頭」から「文明開化」は進んでいきますが、じつは、牛肉を食べることでも日本人は、西洋人に負けない力をつけようとしはじめていたのです。

『動物進化論』

モース講演・石川千代松筆記／明治一六（一八八三）年

貝塚発見だけでなかったお雇い外国人の功績

▼動物学者モース、専門は「貝ではない貝」腕足類

「モース」という人の名前を聞くと、「大森貝塚」を思い起こす人も少なくないのではないでしょうか。中学、高校の歴史の教科書にも「明治一〇（一八七七）年、アメリカ人、エドワード・

シルベスター・モースは、東京の大森（現・東京都品川区大井六丁目の大森貝塚遺跡庭園）で貝塚を発見しました」などと記されています。

大森貝塚からは、石斧、鹿やイノシシなどの角や牙でつくられた銛（もり）やヘラ、また土器や土偶（どぐう）が出土しており、縄文時代後期から晩期の貝塚ではないかと考えられています。

私もじつは、つい数年前まで、モースという人は、大森貝塚を発見した「考古学」の専門家だとばかり思っていました。

しかし、それは大間違いだったのです。

モースは、天才によくあるタイプの、現代ならASD（自閉スペクトラム症）とかADHD（注意欠如・多動症候群）と診断されてもおかしくない人で、ありとあらゆることに興味を抱き、気が済むまでとことん、あらゆることを研究した動物学者でした。

ただ、動物学者といっても、核になる研究がなくてはなりません。

モースの専門は、「貝ではない貝」です。

「貝ではない貝」というのは変な言い方ですが、専門的な言葉でいえば「腕足類（わんそくるい）」と呼ばれる生き物です。貝には似ているけど、じつは貝ではない生物です。

たとえば、蜘蛛（くも）や海老などは虫に似ていますが、虫ではありません。ムカデやダンゴムシも

「多足類」と呼ばれるもので、昆虫とは別物です。だから、「腕足類」も、「貝には似ているけど、貝ではない」生き物なのです。

生物学事典などを見ると、だいたいこんなふうに書かれています。

腕足動物門に属する、シャミセンガイ、ホオズキガイなどを含む動物群。海産。からだは背腹に付いた非相称の石灰質の殻に包まれ、肉質の柄で他物に定着する。軟体は二枚の外套膜に包まれ、口の両側方に二個の触手を担う台座がよく発達し、複雑な腕となり、そこに触手列が見られる。雌雄異体。現在の種類は古生代の地質から発見される化石と大きな変化はなく、「生きた化石」の一つとされている。

モースという人は、この腕足動物研究の専門家でした。

私も長野県戸隠から発見された腕足類の化石をもらって持っていますが、ほかの化石と混ぜてしまうと、貝の化石か、腕足類の化石か、ぼくが見ているぶんには、まったくもって区別はつきません。でも、専門家にはひと目でわかるのです。もちろん、それこそが専門家の「目」なのでしょうが。

▼来日し、大森貝塚発見、東大の教職もゲット！

さて、モースは、アメリカで腕足類の研究をしようとしていましたが、アメリカには一種類しか腕足類が棲息（せいそく）していませんでした。

ある日、モースは、日本にはなんと二〇種類以上の腕足類がいるという噂を聞くのです。そう聞くと、モースは居ても立ってもいられなくなります。とうとう、なけなしのお金をはたいて横浜までやってきたのでした。

横浜港に明治一〇年六月一七日の夜中午前零時過ぎに着きますが、一八日は、モースの三八歳の誕生日でした。

そして、一九日に横浜から新橋までの汽車に乗り、大森を過ぎたときに、貝塚を発見したのです。モースにとっては、なんという素晴らしい誕生日プレゼントだったことでしょう！

いまでも、大森貝塚遺跡庭園に行くと、当時の貝塚の様子をそのままに残した展示が見られますが、白い貝殻の化石がうずたかく重なって崩れている様を、モースは汽車の窓から見て、ここに腕足類の化石が混じっていることもおそらく確認できたのではないかと思います。

当時の汽車はいまの電車のように速くはありません、人がゆっくり走るのと同じくらいのスピードで黒い煙を吐きながら、シュッポシュッポと走っていたのです。

ところで、モースが新橋駅に着くと、外山正一（とやままさかず）という東京大学の教授が待っていたのです。

モースは、外山に、一緒に文部省へ来てくださいといわれて、いわれるままに文部省に着くと、外山が「モース先生、東大の先生になってください」といい出したのです。

モースは、高校を二年で退学になっていて、大学を出たわけでもありません。アガシーという動物学者の助手で、ハーバード大学比較動物学博物館の開館を手伝ったり、カタツムリや軟体動物の研究はして論文を書いたりしてはいましたが、学問的業績はほとんどありません。

そして、東京大学は、モース来日の二ヵ月前、明治一〇年四月に創立されていましたが、授業は、九月から始まることになっていました。

二人の子どもをアメリカに残し、やっとの思いで日本に来てみると、貝塚は見つかる！　今度は東大の先生になってくれといわれる！　そして宿舎は東大の中にすでにあるからそこに住めばいいといわれ、給料はなんと、月俸三五〇円（当時の小学校の教員の月給は六円）、――いまのお金にすると約二〇〇万円もくれるという！

何を教えるかというと、ダーウィンの「進化論」です。

▼『進化論』が世界に与えた多大な影響

ダーウィンの進化論についての本『種の起源』が出版されたのは一八五九年一一月二四日でした。日本では江戸末期の安政六年です。

この「進化論」が世界に与えた影響は、地動説に匹敵するようなものでした。キリスト教徒は、神が人間を創ったと信じますが、進化論によれば、それはまったくの嘘になります。

「進化」という問題は、「社会」や「社会制度」などにも関わっています。ダーウィンの「進化論」は、社会は奴隷（どれい）制から封建制、資本主義、社会主義、共産主義へと進化していく、というマルクス主義を生み出すことになるのです。

子どもの頃、モースは、大好きなお兄さんを喪（うしな）っています。遺骸（いがい）は、教会の墓地に埋葬（まいそう）されるかと思っていたら、教会の牧師は、この兄は洗礼を受けていないから、教会の墓地に埋葬することはできない。この子は永遠に地獄の業火に焼かれるのだといわれてしまったのです。

洗礼を受けていないと、永遠に地獄の業火で焼かれるなんて！

モースは、以来、キリスト教に対する信仰を失っていたのです。

そして、同時に、モースは、腕足類やカタツムリの研究をしながら、さまざまな動物が環境に応じて「進化」していくことを学んでいたのです。

モースは、ダーウィンの『種の起源』を読んで、すぐにダーウィンに手紙を出し、親しくやりとりをする間柄になっていました。

モースは、明治維新以来、ヨーロッパの影響を受けて「進化」しはじめた日本で、「進化論」を世界で初めて教えたのでした。

▼大勢の日本人が詰めかけたおもしろい講演

本書は、明治一二（一八七九）年、三月五日（日曜日）からおおよそ毎週日曜日に、東大の大講堂でおこなわれたモースの「動物進化論」の講演を、モースの弟子で日本初の動物学者・石川千代松が筆記して本にしたものです。

どれくらいの人が、このときのモースの講演を聴いたと思いますか？

モースは、『日本　その日その日』という日記に、こんなことを書いています。

「教授数名、彼等の夫人、並に五百人から六百人の学生が来て、殆どがノートをとっていた。これは実に興味があると共に、張合のある光景だった」

なんでこんなに人が集まったのかというと、モースの話がものすごくおもしろかったからです。

たとえば、人間はサルから進化したという話をするのに、こんな例を挙げています。

人間も、サルも、同じようにお酒を飲むと、酔っ払って踊ったり奇声を上げたり、歌ったりするものです。そして中には頭が痛くなってしまうものもある。

はたして、お酒を飲んで一度頭が痛くなったサルは、もう二度とお酒を飲もうとはしないといいます。ところが人間はどうでしょう。

進化しているのは、人間の方なのか、サルの方なのか！

こんな話を聴いて、会場は、大きな笑いに包まれたことでしょう。

しかも、モースは、左手、右手、両方の手にチョークを持って、左手でサルの絵を描きながら、同時に右手でお酒の絵を描いたりすることができる特殊な技能を身につけていました。

話はうまい、絵はうまい、しかも話題に欠くことがない。こんな人の話を聴きたいと、噂が噂を呼び、モースの講演にはたくさんの人が集まったのです。


モースは、腕足類のみならず、当時日本人が使っていた民具や農具、看板などを集め、アメリカ合衆国に持ち帰ります。いま、それらはマサチューセッツ州ピーボディ・エセックス博物館に収められています。

変わったところでは、友人の天文学者パーシャル・ローウェルの火星人存在説を補足する書物

『火星とその謎』という本を出版しています。

あらゆることに興味を持ち、それをおもしろがり飽くことなき探究心で解明していこうとしたモースは、日本に本当に大きな影響を与えた人でした。それと同時に、モースは一九〇〇年を過ぎた頃から、「美しい日本」が喪われてしまうことを最も残念に思った人のひとりだったのでした。

『文学者となる法』

大先生になるためのシニカル指南書

内田魯庵（うちだろあん）／明治二七（一八九四）年

▼著作権がなかった時代の大ヒット作

「近代化」という言葉がいろんなところで使われていても、日露戦争が始まる明治三七（一九〇四）年頃までは、まだまだ日本人の生活や、思考方法は江戸時代とほとんど変わりませんでした。出版の世界も、木版から活版へと、印刷の方法は変わりましたが、著作権についての意識は旧態依然としたままでした。

明治二〇（一八八七）年、大橋佐平（おおはしさへい）によって創設された博文館が、出版社として未曾有（みぞう）の発展

をなしとげたのは、著作権というものがまだなかったからです。

明治二〇年六月に創刊された『日本大家論集』は、その名のとおり、大家がほかの雑誌などに発表した論文を抜き出して適当にアレンジしながら、一冊の雑誌にしたものです。

第一編には、小金井良精「動物及人類ノ頭骨」、矢田部良吉「悲憤慷慨ノ説」、穂積陳重「自殺ノ話」、高田早苗「男女同権ノ新策」、嘉納治五郎「倫理学トハ如何ナルモノゾ」、田口卯吉「真理ノ蔽ハルルハ反対ニアラス却テ賛成論ニアリ」、尾崎行雄「史学研究ノ必要ヲ論ス」、高田早苗「国会法ヲ講ス」、片山清太郎「何ヲカ法律ト云フ」、末松謙澄「支那史体ヲ難ス」などが並べられます。

この初版は即日三〇〇〇部（定価一〇銭）が売り切れ、翌年二月まで重刷を重ねて合計一万部以上を売ったといいます。

巻頭には「我日本大家論集は、普く諸学科に関する東邦諸大家の名論卓説を蒐集して、彼の欧米諸国に汎く行はるる所の集録雑誌に倣ふ者なり」と記されています。

いまなら著作権侵害の無断転載として、即刻、出版停止となります。

しかし、明治二〇年には、著作権などありませんでした。

ジャーナリストの宮武外骨はこれを非難して「泥棒雑誌」といいました。また博文館は、「悪文館の日本擡花乱集」とすべきだという攻撃も受けています。

著作権はまだ良心の問題でした。

ほかの雑誌に書かれたものを抜いてつくった雑誌が売れれば、原稿料は誰が払ったか！ということになります。

原稿料を払って書いてもらったうちの雑誌が売れないじゃないか！

明治二〇年一二月「雑誌記事無断転載禁止」の版権条例が出たのは、この雑誌の影響であるといわれます。

「講義若ハ演説ヲ筆記シテ一部ノ書ト為シタルモノ」「数人ノ著作若ハ数人ノ講義、演説ヲ編集シタル文書図画」「新聞紙又ハ雑誌ニ於テ二号以上ニ渉リ記載シタル論説記事又ハ小説」等に版権を認めると、この条例には記されています。

版権保護の内容を明確化し、財産権としての版権のほか、実質的に著作者人格権を保護する規定です。

とはいっても、それでは、小説においてはどうだったのでしょうか。後述するように島崎藤村も坪内逍遙も、二葉亭四迷も、そして内田魯庵も、みんな何かほかのところからアイディアを得て、下敷きにしたりして小説を書いていています。

これは、馬琴が中国の『金瓶梅』や『水滸伝』などを翻案しながら小説を書いているのと同じではないでしょうか。

雑誌の記事と小説では版権の許すところが違うのか……そんなことはありません。

しかし、そのもとになったものをひたすら隠して、できたものをあくまで自分の創作だといい張らなければ、たとえそれが翻案であったりしても誰も何もいわなかったのではないでしょうか。たとえば、中国の小説や英語やフランス語、ロシア語で書かれたものは、よほど勉強した人でなければ読みこなすことなどできません。しかも、それらを翻訳して出したところで、もとが外国の小説だとは、ふつうの読者にはわかろうはずもありません。

場所を日本に移して、そしてその筋とテーマをわかりやすく、おもしろい小説にしてくれれば、読者は喜ぶのです。

現代のわれわれは、外国に飛行機で行けたり、テレビやインターネットで実況中継を見ることができます。でも、明治の庶民にとって、外国は身近なところではありませんでした。まるで、われわれが月や火星や銀河の果てをちょっとニュースで見る程度の興味や知識しかなかったのです。

それをわかりやすく説明してくれるのが、書物でした。

▼怠慢、無頓着で虚栄心に富み、見得を張る人がいい

そんな事情のなか、内田魯庵（三文字屋金平名義）によって書かれた『文学者となる法』とはどういうものでしょうか。

いま、本屋に行けば「小説家になる方法」という本も少なからず見つかりますが、明治時代、

「文学者」とは「小説家」とほとんど同義語でした。とはいえ、現在のベストセラーは、数万部以上の出版部数を誇るものといわれていますが、明治時代の半ば、明治二五年頃発行される書物は、初版二〇〇部というのが平均でした。ベストセラーは、一〇〇〇部を超えるものです。

初版二〇〇部の本を書いて、印税で暮らしていけるかといえば、決してそんなことはありません。八〇〇部を超えて売れれば、半年はお金の心配をしないで生きられるという程度でした。

とはいえ、江戸時代までに戯作者、あるいは操觚者と呼ばれてほとんど社会的に無能とされた人たちが、明治時代になると「文学者」と呼ばれる大先生に変わります。

その文学者となって、筆一本で生きていくためにはどうすればいいのかということを教えたのが本書でした。

文学者になるためには、まず、文壇の通にならなければならない。そのためにはまず、新聞は、国民新聞、読売新聞、朝日新聞の三種を読みなさい、と魯庵はいいます。

でも政治面は読む必要はありません。随筆、小説、紀行文、劇評を読めばいい。雑誌は読んでも読まなくてもいいけれど、広告の目録を見て、文学社会で泳いでいる人の名前を覚える。そして、大家の名前を覚え終わったら、それぞれの派閥を頭に入れるようにする。

そして、次のようにいうのです。

「仮令面白からざるも、否面白くなきは勿論なれども、面白くなきを辛抱して読むが文学通の修行法なり」

つぎに、文学者となるためには、自ら文学者となりうる資格を究める必要があるといって、「先ず、身体上より云えば、文学者は成るべく美丈夫、寧ろ美少年たらざるべからず」といいます。

怠慢、無精、放浪、無頓着で虚栄心に富み、見得を張る人がいい。少なくとも一度は恋わずらいをし、一度くらいはアッサリと女に振られたことがある人がいいといいます。

さらに、なるべく人の眼につくように心がけること。なるべく、自分自身を広告することに尽力すること。そして、「俗」を退け「粋」「通」を覚え、衣食住に嗜好習癖を吟味すべきだと筆を揮って解説すると、人は、文学者はこのようなものであるというような思い込みを持っているから、「文学者」の仲間に入っていけます。

▼最も大切なのは出版社との対応

はたして、いったん、こうして「文学者」と呼ばれる人間になったなら、べつに主義主張がなくてもいいから小党派に入る必要があります。ひとつの党派に属する文学者は、ほかの党派の者と行き来をしません。党に入ると、党派の首領が仲間だといって守ってくれるからです。

しかし、文学者たるもの、もちろん文章を書かなければなりません。どんなものを書けばいいか。ドラマや新体詩の作者となりたければ、とにかく意味のわからないものを書け！　小説ならば、「手軽にチョイチョイと工夫してチョイと筆を揮う」のがいい。

ただ、最も大切なのは、出版社との応対の方法です。彼はいいます。

「文学者よ、文学者よ、爾は、人気の僕隷となって書估の前に三拝せよ。是れ決して恥辱にあらず。仮令一歩を譲りて恥辱となすも世好を上進し、文学を発達させんが為ならば、此位な恥辱やはか忍ばれぬ事あるべき。文学者は先ず人気奇妙頂来を念じて書肆のお出入りとなるべし」

（文学者よ、文学者よ、お前は、人気の奴隷となって本屋を拝み倒すのだ。これは決して恥辱ではない。たとえ一歩譲って恥辱であっても、世間の動きに従って、人々を教え、文学を発達させるためであるならば、これくらいの恥辱は忍ぶことができるであろう。文学者というものは、まず人気を取ることを念じて、出版社のお気に入りになるべきである）

魯庵は、ほかの文学者たちと違って、酒は飲まず、お座敷に行って女性と遊ぶこともない、まったく真面目一筋の男でした。しかし、丸善にいたりしたこともあってよく人を知っていたし、自分自身、筆一本で生活をする辛苦を嘗めた人でした。

『文学者となる法』という本は、じつは、魯庵が、明治二六（一八九三）年の年を越すために書いた一冊であったのです。

『教授の秘訣』

大日本帝国における精神教育論

坂本佑一郎(さかもとゆういちろう)／明治四二（一九〇九）年

▼教育に対する思い今昔

学生や生徒にどのようにすれば、本当に大切なことを教えることができるだろうかと悩まない教員はいないでしょう。

現代では、小学校から高校までは、教育指導案をつくって、毎回の授業でどんなことをどんなふうに教えるかということを、あらかじめ用意することが義務づけられています。

とはいえ、何十年も教員をやっていれば、教材の内容などはほとんど覚えてしまうし、教壇に初めて立ったときの緊張感も忘れてしまいます。

「適当にやっていればいいや」と思ってしまったら、そこから先は急降下です。そんな教師の思いは、学生たちにすぐにわかってしまいます。

教師であることは、なんとも難しい。でも、難しい……と頭を抱えても仕方がありません。

いちばん簡単なのは、とにかくなんにしても、興味の幅を広げ、自分が知っていることなどほんのわずかであるからと思って、勉強なり学問なりを続けていくことではないかと思うのです。

教師であるより先に、自らが学びたいという若い心を持ち続けることが最も大切なのではないかと思います。そうすれば、学生たちとも話し合いながら、何が自分に足りないのかを知ることができます。

はて、こんなふうに考えることは、当たり前といえば当たり前です。「いまでは」です。

むかしはこんなふうには考えることはありませんでした。

「むかし」というのは、明治三七（一九〇四）年を隔ててからのこと、別の言い方をすれば、日露戦争以降です。

どうしてこんなことがいえるかといえば、この戦争を経て、日本人は、よい意味でも悪い意味でも、まったくそれまでと変わってしまったことがわかるからなのです。

夏目漱石の『吾輩は猫である』が書物として印刷され広く読まれはじめるのは、明治三九（一九〇六）年です。この小説も、もしこれより一〇年前に出版されていたとしたら、これほどまでにみんなに知られるような小説にはなっていなかったのではないかと思われます。

また、たとえば、明治四二（一九〇九）年に、内藤昌樹という人が書いた小説に『（冒険奇譚）沙漠旅行』というものがあります。これは、いまの中学生くらいの人向けに書かれた冒険小説で、話としては決して優れたものではありません。

ロシアの探検隊が中央アジアで消息を絶ったことから、救出隊を出すことになった。自分もその一員に加えてもらって二年にわたって探検をしながら、命からがら生還した。そのことを皆に知らせるというフィクションです。

こうした内容はともかく、この本には巻頭に、例言がついていて、次のようにいうのです。

「本書は少年諸君に贈れりと雖も、本書に於いては決して道徳を説かず、智識を教えず」

本というものは、古来、ずっと、道徳を教え、あるいは智識を授けるものと考えられていました。ところが、この本を読んでも、「道徳」や「智識」の習得にはならないよと、本書はいうのです。しかも、これから次世代を担うことになる「少年諸君」に向かって、です。

この本のような、また『吾輩は猫である』のような、純粋に娯楽としての小説が現れることは、逆に、「それではいけない！　教えなければならない大切なものがある！」と教育に対して篤い思いを抱く人たちを刺激することにもなっていきました。

漱石が教職を捨て、文筆の道に入ったことの理由には、経済的な意味とは別に、「教育」ということに対する篤い思いを抱く人たちに対する醒めた思い、あるいは感情のズレのようなものもあったのではないかと思われるのです。

▼帝国の教育の真髄は精神教育、武士道にあり

さて『教授の秘訣』は、教師としての「篤い思い」を篤く語ったものです。
たとえば、本書の最後に「精神を以て精神に伝えよ」という文章があります。

人は心霊の動物である。心霊に伝ふるには、心霊を以てしなければならぬ。三千年の昔、釈迦牟尼仏は、その富貴をすて、権柄をすて、愛すべき故郷をもすてて、夜気陰鬱を冒して深山に入り、渓の流れを掬い、木の実を食って飢を凌ぎ、研鑽すること六年で山を出で、それより諸国を遍歴して、無量の教化を衆生に与えたというが、それは即ち慈悲心、愛の誠であって、心霊より心霊に感化を及ぼしたのである。

児童は、清浄無垢であるから、親しむところの心は、教育者の心である。而も児童の心は、吾人の心に対する明鏡である。されば教育者は、己の心を此の明鏡に照らして、心霊に感化を与ふるのである。世に精神教育と呼ぶものは、即ちこれである。

教師を「聖職」と考えるならば、まさにこのような意識で生徒、学生に向かうべきでしょう。
筆者は続けていいます。

遠く想を回して、我が国体を考ふると、実に此の精神教育の源泉が、混々と流れ出でて、終

に洋々たる大河を為したものである。振古未曾有の日露戦役に於て大勝を得たのも、この精神教育の力に頼ったことが多いのは、列強のひとしく認むるところである。帝国の教育の真髄は、実に、此の精神の教育にあるので、彼の世界に誇るところの武士道は、即ちこれである。

途中で辞めておけばいいのに……と思うのは、戦後の民主主義教育を受けたわれわれの思いなのですが、結局、明治時代、日露戦争後の「教育」は、「精神」というものをこんなふうに持ち出すことによって、おかしな方向に人を進ませてしまうことになったのです。

こんな「精神力」に頼った「教育」からは足を洗いたいと思った人のひとりが漱石だったのです。ただ、そうはいっても、漱石は亡くなるまで、ずっと教育者でした。

それは叱咤激励しながら、弟子たちの個性を伸ばそうとした漱石の手紙を読むと本当によくわかります。

大正五（一九一六）年八月二一日、死のおよそ二ヵ月半前に漱石は、芥川龍之介と久米正雄の両人に宛てて手紙を書きます。

牛になる事はどうしても必要です。吾々はとかく馬になりたがるが、牛には中々なり切れないのです。（中略）世の中は根気の前に頭を下げることを知っていますが、火花の前には一瞬の記憶しか与えて呉れません。うんうん死ぬまで押すのです。それ丈です。（中略）どうぞ偉くなって下さい。然し無暗にあせつては不可ません。ただ牛のように図々しく進んで行くのが大事です。

これとて、「精神力」といえばいえるかもしれません。しかし、漱石の言葉は、この本の作者がいう「帝国の教育の真髄は、実に、此の精神の教育にあるので、彼の世界に誇るところの武士道は、即ちこれである」というようなものでは決してありません。「教育」とは難しいものですが、こうした考えが出てきたことこそ、まさに日本が「近代」に入ったことを表す議論だったのです。

『運動世界』付録「タフトから挑戦状」夢の日米野球大会

明治の野球少年をワクワクさせた付録

作者未詳／明治四四（一九一一）年刊

▼真実と虚構の境界線

まことしやかなウソを、いかにも真実らしく捏造した書物を「偽書」と呼びます。

「フィクション」といってしまえばそれまでなのですが、ウソかマコトか、よくわからない話も、巧みに描かれると、それがまるで本当であるかのように思われることがあります。

たとえば、現代小説に、『平成3年5月2日、後天性免疫不全症候群にて急逝された明寺伸彦博士、並びに、』という作品があります。

著者は、石黒達昌氏で、もともと、この小説にはタイトルがありませんでした。冒頭の文章が「平成3年5月2日、後天性免疫不全症候群にて急逝された明寺伸彦博士、並びに……」と書かれているので、これがタイトルとされたといわれています。

石黒は、小説家であり、医学教育や癌治療をおこなうお医者さんです。海燕新人文学賞を受賞し、芥川賞にもノミネートされています。

この小説は、背中に小さな羽のようなものが生えた「ハネネズミ」という動物の発見、飼育、絶滅秘話なのですが、表や写真などを入れ、専門家だけのためのレポート風な、私信のようなスタイルで書かれています。

平成六（一九九四）年の発表で、いま読んでもなお新鮮みに欠けることのない、とてもおもしろい作品です。

まるで、本当に「ハネネズミ」という動物がいるように書かれているのです。「これは、ノンフィクションだよ」といわれたら、絶対信じる人がいると思います。

小説だから、フィクションだからといわれれば、そうに違いありませんが、「真実」と「虚構」との境界線は、とっても難しいところです。

「歴史」という点からいえば、『古事記』にしても『日本書紀』にしても、やっぱり為政者にとって都合のいいところを主軸に、虚構も交えて「事実」を編集したものです。

最近よく「フェイクニュース」という言葉を聞きますが、「フェイクニュース」が思想的に人々を誘導する意図を持ってたびたび流されるようになると、いつのまにかそれが「真実」になってしまう可能性だってあるのです。

なにが真実なのかを見る目を持つことは、本当に難しいことだと思います。

▼実在の人物ジャップ・ミカド

ところで、明治時代も終わりに近づいた頃、こんなフェイクニュースが、まことしやかに書かれました。

「タフトから挑戦状」というものです。

明治四四（一九一一）年、雑誌『運動世界』一月号の「大付録」に発表されたのです。

タフトとは、当時のアメリカ大統領（第二七代）のウィリアム・タフトです。

いったい、誰が、なんの挑戦状を受け取ったのか。

挑戦状を受け取ったのは、ジャップ・ミカドという人物です。

野球の歴史に詳しい人は、こう呼ばれた「実在」の人がいたことを知っているかもしれません。ジャップ・ミカドとは、明治時代、日本における野球の幕開けと同時に、実際にハワイ、アメリカに遠征し、アメリカでも大評判だった三神吾朗のあだ名だったのです。

三神は、山梨県甲府中学の出身で早稲田大学を卒業後、アメリカに留学、ノックスカレッジの遊撃手となり、アメリカ人学生選手のキャプテンも務めています。この頃から三神はジャップ・ミカドと呼ばれたのでした。

▼『巨人の星』と同じくらいの一大インパクト

さて、ウソとマコトのギリギリの話に戻りましょう。

明治四四年正月、三神はタフト大統領から一通の手紙を受け取ります。開けてみると、野球の世界選手権をやろうという内容の手紙だったのです。

驚いた三神はさっそく、大熊リーグの天祐倶楽部員を集め、飛行空中列車でニューヨークのグラウンドに舞い降ります。

ナイトゲームが始まります。

日本軍はばったばったとアメリカチームをなぎ倒すのですが、五回にツーアウトから、次打者に右中間を抜かれるヒットで一塁走者がホームイン。このまま最終回裏まで1－0。そして先頭打者を二塁に残しツーアウト。もうダメかと思ったところで、最後の打者が、さよならツーランホームランを放つのです。

敵味方入り乱れて、観衆もグラウンドになだれ込んでの大騒ぎ！

……もちろん、大統領からの挑戦状なんて、フェイクです。

でも、明治時代の野球少年たちは、ウソかマコトかわからぬこの話に、沸きに沸いて楽しんだのでした。

三神は、大正三（一九一四）年、アメリカ合衆国でプロ野球チーム「オール・ネーションズ」に参加し、大正五年にはイリノイ大学に進学し、経済学を専攻しました。その後、三井物産に入社した後、野球とは一切縁を切った生活を送り、昭和三三（一九五八）年に六八歳で亡くなっています

ウソかマコトかわからない話ですが、アメリカ合衆国オリジナルの野球が、日本の「文学」のテーマになるというのは、日本文学史の上で特筆すべきものなのではないかと思います。

本書は、雑誌の付録ではありますが、梶原一騎（かじわらいっき）原作、川崎（かわさき）のぼる作画『巨人の星』と同じくらい大きなインパクトを与えた一冊だったのです。

『人生論ノート』

人生の問題を共に考えてくれる

三木清（みききよし）／昭和一六（一九四一）年刊

▼社会の変化とともに変わる価値観

小説家・芥川龍之介（一八九二〜一九二七）が、三木清（一八九七〜一九四五）と「同時代人」だったと考えると、ちょっとびっくりします。

「同時代人」……そういえば『同時代人』とは、一八三六年にペテルブルクで、詩人プーシキンによって創刊された雑誌名です。ゴーゴリ、ツルゲーネフ、トルストイなどを輩出したこの雑誌は、ロシア文学の発展と、ロシア革命に大きな影響を与えました。

「考える力」が「社会を変える」ということを人に教えたのです。

フランス革命もそうですが、ひとりひとりの意識が変わってそれが大きな力になれば、社会全体

をひっくり返して、理想の世の中に近づけることができる！

はたして、「文学」こそ、その「力」です。

本を読むこと、文学の中に身を浸して、自分で考える力を養わなければ、その「力」は生まれてきません。

本を読む時間が減った、本を読む人が少なくなったといわれる現代は、社会を変える「力」を養うことができなくなった時代だといっても過言ではありません。

さて、「価値観」は、社会の変化とともに変わっていきます。

何が「善」で、何が「悪」なのかの価値基準は、宗教の違いや教育の違いによって、子どものときから植えつけられていきます。

他者の「価値基準」や、他者が考える「善」や「悪」を受け入れる力がなければ、凝り固まったままの狭い価値観で生きていくことになってしまいます。

そうするといつか周りからまったく相手にされなくなり、自分自身を疎外することにもなり、自分にとっても社会にとっても悪影響を与える存在になりかねません。

三木清の専門は、哲学です。

哲学といえば、もちろん根源的な意味での「存在」とか「認識」とかを研究する学問なので、難しいのは当たり前なのですが、三木は、その難しいところを訥々と、読む人の心に向かって優しく語りかけてきます。

問題の提起から少しずつゆっくり、こんな考え方もある、あんな考え方もある、こういう視点もあると、多角的構造的に、何が問題で、何が矛盾なのかを明らかにし、どうすればその問題を解決できるのかを、読者と一緒に考えてくれるのです。

▼戦争の時代に「死」を考える

三木の名著のひとつ『人生論ノート』は、「死について（初出のタイトルは『死と伝統』）」という文章で始まっています。

近頃私は死というものをそんなに恐しく思わなくなった。年齢のせいであろう。以前はあんなに死の恐怖について考え、また書いた私ではあるが。

思いがけなく来る通信に黒枠のものが次第に多くなる年齢に私も達したのである。この数年の間に私は一度ならず近親の死に会った。そして私はどんなに苦しんでいる病人にも死の瞬間には平和が来ることを目撃した。

こんなふうに書きながら、三木はこう問うのです。

健康が快復(かいふく)期の健康としてしか感じられないところに、現代の根本的な抒情(じょじょう)性、浪漫的性格がある。いまもし現代が新しいルネサンスであるとしたなら、そこから出てくる新しい古典主義の精神は如何(いか)なるものであろうか。

この文章が書かれたのは、昭和一三（一九三八）年です。

日露戦争、第一次世界大戦につぎ、わが国はこの文章が書かれる前年の昭和一二（一九三七）年に、中華民国（中国大陸）に対して全面戦争を仕掛けています。

三木は、軍事教育を受け、徴兵されて、戦いの中で迎える若い人々の「死」を、「新しい古典主義の精神」と書いて、これが本当に正しいものなのかどうなのか、一緒に考えてみたいというのです。

芥川の死は、昭和二（一九二七）年、三木が「死」について書く一〇年前のことでした。芥川は「唯ぼんやりとした不安」と書き残して自殺するのですが、三木は「真実」を求めて、筆を擱(お)くことを止めません。

ドイツでは歴史哲学をリッケルトに、現象学・実存主義をハイデガーに学び、のち『パスカルにおける人間の研究』（岩波書店）という名著に結実する論稿を引っ提げて帰国します。芥川が自殺する二年前（一九二五）のことです。

三木は、帰国後、東京に住んで岩波書店にもよく出入りし、岩波書店にやってくる文化人とも仲良くしていました。

岩波書店の店主、岩波茂雄(いわなみしげお)は漱石の弟子ですが、芥川ももちろん漱石の最後のいちばん優秀な弟子です。芥川と三木が、岩波で会って話をしていたとしても不思議ではありません。

三木は、こんな歌を残しています。

しんじつの　秋の日照れば　専念に　心を込めて　あゆまざらめや

（真実という明るい光が照るときは、心を込めてこの学問の道を歩いていこう）

三木は、昭和二〇（一九四五）年九月二六日、治安維持法違反で収監された豊多摩（とよたま）刑務所（現・中野区新井）で、疥癬（かいせん）に冒されて亡くなってしまいます

芥川と三木の二人の「死」は、わが国の文学、思想界にとって大きな打撃を与えたのでした。

『パンドラの匣（はこ）』

「正しい愛情」の不足から人は「堕落」する

太宰治（だざいおさむ）／昭和二一（一九四六）年刊

▼母親の愛情への飢え

戦前、地方の地主の次男、三男に生まれた人は、とっても不幸でした。ふつうは長男が、父の死後全財産を継いで、次男以下はまったく財産を譲渡されることがなかったからです。

長男が生まれて、その子が元気で逞（たくま）しいと、父母、祖父母はとても喜びました。ありったけの

愛情も財産も注ぎ込んで、長男を可愛がるのです。

しかし、その分、次男以下は、全部長男のお下がりですし、愛情などまったく注いでもらえません。もし、長男が死んだら、おまえらのうちでいちばん、家を継ぐのに相応しいヤツを選んでやる、くらいのものだったのです。

さて、太宰（本名は津島修治）は、六男です。一一人兄姉妹の一〇番目、上に五人も兄がいる家に生まれています。

しかも父親・源右衛門は豪農の家から婿養子で津島家を継いだ人でした。職業は庄屋といえばそれまでですが、県会議員、衆議院議員、多額納税による貴族院議員なども務めていました。母親は病弱で、子どもたちはみな、乳母によって育てられます。もちろん、六男の修治のことなどまったく関心もなかったのではないかと思います。

太宰は、つねに母親の「愛情」に飢えているのです。

『パンドラの匣』に、こんな文章があります。

君、正直な人っていいものだね。単純な人って、尊いものだね。僕はいままで、竹さんの気のよさを少し軽蔑していたが、あれは間違いだった。さすがに君は眼が高い。とてもマア坊なんかとは較べものにも何も、なるもんじゃない。竹さんの愛情は、人を堕落させない。これは、たいしたものだ。僕もあんな、正しい愛情の人になるつもりだ。僕は一日一日高く飛ぶ。周囲の空気が次第に冷たく澄んで来る。

川端康成が『伊豆の踊子』（五一頁）で書いた「いい人っていいね」という言葉に共通する部分もあるのではないかと思います。川端も、父母の愛情をまったく知らずに生きた人でした。

▼「正しい愛情の人」という表現

こういうのは、あまりにもひどすぎるかもしれませんが、川端の場合は、「父母」が亡くなって初めからいない分だけ、その点ではサバサバとしていられたのだと思います。

太宰の場合は、愛情を与えるべき「母」は、いちばん上の「兄」だけを可愛がって、「自分」を無視して、生きているのです。

「愛情」の渇望を、母親以外の女性に求めるしかなくなってしまいます。

『パンドラの匣』に書かれる「正しい愛情の人」である「竹さん」は、母親への当てつけなのです。

太宰は、この「正しい愛情の人」という言葉を、『斜陽』でも使っています。こんな表現は、同時代の作家に見つけることができません。太宰ならではの言葉なのです。

僕がその洋画家のところに遊びに行ったのは、それは、さいしょはその洋画家の作品の特異なタッチと、その底に秘められた熱狂的なパッションに、酔わされたせいでありましたが、しかし、附き合いの深くなるにつれて、そのひとの無教養、出鱈目（でたらめ）、きたならしさに興覚めて、そうして、それに反比例して、その人の奥さんの心情の美しさにひかれ、いいえ、正しい愛情のひとがこいしくて、したわしくて、奥さんの姿を一目見たくて、あの洋画家の家へ遊びに行くようになりました。

この文章からすれば、「正しい愛情」とは、すなわち「心情の美しさ」と重なるもの、あるいは「心情の美しさ」を、さらにもっと突き詰めたものだといえるのではないでしょうか。

そして、「母親」であるなら、そういう気持ちで「自分」にも「愛情」を注いでほしいのだ、「僕」はそれを求めているのだ、と太宰はいうのです。

でも、母は決して、その「正しい愛情」を太宰に注ぐことはありません。

だから、『斜陽』に書かれるように、「僕」は「堕落」してしまうのです。

太宰治のファンは、いまもたくさんです。

それは、もちろん、太宰の文学に人を惹（ひ）きつける力があるからなのですが、母親の「愛情」がどれだけ子どもに必要なのかということが、心理学や脳科学などでわかってくると、太宰がテーマとした「『正しい愛情』の不足から人は『堕落』する」ということは、文学のテーマとして成り立たなくなってしまうのです。

いい替えれば、太宰の文学は、もはや「古典」であって、現代的な文学のテーマではなくなってしまったのです。

『地獄変』

地獄への道を選んだ時代の衝撃作

芥川龍之介／大正七（一九一八）年

▼芸術至上主義のヤバい小説

『地獄変』は、大正七年に発表された芥川龍之介の代表的な短編小説です。

現代のわれわれは、「地獄」と聞いても、たいしたことを思いませんが、当時の人たちにとって、このタイトルは「ヤバー」という衝撃的なものでした。

当時売れていた小説は、森鷗外『高瀬舟』『渋江抽斎』、志賀直哉『城の崎にて』、菊池寛『父帰る』などです。

それぞれ読んでおもしろいものではありますが、読まなかったら読まなかったで、どうってことはありません。

もちろん、『地獄変』だって必ず読まないといけないものではありませんが、それまでふつう

に文学を読んでいた人たちにとって、『地獄変』というタイトルは、とっても「変」なものだという印象を与えたのでした。

「地獄なんてものを題材にして何を血迷ったことしているの!?」という感じでしょうか。でも、「変」なものに、人は興味を持ちますね。「ちょっと読んでみようかしら……ヤバそうだけど」と思って読むと、やっぱりすごく「地獄的」で怖く、「変」なものだったのです。

『地獄変』は、芥川のまったくオリジナルの小説ではありません。鎌倉時代に編纂された『宇治拾遺物語』（二六六頁）に題材を採ったものです。良秀（よしひで）という変人の絵師が地獄絵図を描くという話を主題にしたものといえば、古典の素養がある人は、「芥川は、『今昔物語』を脚色して漱石に褒められた『鼻』（大正五〈一九一六〉年発表）と同じように、今度は『宇治拾遺物語』を敷き写しにして書いたのか」とか思ったかもしれませんが、それでも「なんで、こんな話を小説にしなければならないのか？」と思ったに違いありません。

内容をちょっと紹介しましょう。

平安時代の絵師、良秀は、「地獄絵図」を描くために、自分が仕えている大殿様に、御車（ぎっしゃ）の中で人を焼いてくれと依頼します。

ところが、なんと御車の中には、自分の娘が入れられていたのです。焼かれて死ぬ娘の姿を、目の当たりに見ながら、良秀は、ありありと地獄を再現する絵を完成させたという話です。

ヤバいでしょう。怖すぎです。

芥川龍之介は、この小説を、何の目的で書いたのでしょうか？

よくいわれるのは、芸術至上主義を示す文学だということです。

では、芸術至上主義とはいったい何なのでしょうか。

▼芥川とカフカが抱えた「不安」

一九一八年という年は、第一次世界大戦が勃発してすでに四年目に突入しているときです（戦争はこの年一一月に終結）。

日本は、大戦勃発と同時に、ドイツが租借していた中国山東省青島を占領し、中国大陸への侵略を進めていました。

江戸時代までの封建主義――閉鎖的で「無欲を美徳とせよ！」と教えられてきた日本人が、ヨーロッパ列強がしてきた「植民地支配」へと方向転換した時代です。

これは、方向転換というより、むしろ、日本がグローバリゼーションの渦に巻き込まれて、「地獄」に墜ちる方向に舵を切ったときでもあったのです（もちろん、明治維新のときからすでにそちらの方に進むように国内の政治は進んでいたのでしょうが、それでもまだ日露戦争に勝つまでは、

「地獄」への道を選ばない選択肢はあったように思えます）。

芥川の「芸術至上主義」は、言葉どおり、他のことより芸術を至上のものとするということですが、これと同じようなことがドイツでも起こっていました。

代表的なものは、一九一五年に発表されたカフカの『変身』です。

芥川は、自殺の動機を「ぼんやりとした不安」と書いていますが、カフカの人生も「ぼんやりとした不安」に満ちていました。

「ぼんやりとした不安」とは、いい替えれば「先の見えない不安」です。

カフカの場合は、「文学」を選ぶか「愛する人との結婚」を選ぶかでものすごい「不安」を抱いています。

一九一二年の夏、二九歳のとき、夕暮れのプラハで、カフカは、ベルリンから来ていた友人の親類のフェリーツェ・バウアー、二四歳と出会って恋に落ちるのです。

二人は五年の間に数百通の手紙を交換しますが、実際に会ったのはわずか数回です。

出会いから七ヵ月目に、フェリーツェからの最初のデートの申し込みに応じるのですが、当日電報を打って断り、それでもやっぱり会いたいといって現れるのですが、終始不機嫌でデートにもなりません。

それでも婚約までたどり着きますが、カフカは結婚に踏み切れず、また文通だけの仲になり、もう一度婚約します。が、結核に罹（かか）ったからもう会えないといって、カフカはフェリーツェと別れてしまいます。

フェリーツェは、まもなく銀行家と結婚し、アメリカに移住して二人の子どもを産み、事業家として大きな成功をおさめます。

カフカは、生活を維持するために保険会社で真面目に働いています。決して無茶苦茶な生活をしていたわけではありません。

でも、「ぼんやりとした不安」を抱えて、「結婚」か「文学」か……と悩むカフカは「苦悩する天才」と呼ばれながら、不幸な方向へと足を進めていってしまいます。

もちろん、後世に残る文学を書けたことは、文学を志したカフカにとってみれば、非常に素晴らしいことであることは確かです。

だけど、生きている間、「不条理」という、見えない大きな力に対峙したカフカは、地獄の中にいるようにつらかったのではないかと思います。

カフカのつらさは、芥川のつらさとも共通します。

頭がよくて、感受性が鋭い二人が生きた日本とドイツは、共通して極端な「国家主義」へと傾く方向にシフトしていたのでした。


ところで、日本にはまだこの頃まで「芸術」がありませんでした。あったのは「芸道」といわれるものです。芸能、演芸などの日本の文化は「道」という禅的修行だったのです。

そこへ、西欧の文化が入ってくることによって、新しい「芸術」という観念がとても重厚な課題として、日本の文化人の肩にのしかかってきたのです。

たとえば、彫刻では高村光太郎、絵画であれば梅原龍三郎など、ロダンやルノワールに「芸術」の洗礼を受けた「芸術家」が現れてきますが、文学においては東京帝国大学英文科を首席で卒業し、英文学はもちろんフランス文学、ドイツ文学など原書をすごいスピードで読破することができた芥川こそ、時代の最先端を担う「文学者」だったのです。

芥川は、もちろん、日本の古典にも深い造詣がありました。

日本の文学を、西洋のそれに匹敵するものにするためにはどうすればいいのか、と芥川は苦悩するのです。

▼伝統と近代の狭間の葛藤

さて、近代日本文学史上、大正・昭和の文学に大きな影響を与えたのは、なんといっても夏目漱石と森鷗外です。

二人は、明治時代中頃の島崎藤村や田山花袋など、人が恥ずかしいと思うことを代弁するように、なんでもかんでも洗いざらい書けばそれが文学だという「自然主義」とは異なる路線に「日本文学」を導きます。

自然主義は、べつの言葉でいえば、「野暮」でしょう。洗練されたところがありません。

鷗外はドイツの文学や美学を、漱石は英文学や文学理論を研究していますから、「自然主義」の野暮では、我慢できないのです。

とはいえ、彼らの文学は、まだヨーロッパの文学に比べれば、それほどまでに深いものにまでは至っていません。

どういう言い方をすればいいのかわかりませんが、世界文学として並べるには、あまりに「こぢんまり」しすぎているのです。

それはそれとして、鷗外の影響を受けた永井荷風や谷崎潤一郎の耽美派は、自然主義に反して日本ならではの「美」的な世界を追求しようとしていこうとします。

また、武者小路実篤、志賀直哉などの「白樺派」は、世界人として、日本人が恥ずかしくない「人」としての自己の個性を伸ばす事を重視し、理想主義、人道主義の立場に立って文学を構築しようとしていきます。

日本文学史では、耽美派も白樺派も、どちらも「現実」を新しい視点で見つめ、新しい思想によって文学を捉え直そうとしたというので、「新現実主義」と呼ばれますが、芥川は、「天才」のような存在として、この両派の最先端にいた人だったのです。

「新現実主義」は、「新思潮」という雑誌に多く発表されたことから、「新思潮派」と呼ばれます。この新思潮派の先端を担う芥川は、鷗外と漱石の二人が開拓した文学を引き受け、次の時代の「日本文学」を創ろうとしたのです。

そのひとつが『地獄変』です。

この作品で、芥川は、森鷗外の歴史小説と夏目漱石の近代的な視点を合わせた世界を描こうとします。

『地獄変』は、伝統的道徳の遵守（じゅんしゅ）と近代芸術の葛藤（かっとう）を思想的に追求する作品だったのです。

天才・芥川は、しかし、残念ながら、大きな世界史の荒波に呑まれた国家主義に走る日本と日本人の将来に「ぼんやりとした不安」を抱えて、自殺してしまうのです。

享年三五。『地獄変』を書いて一〇年後のことです。

第5章

剽窃と翻案

～明治の文豪びっくり裏事情

『吾輩は猫である』

夏目漱石／明治三八～三九（一九〇五～〇六）年発表

海外の種本をちゃっかり拝借

▼『猫』に対する冷淡な態度

漱石の『吾輩は猫である』（以下、『猫』）は、俳句雑誌「ホトトギス」に掲載されました。明治三八（一九〇五）年一月一日号です。これは信じられないほど売れました。「ホトトギス」に五回まで連載された『猫』は、明治三八年一〇月から大倉書店・服部書店から共同刊行されることが決定し、中村不折に挿絵を依頼しました。その一〇月には初版が出ます。発売日から二〇日で売り切れて、漱石は一夜にして有名人になっていました。三八歳、東京帝国大学文科大学講師になって二年目のことです。

翌三九年四月一日号には、「ホトトギス」に『猫』の第一〇回が掲載され、これには『坊っちゃん』も載りました。そして同年八月一日号で

『猫』は井戸に落ちて死にます。

同じ年の九月一六日、神田の三崎座で、田中霜柳脚本『猫』の上演がはじまりました。

明治三九年九月一日号の「文章世界」の神谷鶴伴との対談で、漱石は『猫』の執筆について、こんなふうに語っています。

――『猫』ですか、あれは最初は何もあのように長く続けて書こうという考えもなし、腹案などもありませんでしたから、むろん一回だけで仕舞うつもり。またかくまで世間の評判を受けようとは少しも思っておりませんでした。最初（高浜）虚子君から「何か書いてくれ」と頼まれまして、あれを一回書いてやりました。ちょうどそのころ文章会というのがあって、『猫』の原稿をその会へ出しますと、それをその席で寒川鼠骨君が朗読したそうですが、たぶん朗読の仕方でも旨かったのでしょう、はなはだしくその席で喝采を博したそうです。

そしてその二年後、明治四一（一九〇八）年九月一五日の「文章世界」に、また『猫』についての対談が出ます。

明治四〇年三月二五日、漱石は、東京帝国大学を辞職し、翌月に朝日新聞に入社していました。

同年五月には大倉書店から『文学論』を出版、六月から『虞美人草』の連載を始めます。

『坑夫』『夢十夜』『三四郎』と作品が次々と生まれるなか、二度目の対談の前日九月一三日、『猫』のモデルになった猫が死亡しています。そして、翌日、彼は「東京市牛込区早稲田南町七番地」の自宅から「辱知猫儀久々病気の処、療養不相叶、昨夜いつの間にかうらの物置のヘッツイの上にて逝去致候。埋葬の儀は車屋をたのみ、箱詰にて裏の庭先にて執行仕候。但し主人『三四郎』執筆中につき、御会葬には及び不申候。以上　九月十四日」という死亡通知を松根東洋城、鈴木三重吉、野上豊一郎、小宮豊隆宛に送り、かつ「この下に稲妻起こる宵あらん」と、猫の墓標に弔辞句を記しています。

二度目の対談は「処女作追懐談」として『猫』の話がメインになっているのに、どうしたわけか、前日に死んだ猫のことにはまったくふれていません。一言も、です。死んだ猫のおかげで、イヤな大学を辞めることができて、なりたかった小説家になったのではないでしょうか。猫のことについて話しても不思議ではありません。

あるいは編集者が、あえてこの死んだ猫のことについての談話を掲載しなかったのかもしれませんが、もし漱石が意図的に、死んだ猫に触れていなかったとすれば、漱石は『猫』（あるいは死んだ猫）に対して疚しい気持ちがあったのではないかと詮索したくもなります。

この対談で漱石は語っています。

『猫』は「ただ偶然ああいうものができたので、私はそういう時機に達していたというまでである」

そして具体的に『猫』を書いたときのことについてもふれています。

——私が日本に帰ってきた時、編集者の虚子から何か書いてくれないかと嘱まれたので、はじめて『吾輩は猫である』というのを書いた。ところが虚子がそれを読んで、これは不可ませんと言う。わけを聞いてみるとだんだんある。今はまるで忘れてしまったが、とにかくもっともだと思って書き直した。

今度は虚子が大いに賞めてそれを『ホトトギス』に載せたが、実はそれ一回きりのつもりだったのだ。ところが虚子が面白いから続きを書けというので、だんだん書いているうちにあんなに長くなってしまった。というようなわけだから、私はただ、偶然そんなものを書いたというだけで、別に文壇に対して、どうこうという考えも何もなかった。ただ書きたいから書き、作りたいから作ったまでで、つまりいえば、私がああいう時機に達していたのである。もっとも書き始めた時と、終る時分とはよほど考が違っていた。文体なども人を真似るのがいやだったから、あんなふうにやってみたにすぎない。

▼「『猫』は盗作」の指摘さまざま

さて、対談でこんなことを述べていますが、漱石の『猫』は、はっきりいって盗作です。

第一にドイツの作家ホフマンの『牡猫ムルの人生観（Lebensansichten des Katers Murr）』こそ、漱石の『猫』の素となったものでした。

でも、ホフマンのものだけではありません。じつは、ほかにも漱石の種本はたくさんあります。

一九世紀後半に書かれたとされる作者不詳の官能小説『蚤の自叙伝』、ロバート・バーの『放心家組合』。そして内田魯庵の『犬物語』です。

もしかしたらまだあるかもしれませんが、これくらいでも十分でしょう。

――。

これまでの『猫』の盗作研究を整理しておきましょう。まず、ホフマンの『猫』との関係から

漱石が『猫』連載中の明治三九年四月（これは第一〇回目に当たる）、「新小説」に掲載された藤代素人の『猫文士気焔録』で、ホフマンの『牡猫ムルの人生観』の内容がこれと似ていることを指摘されています。

この二つの作品の類似について触れた論文が、すでに古く三つあります。

板垣直子『漱石文学の背景』（昭和三一年、鱒書房）と秋山六郎兵衛（「漱石の「猫」――ホフマンの「猫」と比較して」昭和一〇年、雑誌「思想」特集漱石記念号）、浜野修「漱石の猫とホフマンの猫と」（昭和九年、雑誌「浪漫古典」特集号「夏目漱石」）です。

この三人のうち、板垣と秋山が挙げる二つの『猫』の類似点は一二に及びます。

とくに、秋山は東京帝国大学独逸文学を卒業し、『概観ドイツ史』『独逸文学史』『ヘルマン・ヘッセ全集』などにかかわり、岩波文庫で昭和一〇～一一（一九三五～三六）年にかけて『牡猫ムルの人生観』（上下巻）を出したドイツ文学者です。

一方、このホフマンのことを初めて指摘した藤代素人（本名禎輔）もまた、東京帝国大学独逸文学出身です。

藤代は、明治四〇（一九〇七）年五月、京都帝国大学に独逸文学の講座が設置されると東京から京都へ移り、昭和二（一九二七）年四月一八日に京大附属病院で亡くなりました。彼を京都へ招いたのは、明治三九年、京都帝国大学文科大学初代学長、狩野亨吉（かのうこうきち）。いうまでもなく、漱石とは一高時代からの友人です。松山中学を辞職した際、漱石は後任に狩野を推薦するなどした仲です。

付していえば、狩野は藤代だけでなく、漱石も英文学担当の教員として採用したい旨の手紙を書いています。しかし、これは実現しませんでした。明治三九年七月一〇日付書簡で、漱石はこれを断っています。

さて、藤代も一高のときからの漱石の友人で、だから、この三人は非常に関係が深いのです。藤代は漱石とともに明治三三年文部省からの海外留学生として、同じ船でヨーロッパにも行った人物です

また、これはすでに吉田六郎『「吾輩は猫である」論―漱石の「猫」とホフマンの「猫」』（昭和四三年、勁草書房）によって指摘されていることですが、『ファーブル昆虫記』などの翻訳者として知られる河盛好蔵（かわもりよしぞう）が書いた『漱石書簡集のこと』（昭和四〇年、「図書」漱石特集号）の中で「藤代先生は私が京都大学を卒業した翌年の昭和二（一九二七）年に亡くなられたが、在学中、先生がアマディウス・ホフマンの講義をしておられたとき、『牡猫ムルの人生観』の話をして、これが「夏目の『吾輩は猫である』の種本です」と云われたことを覚えている」と記しています。

さらに、漱石自身が、じつはこれが種本とはいわないまでも、かなり詳しくホフマンの『猫』

を知っていたことを、口を滑らせているものが残っています。

「此猫は母と対面するとき、挨拶のしるしとして、一匹の肴を啣(くわ)へて出掛た所、途中でとうとう我慢がし切れなくなって、自分で食って仕舞ったと云う程の不孝ものだけあって、才気も中々人間に負けぬ程で、あるとき抔(など)は詩をつくって主人を驚かした事もあるさうだ」

これは、ホフマンの『猫』の冒頭です。漱石が語っているのです。

はて、漱石の弟子、小宮豊隆は、こんなことを知っていたのでしょうか。

昭和三九（一九六四）年刊行の『漱石全集』のあとがきに、このことを否定しつつ、「『猫』は、よく人人からホフマンの『カーテル・ムル』と比較されます。しかし『猫』と『カーテル・ムル』とは、全然性質の違ったものです。（中略）表面上の類似を越えて、もっと根本的な作者の精神――その作品によって作者が何を言はうとしているかを、精到に比較追求する必要があるのである」と述べています。

漱石の弟子であってみれば、情実がある、そうもいいたくなるでしょう。

しかし、やはり、漱石はホフマンの『猫』を知っていました。そして一回限りの読み切りとして「猫伝」を書いたのです。

ところが、それが当たってしまう。強がりで気の弱い漱石としては、周りの人にこれはホフマンが下敷きにあるなんてことはおくびにも出せなかったに違いありません。

▼種本はほかにもあった

種本は、じつはホフマンの『牡猫ムル』だけではありません。

近くは、山田風太郎（やまだふうたろう）が昭和四六（一九七一）年の「文藝春秋」に書いている、一九〇六（明治三九）年に刊行されたロバート・バーの『放心家組合（The Absent-Minded Coterie）』があります。むろん、一九〇六年は漱石が『猫』の最終回を書いた年です。

しかし、『放心家組合』は雑誌で発表されました。一九〇五年五月一三日号の「The Saturday Evening Post」です。

漱石は『猫』の第三回で、「この間ある雑誌を読んだら、こういう詐欺師（さぎ）の小説があった」という前置きをして、この小説のあらすじをざっと引いています。

また、ローレンス・スターンの『紳士トリストラム・シャンディの生涯と意見』も漱石の『猫』の種本のひとつとして挙げられます。

本書は、明治三〇（一八九七）年、漱石が「江湖文学」（第四号）に紹介したのが嚆矢（こうし）とされます。

「今は昔し十八世紀の中頃英国に『ローレンス、スターン』といふ坊主住めり、最も坊主らしからざる人物にて、最も坊主らしからぬ小説を著はし、其小説の御蔭にて、百五十年後の今日に至るまで、文壇の一隅に余命を保ち、文学史の出る毎に一頁又は半頁の労力を著者に与へたるは、作家『スターン』の為に祝すべく、僧『スターン』の為に悲しむべきの運命なり……」

本の内容は、はっきりいってデタラメです。

田舎地主のトリストラム・シャンディの自伝なのですが、なんと、両親が彼をしこむところから話ははじまります。百科事典やほかの本を引用しながら、九巻でなお未完。そのうちの三巻までがトリストラム誕生までの出来事で占められています。

……トリストラム・シャンディは、イギリスで二〇〇五年に映画化されています。監督マイケル・ウィンターボトム。映画のタイトルは、「A Cock and Bull Story」。これは、第九巻のタイトルをとったものですが、英語では「デタラメ話」を意味します。

エラスムス『痴愚神礼讃』、ラブレー『ガルガンチュアとパンタグリュエルの物語』、セルバンテス『ドン・キホーテ』、スウィフト『桶物語』といった過去の滑稽文学・風刺文学の伝統に根ざしたもので、しかも百科事典などを利用しながら文章を切り張りしつつ書いていくこうした文学は、現在、アナトミー文学と呼ばれています。

ひとは何にでも名前をつけることができます。

名前をつけて分類してしまえば、それもまた可となります。

これについて、漱石はいいます。

「スターン」の剽窃を事とせるは諸家定論あり、こゝには説くべき必要もなく、又必要ありとも参考の書籍なければ略しぬ、只其笑ふ可く泣く可く奇妙なる「シャンデー」伝と、其文章に就て概評を試むる事斯の如し。

こんな小説は、出典をいちいち当たっても、作者の張り巡らした蜘蛛の巣に引っかかるだけです。もちろん、研究者としては作者が身の回りに置いた書籍を調べることで結構楽しめるではあろうけれど。ただ、こうして原作を解剖（アナトミー）することから、こうした文学はアナトミー文学と呼ぶのです。

この言葉は、カナダの批評家フライ（Northrop Frye）がその著書『批評の解剖』（一九五七）の中で、通例「メニッポス風の風刺」と呼ばれる文学ジャンルを表わすために、より扱いやすい便利な語として提唱しました。

フライは散文の文学作品を「小説」「ロマンス」「告白」「アナトミー」の四つのジャンルに分類しましたが、このうち「アナトミー」とは、風刺の対象となるテーマに関する雑多な情報を、百科全書的かつ衒学的に網羅した文章を指します。フライによれば、英語で書かれた最大の「アナトミー」はスウィフトの『ガリバー旅行記』（一七二六）だといいます。

それなら、漱石の『猫』もアナトミー文学として扱うことも可能でしょう。

だけど、漱石は先に挙げたように、スターンの『トリストラム・シャンディ』を「剽窃」としています。「アナトミー文学」という分野がいわれたのは一九五七年です。漱石はまだ、こうした分類がなされることを知りませんでした。

人の作品に対しては「剽窃」といい、自分の『猫』については、知らんふり。

これでは、漱石の胃も痛くなろうというものです。

▼『イワンの馬鹿』からネタを拝借

漱石の『猫』は、下敷きにはホフマンの『猫』を使い、ときどき適当に西洋の文学作品の中から、おもしろい部分を使って連載されました。

明治も終わりに近づいた頃とはいえ、まだ飛行機などなく、ヨーロッパまでは船でゆうに二ヵ月はかかります。舶来という言葉があるとおり、ヨーロッパからのものはすべて船で運ばれました。

漱石の蔵書は現在、東北大学図書館に所蔵されていますが、この中には洋書が約一六五〇冊含まれています。このうち、ロンドン滞在時に購入したものが五〇〇冊。残りはすべて日本で買ったものです。

日本で洋書が買えるところといえば、当時は、日本橋の丸善しかありませんでした。

明治時代の丸善については幸田露伴の弟幸田成友、内田魯庵、木村毅にそれぞれ本があります。

ところで、百数十年の歴史をもつ丸善の、明治の立て役者といえば、内田魯庵をおいてほかにいません。若い頃から英語に堪能で、東京専門学校（現・早稲田大学）在学中の英語の試験はほとんど満点に近かったというし、外国人宣教師の通訳も務めていました。

トルストイ、ドストエフスキー、ヴォルテール、アンデルセン、ディケンズ、デュマ、ゾラ、モーパッサン、シェーンキェヴィッチ、ワイルド……挙げればきりがないほどの翻訳や紹介をおこなっています。

明治三四（一九〇一）年、丸善の書籍部門の顧問として入社し、翌年ロンドン・タイムズ社と共同で百科事典『ブリタニカ』を販売します。

木村毅が伝えるところによると、魯庵は、古代エジプト、ギリシャから現代にいたるまでの飲み物の変遷（へんせん）を講義したとか、中国漢代の瓦磚（がせん）などについても話して飽くことを知らなかったといいますし、画家の淡島椿岳（あわしまちんがく）とその養子・淡島寒月（かんげつ）との交友により玩具・民芸品・納札・ポスターにも興味を示しました。

魯庵は目の前を通り過ぎるありとあらゆることに興味を抱く、まさに百科事典のような人物でした。

さて、その魯庵がトルストイの『イワンの馬鹿』を翻訳したのは、明治三九（一九〇六）年のことです。

じつは魯庵が丸善に入社したのも、トルストイとの縁です。

横浜にあったケイリー・アンド・ウォルシュ社に行くと『アンナ・カレニナ』の英訳がありました。さっそく買い求め、東京へ帰ると丸善へ行って、「お前んとこには、こういう本を売っていないからダメだ」といいました。

そうしたら、丸善の方から「それではうちの社へ入って、そういう本の指導をしてくれ」といわれたといいます。

魯庵は、トルストイから次第にドストエフスキーに傾斜していきますが、自分の軌道上に迷い込んでくるものがあれば何でも食べる大食漢であり、美食家です。そして自分の趣味に合ったものなら、これを紹介しないではいられません。

『イワンの馬鹿』もそのひとつでした。

漱石はこれを魯庵から贈られ、さっそくお礼の手紙を書いています。

「拝啓イワンの馬鹿御寄贈を蒙り深謝早速読了致候。小生浅学にてイワンの原書をよまざりし為め却て一段の興味を覚え候。どうかしてイワンの様な大馬鹿に逢つてみたいと存候。出来るならば一日でもなつてみたいと存候。近頃少々感ずる事有之イワンが大変頼母しく相成候。イワンの教訓は西洋的にあらず寧ろ東洋的と存候」（明治三九〔一九〇六〕年一月五日）

魯庵は、漱石とさほど親しかったわけではありません。

そのあたりの事情は、後で触れますが「温情の裕かな夏目さん」という随筆に書かれています。

魯庵がこの思い出話を書いたのは大正六（一九一七）年で、漱石はすでに亡くなっています。

ただ、魯庵が「初めて会った時だってわざわざ訪ねて行ったのではなかったが、何かの用で千駄木に行ったが、丁度夏目さんの家の前を通ったから立寄ることにした。」とあるから、これは漱石が本郷区駒込千駄木町五七番地に越した明治三六（一九〇三）年三月三日から明治三九

（一九〇六）年一二月二七日までの頃のことです。

魯庵は千駄木の漱石に『イワンの馬鹿』を送りました。そして、お礼の手紙が出されてから三カ月後の四月一日発行の「ホトトギス」に、漱石は『猫』の第一〇回を掲載します。

このなかに、八木独仙（やぎどくせん）が婦人会で語る石地蔵の話があります。

馬や車が通る賑（にぎ）やかな辻にある石地蔵を隅の方へ片づけようという村人の相談――

力持ちがこれを持ち上げようとするが、重くて動かせず

町内でいちばん利口な男が牡丹餅（ぼたもち）を目の前に置いたり、瓢箪（ひょうたん）に酒を入れてからかったり、贋札（にせさつ）まで出すが動かない

法螺（ほら）吹きが現れ、警官に化けたり殿下に化けたりしてしてもダメ

最後に馬鹿竹というヤツが現れ、石地蔵に向かって「町内のものが困っているから動きなさい」というと動き出す――。

じつはこの話、漱石は『イワンの馬鹿』から採っています。

このことは、漱石を崇拝（すうはい）するあまり神格視することが多く、「漱石神社の神主」と揶揄（やゆ）された漱石の弟子小宮豊隆も、仕方なかったのか……昭和三九年の『漱石全集』解説で指摘します。

「この『馬鹿竹の話』は、恐らくトルストイの『イワンの馬鹿』から来たものに相違ない」

▼明治文学盗作事情

漱石の『猫』ばかりに盗作云々というのをあげつらうのは、心苦しくなります。

明治二〇（一八八七）年に発表された二葉亭四迷の『浮雲』は、言文一致体で書かれた日本の近代小説の先駆といわれていますが、これは、二葉亭自身がのちに後藤宙外のインタビューで答えているように、第一回は式亭三馬と饗庭篁村、八文字屋もの（江戸中期，京都の書店八文字屋から出版された浮世草子の諸作）を真似たもの、第二回目はドストエフスキーとゴンチャロフの筆意を模した、また第三回目はドストエフスキーを真似たものだといいます。

「新旧思想の衝突といふことも、ゴンチャロッフが名著『頽れ岸』（『断崖』）の中に、よく書いているのを見て、日本へ応用して見たのです。『浮雲』はすつかり真似たものですよ」

また、木村毅は、『丸善外史』に次のように述べています。

「早い話が、島崎藤村の名作『破戒』は、形の上で、『罪と罰』を敷き写しにし、中にはいっているさし絵の書き方までどこやら英訳の『罪と罰』に似ているが、内容にいたっては、もとより虎を描いて、ようやく猫に類するものである。しかし出版当時は、漱石でさえも、『破戒』は日本に従来なかった型の小説といって嘆賞し、新しい自然主義文学の勃興に対する輝かしい記念塔として仰がれた」

木村は、『破戒』を英訳『罪と罰』の敷き写しというが、はたして藤村にそれだけの英語力があったでしょうか……いま、それは問わないことにしましょう。ただ、『罪と罰』は内田魯庵が明治二五〜二六（一八九二〜九三）年に全体の約三分の一を訳し終えています。明治三九（一九〇六）年に『破戒』が書かれる一三年も前です。

はてさて、明治時代の小説には、おそらく探せばいくらだってこんなものが見つかるでしょう。現代のようなガチガチとした著作権のようなものはまだないし、ちょっとした引用だけで「パクリだ」といって騒ぐ読者もいません。

漱石の『猫』が、英語を自由に読める文学者という特権を利用して、外国文学のネタを使ったとしてもべつだん責めることもないでしょう。

トルストイの『イワンの馬鹿』も、魯庵の訳は英語版からの重訳です。漱石は魯庵から翻訳をもらった後、英語版を購入したらしく、これは現在、東北大学図書館に所蔵されています。

▼種本『ガリバー旅行記』と『犬物語』

もうひとつ、漱石の『猫』の種本とされるスウィフトの『ガリバー旅行記』について記しましょう。

この全訳がわが国で出たのは明治四二（一九〇九）年のこと。松原至文、小林梧桐訳、昭倫社の発行です。

漱石がこれを買ったかどうかは、わかりません。いずれにせよ、これを買ったところで、すでに彼は『猫』の執筆は終えています。

『猫』の執筆が終わってから……というのなら、もうひとつ、漱石はスウィフトの『The Works of Jonathan Swift, D.D』という本を明治三四（一九〇一）年一月二日に購入しています。ただ、これは『ガリバー旅行記』そのものではありません。

もちろん、漱石は『ガリバー』は英語で読みました。

しかし……漱石の『猫』には、直接、コレと指して「『ガリバー』が種！」という部分は見つかりません。

それはもとより風刺の態度です。

漱石は『文学評論』の中で『ガリバー旅行記』を次のように記しています。

> 開巻第一頁から最終の頁に至るまで、厳粛（げんしゅく）な容貌（ようぼう）を崩さないで、機械的に風刺を吐出している。これを読むと、彼自身は風刺をしている本人であるか、または風刺を受けている目的物であるかわからぬくらいに、寂然（じゃくねん）として超越している。それだから彼の罵詈（ばり）は決して熱のある憤狂性の罵詈ではない。冷えきった氷点以下の罵詈である。彼は風刺世界のジュピターのごとく、冷ややかに、穏やかにかつ厳（おごそ）かにオリンパスの山の頂上に立って、はるかに下界を見下ろしながら、あたかも他界の出来事に対するがごとき同情なき筆をもって人界の事象を描き出している。

風刺の精神を、漱石はこれに学びました。そしてこれを自らの種にして『猫』を書いたのです。

それでは猫の目から社会を見るというアイディアはどこにあったでしょうか。もとより、先に挙げたホフマンの『猫』ということも可能性はあります。しかし、すでに、指摘されていることですが、魯庵の『社会百面相』に収録される『犬物語』こそ、漱石が『猫』を書く目を与えたヒントではなかったのでしょうか。『犬』は『猫』の三年前に書かれているのです。

魯庵の『犬物語』の冒頭を示しましょう。

> 俺かい。俺は昔しお万の覆した油を嘗アめて了つた太郎どんの犬さ。其俺の身の上咄しが聞きたいと。四つ足の俺に咄して聞かせるやうな履歴があるもんか。だが、人間の小説家さまが俺の来歴を聞くやうでは先生余程窮したと見えるね。よしよし一番大気焔を吐かうかな。
> 俺は爰から十町離れた乞丐横町の裏屋の路次の奥の塵溜の傍で生れたのだ。俺の母犬は俺を生むと間もなく暗黒の晩に道路で寝惚けた巡行巡査に足を踏まれたので、喫驚してワンと吠えたら狂犬だと云つて殺されて了つたさうだ。自分の過失を棚へ上げて狂犬呼ばゝりは怪しからぬ咄だ。加之も大切な生命を軽卒に奪るとは飛んでもない万物の霊だ。人間の威張臭る此婆娑では泣く子と地頭で仕方が無いが、天国に生れたなら一つ対手取つて訴訟を提起してやる覚悟だ。

漱石の『猫』の冒頭を挙げます。

吾輩は猫である。名前はまだ無い。

どこで生れたかとんと見当がつかぬ。何でも薄暗いじめじめした所でニャーニャー泣いていた事だけは記憶している。吾輩はここで始めて人間というものを見た。しかもあとで聞くとそれは書生という人間中で一番獰悪な種族であったそうだ。

（中略）

この書生の掌の裏でしばらくはよい心持に坐っておったが、しばらくすると非常な速力で運転し始めた。書生が動くのか自分だけが動くのか分らないが無暗に眼が廻る。胸が悪くなる。到底助からないと思っていると、どさりと音がして眼から火が出た。それまでは記憶しているがあとは何の事やらいくら考え出そうとしても分らない。

ふと気が付いて見ると書生はいない。たくさんおった兄弟が一疋も見えぬ。肝心の母親さえ姿を隠してしまった。その上今までの所とは違って無暗に明るい。眼を明いていられぬくらいだ。はてな何でも容子がおかしいと、のそのそ這い出して見ると非常に痛い。吾輩は藁の上から急に笹原の中へ棄てられたのである。


似てない……と、漱石を敬愛する人はいいます。

しかし、似ているという人もいる、かもしれません。

近代文学研究者として著名な吉田精一は、「魯庵のものは『犬』を主人公とし、『犬』が飼い主の令嬢の周辺にあつまる人々の心情品性を暴露するというプロットであって、『犬』の見地からの人間批評の点では、漱石の『猫』にいくらか似ているが、スケールや内容の深さには格段の差がある。それに『社会百面相』は漱石洋行中の出版であって、漱石はおそらく読んではいまい」と。

東北大学図書館の漱石文庫に、なるほど本書はありません。魯庵著とされるものは、「吾従所好」という雑誌のような本が一冊、あるだけです。これは彼が所属した玉屑会というところが編集した古書趣味の同人誌です。

▼どの小説家も独創ではないと認めていた

後藤宙外は秋田県仙北郡払田村（現・大仙市払田）の出身です。一九歳のとき、上京し東京専門学校専修英語科に入学、その後文学科に転じて卒業。「早稲田文学」などに小説や評論を発表しましたが、のち推されて大正四（一九一五）年に秋田に戻り秋田時事社長、六郷町長を務めました。

歴史の分野では故郷、秋田の払田柵跡を発掘し、これが平安時代の古柵址であることなどを発表したことで知られています。

さて、後藤は明治時代の文学者として、『唾玉集』という画期的な文豪とのインタビュー記事をつくっています（現在、これは平凡社の東洋文庫に収められている）。

さきに触れた二葉亭四迷の『浮雲』のインタビューも後藤の『唾玉集』から引用したものです。

書名『唾玉集』は中国の逸話集『世説新語』の「咳唾珠を成す」から採られました。「何気なく口をついて出る言葉でさえ珠玉のような名言となるの意から、詩文の才能がきわめて豊かであること」をいいます。

この『唾玉集』には明治三〇年から三一年にかけておこなわれた幸田露伴、尾崎紅葉、広津柳浪、福地桜痴、二葉亭四迷、斎藤緑雨、村上浪六、森鷗外、坪内逍遙、饗庭篁村、森田思軒との対談が収められます。

この中で、どの小説家も、自分の作品がまったくの独創ではないことを強調します。

鷗外は、『舞姫』について「能く如彼いふ話はあるもんです、ポーデン、ステツトといふ人のかいた小説に、独逸の若者が巴里にゆきまして、賤しい女とですね、夫婦まがいの暮しを致てゐた筋のがある、私はそれにたよツた訳ではないが、鳥渡、境遇が似てゐます、他国人としての巴里の生活ですからね、（中略）如彼やうな境遇のことをかいた作は外にも色々あります」

尾崎紅葉は『二人比丘尼色懺悔』は何からヒントを得られたか、材料の出所などあれば承りたいとの質問に「あれは『信長記』か何かに、若武者が雪の中で討死するところが、如何にもいい心持であツたのか何かから、思い附いたので、大体は架空なんです」と答えています。

▼漱石の胃をチクチクする『犬』

日露戦争が終わる頃まで、日本にはまだ江戸の雰囲気が残っていました。

出版界にあっても、それは同じです。

中国の古典である儒教の経典や、仏教のお経だって同じことでしょう。

「経」などというものは、庶民にとっては馬の耳に念仏を唱えるのと変わりはありません。経は聖人が書いたものなのです。それを理解してもらおうとすれば、学者はそれを翻案して話をつくるしかありません。江戸時代の小説はそれをパロディなどにしたものさえあります。こうして人は「孝」「礼」「仁」「義」などを学んでいました。

しかし、新しい価値観がヨーロッパから伝えられます。維新という名のもと、社会は「権利」や「自由」という意識があることを学ばなければならなくなりました。

そうしたものを教えようとすれば、難しい言葉を並べるより、やはりこれまでおこなわれてきたと同じように翻案のスタイルを取るのが手っ取り早いし、その方が、人がわかってくれます。魯庵の『犬物語』は、そういう点においては、スウィフトの『ガリバー旅行記』の翻案です。でも、その精神には、「江戸」がたっぷり流れています。そして「四書五経」以下儒教、道教の経典から推して知る深いヨーロッパがうねっているのです。

一番みじめで気の毒なは耶蘇の牧師の神野霜兵衛さんだ。此人は衣装も粧らず外見も飾らず極朴実律義で、存魂嬢様に思込んでゐたが少とも媚諂ふ容子を見せなかつた。それだから嬢様も此の人ばかりには真面目に交際つて少しもお調戯ひなさらなかつたが、困つた事には好人物といふだけで、学問才幹共に時代遅れだ。十五世紀十六世紀頃なら相当な人物であつたかも知れないが、X光線や無線電信の行はれる二十世紀には到底向かない男だ。併し有繋に牧師さんだ子。自分の恋が成就しないのを知つても更に人を怨まないで、只一図に嬢様の幸福を祈つてゐる。

荒尾君の作などは毎でも骨灰に軽蔑される、お邸の書斎には沙翁を初めヂツケンスやサツカレイの全集が飾つてあるさうな。たしか独乙文はお読めなさらぬ筈だがゲーテやシルレルの全集もあるさうな。イプセンもハウプトマンも流行のニーチエもあるさうな。何か知らぬが猶だ〳〵金ピカ〳〵の本が大きな西洋書棚に一杯あるさうで、大抵な者は見たばかりで烟に巻かれるさうだ。

それから俺は学者が嫌ひだ。無学者は頭から何にも知らないと云つてるから無邪気で罪が軽いやうだ。学者は何でも知つたやうに天地間の事を呑込んでゐるから子。学問の進歩が極点に達した時なら知らず、何も彼も多くは疑問として存して唯の理窟の言現はし方を少し宛違へた位で総て研究に属してゐる今日では学者と無学者とは相去る事幾何も無い。然るに学者は世界の知識を独り背負つて立つたやうな気になつて、恰と巡査が人民に説諭すると同じ口吻を以て無学者に臨んでゐる。此位暴慢無礼な沙汰はない。殊に科学者は扠ておき哲学者といふ奴は多くは先哲の蓄音器である。少し毛色が違つたかと思つて能く〳〵聞くと妄想組織が脳に生じたのを白状してゐる態だ。今の学者は例へば競売屋だ子。君達も知つてるだらうが近頃縁日夜店に出てゐる大道競売屋、あれだよ。口上で欺騙かして廉く仕入れたいかさまものをドシ〳〵売附けて了うのだ。手軽に考へたいかさま学説を強に社会へ押売にするの

> は、豪い大伎倆で。茲が学者の学者たる価値かも知れんが、俺は何だか虫が好かんのだ。
>
> 俺の窃に望んで待つてゐるのは猟師だよ。どうか素晴らしい猟師を見立てゝ嬢様にお世話申して、新婚旅行のお伴供をして中央亜細亜から亜弗利加あたりへ猛獣狩りに行きたいのだ。動物界の王と威張つておる獅子や虎や象や犀や鷲や蛇を対手に戦つて日本犬の鍛へ上げた伎倆を見せたいのだ。なアに俺達日本犬の手際を知らんで威張くさる獅子や鷲がどれほどの力があるもんか。

漱石は『猫』を創作（！）しながら、しかし、魯庵が書いた「猟犬になりたい『犬』」を心の中に飼ってしまったのではなかったでしょうか。

その猟犬は、江戸の流れを汲む翻案という、安易に人の文章を底に面白おかしく創作のできる場を餌に育ち、彼の気持ちを暗くし、胃潰瘍を悪化させました。

性格といってしまえば、それまでです。

それに対して一つ年下の魯庵は、好き放題に遊ぶことができました。

魯庵は自分が釈迦の掌の上で遊んでいるひとりの子供のような人物でした。それを見て漱石は苦々しく思ったに違いありません。

▼温情の裕かな夏目さん

魯庵が猫について書いた文章を最後に引きましょう。

二葉亭は、無類の猫好きだった。子供のやうに、といふよりも寧ろ子供以上に可愛がっていた。其の秘蔵の猫が他から見ると、怎うして那様な猫が可愛いいだろうと思ふほど厭な猫だったので、折々猫の棚下しが初まる度に二葉亭は大不服で、『猫の器量が好いの悪いのと人間の眼でドウシテ定められる。猫仲間から見たなら人間の悪いと思ふ方が却て好いのかも解らん。此奴なんかも……』と左も可愛くて堪らぬといふやうに眼を細くして膝に埋くまってる猫の頭を撫でつつ、『君達は蔑すが猫仲間では必と別嬪に違ひない。でなきア那様に牡が競争して挑りに来る気遣ひがない。これでも此町内ぢや引手数多の入山形の二つ星といふ処サ』と会心の微笑を洩らしつつ煙草をキユウと吸って煙管をポンと叩いた。

日本の猫は化けるかドウかは知らぬが、尻尾の無い猫として愛蘭のマン島の猫と聯んで世界に双つより外無い一幅対の珍猫となつてをる。尻尾の無いのが若し動物の進化した証拠なら、日本の猫は猫界の最優秀者だ。日本の人間はイツデモ世界に遅れて何かにつけては能く尻尾を出すが、日本の猫は尻尾が無いので世界的に気を吐いてをる。日本では猫が人間よりも豪い。

この文章は、漱石が亡くなった大正五（一九一六）年から四年後に読売新聞に連載した『貘の舌』（大正一〇年に春秋社から単行本として出版）に書かれたものです。

漱石は、だから、この文章を読んではいません。

しかし、『猫』と聞けば、漱石はビクリとしたはずです。だって、それで小説家の道を歩みはじめたのですから。

甕の中のビールを飲んで溺れ殺される猫を描く小説家漱石、それに対して二葉亭のように猫を可愛くて仕方がないという小説家。

魯庵のイジワルさは、「温情の裕かな夏目さん」という文章を書いているところにも出ています。

魯庵は次のように書いています。

> 私が夏目さんに会ったのは、『猫』が出てから間もない頃であった。夏目さんは気むづかしい黙ってゐる人だとやらに平生聞いてゐたから会ひたいとは思ひながら、つひ其の時まで見合わせてゐたやうな具合で……。初めて会った時だってわざわざ訪ねて行ったのではなかったが、何かの用で千駄木に行ったが、丁度夏目さんの家の前を通ったから立寄ることにした。一体私自身は性質として初めて会った人に対しては余り打ち解け得ない、初めての人

には二三十分以上はとても話してゐられない性分である。ところが、どうした事か、夏目さんとは百年の知己(ちき)の如しであった。丁度その時夏目さんは障子を張り代えてをられたが、私が這入って行くと、かう言われた。

「どうも私は障子を半分張りかけて置くのは嫌ひだから、失礼ですが、張ってしまふまで話しながら待ってゐて下さい。」

そんな風で二人は全く打ち解けて話し込んだ。私は大変長座をした。


魯庵は、大きな体で、どこへ行っても愉快にゲラゲラ笑いながら話をします。おそらく漱石の前にあっても、彼はバカな話を笑いながらしたことでしょう。

『猫』が出版された直後のことです。むろん、魯庵はすでに『犬物語』を書いています。漱石さん、あなたの『猫』は「盗作」でしょ？　などということはおくびにも出しません。

しかし、魯庵の目をはたして漱石は見ることができたでしょうか。

障子の張り替えなんか、書生か下女にやらせればいい、あるいは魯庵が帰ってからでもできるではないですか。

漱石は、障子を両手に持ちながら、魯庵の姿をちらちらと盗み見て、話をしたに違いありません。

「猫の話はしてくれるなよ……」と彼は思っていたのではないでしょうか。

文章には書いていないけれども、イジワルな魯庵は、あるいは帰り際に「そういえば……」と下駄を履きながら漱石に訊いたりはしなかったのでしょうか。

「そういえば、あの名のない猫は、おりませんなぁ」

魯庵の『犬』は、人生がカラッと楽しいということを教えてくれます。そして何度も読めば明治を生き抜いた日本の思想も見えてきます。

なぜ、こうした流れが消えたのでしょうか。

……幸いなことに、私は、学生の頃、魯庵や幸田成友など根岸派と呼ばれた文人たちの息吹を受けた市川任三(いちかわにんぞう)先生に可愛がってもらいました。

先生ももう黄泉に旅立たれて久しくなります。

「弟子も取らずとも文人は、自分を楽しむことができたのさ」

と、ある日、市川任三先生はいわれたことがあります。

先生は、根岸派のひとりである依田学海(よだがっかい)の全集をつくるために、依田が残した自筆稿本のすべてに眼を通しました。

無類の本好きで、毎週金曜日、土曜日に開かれる東京古書会館の即売会には、雨の日も雪の日も食いつくように扉の前にへばりついて、それが開くのを待っておられた。

むろん、先生に弟子はいません。

先生も猫を飼っておられたといいます。その猫の名前を、私は知らない。

著者略歴

一九六三年、長崎県に生まれる。大東文化大学文学部教授。博士（中国学）。大東文化大学大学院に学ぶ。一九八九年よりイギリス、ケンブリッジ大学東洋学部に本部をおいて行った『欧州所在日本古典籍総目録』編纂の調査のために渡英。以後、一〇年におよびスウェーデン、デンマーク、ドイツ、ベルギー、イタリア、フランスの各国図書館に所蔵される日本の古典籍の調査を行う。その後、フランス国立社会科学高等研究院大学院博士課程に在学し、中国唐代漢字音韻の研究を行い、敦煌出土の文献などをフランス国立図書館で調査する。

著書にはベストセラー『心とカラダを整えるおとなのための1分音読』（自由国民社）をはじめ、『ん』『日本語通』（以上、新潮新書）、『日本語を作った男』（集英社インターナショナル、第二九回和辻哲郎文化賞受賞）、『文豪の凄い語彙力』『一字違いの語彙力』『頭のいい子に育つ0歳からの親子で音読』『ステップアップ0歳音読』（以上、さくら舎）などがある。

これだけは知っておきたい日本の名作
——この一冊が時代を変えた

二〇二三年一〇月六日　第一刷発行

著者　山口謠司

発行者　古屋信吾

発行所　株式会社さくら舎　http://www.sakurasha.com
東京都千代田区富士見一-二-一一　〒一〇二-〇〇七一
電話　営業　〇三-五二一一-六五三三　FAX　〇三-五二一一-六四八一
編集　〇三-五二一一-六四八〇　振替　〇〇一九〇-八-四〇二〇六〇

装丁　石間　淳

装画・イラスト　森崎達也（株式会社ウエイド）

本文DTP　土屋裕子　山中里佳（株式会社ウエイド）

印刷・製本　中央精版印刷株式会社

ISBN978-4-86581-403-3